Beck Nicholas

REMEMBER THE FUN

Foto: © Beck Sampson

DIE AUTORIN

Beck Nicholas wollte schon immer Schriftstellerin werden. Sie hat Naturwissenschaften studiert, als Laborassistentin, Pizzalieferantin und Highschool-Lehrerin gearbeitet, doch schon immer hat sie ihren Traum verfolgt, Geschichten zu erschaffen. Sie lebt inzwischen in der Nähe von Adelaide/Australien, auf halbem Weg zwischen der Stadt und dem Meer. Und sie hat das Glück, ihre Tage (und Nächte) mit dem Schreiben von Jugendbüchern zu verbringen.

Mehr zu cbj und cbt auf Instagram unter @hey_reader

Beck Nicholas

REMEMBER THE FUN

Aus dem Englischen
von Eva Riekert

cbt

Sollte diese Publikation Links auf Webseiten Dritter enthalten, so übernehmen wir für deren Inhalte keine Haftung, da wir uns diese nicht zu eigen machen, sondern lediglich auf deren Stand zum Zeitpunkt der Erstveröffentlichung verweisen.

Dieses Buch ist auch als E-Book erhältlich.

MIX
Papier aus verantwortungsvollen Quellen
FSC® C014496

Verlagsgruppe Random House FSC® N001967

2. Auflage
Deutsche Erstausgabe Juli 2018

Die Originalausgabe erschien unter dem Titel
»The Last Days of Us« bei Harlequin Australia.

Aus dem Englischen von Eva Riekert
Lektorat: Kerstin Kipker
Umschlaggestaltung: Kathrin Schüler, Berlin
Umschlagmotive © Plainpicture (Lubitz+Dorner),
Shutterstock (idiz)
MI · Herstellung: eR
Satz: Buch-Werkstatt GmbH, Bad Aibling
Druck: GGP Media GmbH, Pößneck
ISBN 978-3-570-31186-8

www.cbj-verlag.de

Für Mitch und Chloe.
Zwei meiner absoluten Lieblingsmenschen,
die mir sehr geholfen haben bei diesem Buch.

Everything was good back then,
I didn't know I wouldn't have more time.
I wandered, careless, through our days;
I didn't know you wouldn't end up mine.

»Careless With You« – GRAY

Kapitel eins

Mein Plan, mir meinen Ex zurückzuholen, gerät ins Wanken, kaum dass seine neue Freundin – meine beste Freundin – ihre Haustür öffnet.

Vielleicht habe ich ja doch noch nicht jegliches Anstandsgefühl verloren.

Cass trägt am Körper ihr Lieblingssommerkleid und im Gesicht die nackte Panik.

»Ich bin noch gar nicht so weit«, sagt sie, dreht sich auf

dem Absatz um und erwartet anscheinend, dass ich ihr durch den kurzen Flur folge. »Sie müssen jeden Moment da sein!« Sie bleibt unter der Tür zu ihrem Zimmer stehen und sieht sich nach mir um. Ihr ist die Kinnlade runtergefallen. »Was ist denn mit dir passiert?«

Mit den Fingern berühre ich die weichen Spitzen meiner hellbraunen Haare. Als sie mich das letzte Mal gesehen hat, waren sie gelb gebleicht, mit einer pinkfarbenen Strähne. Ich verkneife es mir, an meinen Shorts oder am Saum meines T-Shirts zu zerren – muss ich auch nicht. Meine Unterwäsche blitzt zur Abwechslung mal nirgends hervor. »Nichts«, sage ich.

Nichts ist passiert, abgesehen von dem deutlichen Warnschuss, den selbst ich gehört habe, als ich betrunken hinter dem Steuer eines Autos weggetreten war – ehe ich dazu kam, den Wagen anzulassen, Gott sei Dank. Dass ich in dem Zustand hätte losfahren können, jagt mir immer noch Schauer über den Rücken.

Die bevorstehende Reise scheint Cass total zu stressen – sie lässt meine krasse Lüge durchgehen. »Von deiner Verwandlung reden wir später«, sagt sie und betritt ihr Zimmer. »Ich brauche Hilfe. Was ziehst du zu dem Konzert an?«

Ich folge ihr. Der Inhalt ihres Kleiderschranks ist komplett über ihr kleines Zimmer verteilt. Auf ihrem Bett und dem Boden liegen mehr Sachen als in dem halb geöffneten Koffer, über den ich beim Eintreten fast stolpere.

»In Melbourne ist es wahrscheinlich kühler als hier«, sage ich. »Ich habe Jeans und einen langen Rock eingepackt – ich entscheide mich dann spontan.«

»Super. Das bringt mich jetzt auch nicht weiter.«

Ich zwinge mich zu einem Grinsen und nehme einen pink-schwarz gestreiften Jumpsuit hoch, der über ihre Lampe drapiert war. »Wie wär's damit?«

Sie rümpft die Nase. »Mach nicht auch noch Witze darüber. Den hat Mum letzte Woche gekauft. Sie hat auch so einen. Für Dates.« Sie schüttelt sich.

Ich lasse das anstößige Teil fallen und lehne mich an den Türpfosten. »Das wird ein Road Trip, nicht die Apokalypse.« Als sie mich finster anblickt, seufze ich und halte ihr einen niedlichen Jeansrock hin. So wie ihn Finn – ihr Freund, mein Ex – süß finden würde. Ich ignoriere den Stich, den es mir gibt, weil ich meinen eigenen Plan sabotiere, und schlage vor: »Was ist damit?«

Sie schüttelt den Kopf. »Zu sweet.«

»Dann kann ich dir wohl nicht helfen.« Ich will nicht verbittert klingen, aber das tut es wohl.

Sie greift nach einem schwarzen BH, hält mitten in der Bewegung inne und sieht mich mit dem bekümmerten Blick an, den sie während der letzten sechs Monate so perfektioniert hat. »Ich wollte nicht …«

Ich wedle abwinkend mit der Hand. »Ist gut. *Mir* geht's gut. Wie hast du deine Mutter denn dazu überredet, dass du mitfahren darfst? Ich dachte, sie merkt doch sicher, dass Finn dabei ist.« Cass' Mum mag ja noch jung sein und ist auch irgendwie ganz cool für eine Mutter, aber dass ihre Tochter eine so weite Reise macht, um mit ihrem Freund zu einem Konzert zu gehen, ist etwas, das selbst sie normalerweise nicht erlauben würde.

»Sie glaubt, dass wir Mädchen unter uns sind – zum Glück hat sie gerade Frühschicht.« Cass steigt die Röte in die Wangen. »Ich hab sie überzeugen können, dass du mich brauchst bei diesem letzten Abenteuer vor dem Start der zwölften Klasse.«

Vielleicht sollte ich sauer sein, dass sie meinen Schmerz über den Tod meines Bruders ausnutzt, bin ich aber nicht. Genau dasselbe hätte ich früher auch gemacht. »Ich brauch dich tatsächlich«, sage ich leichthin.

Sie kommt und umarmt mich, was ich nicht verdient habe, dann rückt sie ab und seufzt. »Du hast uns im Ferienlager gefehlt.«

Das jährliche Musical Camp, das ich während der letzten drei Jahre mit Finn und Cass besucht habe, besteht aus zwei Wochen mit verrückten Proben und endet mit einer Aufführung. Ja, ich habe dort gefehlt und mir hat das Camp gefehlt. Sehr sogar. Und letztlich war es diese Sehnsucht, die mich zu dem Entschluss gebracht hat, mir mein altes Leben wieder zurückzuerobern. Es war schlimm, nicht singen zu können! Aber ich war wohl zu sehr damit beschäftigt, meinen Schmerz in Partys zu ertränken, und hatte nicht den Mumm, auszuprobieren, ob ich trotz des Kummers in meiner Brust noch Musik in mir habe.

Ich denke mir, wenn ich versuche so zu werden, wie ich früher war, renkt sich wohl auch alles andere ein.

Die ganze Zeit hatte ich so getan, als würde es mir nichts ausmachen, das Musical Camp verpasst zu haben, aber jetzt kann ich nicht mehr lügen. »Es war schrecklich, nicht dabei zu sein!«

Cass macht große Augen, als ob dies Zugeständnis noch unglaublicher ist als die Veränderung in meinem Äußeren. »Ohne dich war es nicht dasselbe.« Sie grinst. »Auch wenn ich wahrscheinlich eine bessere Rolle bekommen habe, als wenn du da gewesen wärst.«

»Mach dich nicht schlechter als du bist.«

Sie tut meine Ermahnung ab und kehrt zu ihrem Problem zurück: der Wahl zwischen knallengen schwarzen Hosen und einem superkurzen goldenen Kleid.

Es klopft an der Haustür. Gleichzeitig kündet Cass' Handy eine Textnachricht an. »Kannst du an die Tür gehen?«, fragt sie mich.

»Klaro.« Ich muss wohl unbekümmerter klingen, als ich mich fühle, denn sie sieht gar nicht auf. Sie ist mit ihrem Handy beschäftigt.

Ist es ihr gar nicht wichtig, dass Finn kommt?

Ich schiebe den Gedanken fort. Er gehört nicht mehr mir. Ich habe ihn verletzt und sie war da, um die Scherben aufzusammeln.

Als Cass diesen Ausflug vorschlug, dachte ich erst, dass es schwierig sein wird, zu dritt zu verreisen. Ob ich mit der vertrackten Situation klarkomme, kann ich ja jetzt ausprobieren – denn ich schätze, er ist es, der vor der Tür steht.

Mein Herz schlägt doppelt so schnell, als ich auf wackeligen Beinen die paar Schritte durch den Flur laufe. Vielleicht sind es ja auch Finns Cousine und sein Cousin, die ebenfalls mitkommen wollen, denke ich, aber dann erkenne ich ihn am Klopfen – es ist ohne Zweifel Finn. Vor der Tür bleibe ich zögernd stehen und atme zur Beruhigung tief ein.

Und mir wird klar, dass dies der Moment ist, für den meine Verwandlung gedacht war. Der lange Nachmittag beim Friseur, das Heraussuchen meiner alten Klamotten, das Einstudieren meiner alten Verhaltensweisen. Ich will sein wie früher. Und alles nur für Finn.

Ich habe ihn nicht gesehen seit … Ich darf gar nicht daran denken. Noch so eine verpatzte Sache, eine von vielen in den letzten sechs Monaten. Alles ist jetzt anders. *Ich* bin anders.

Aber er ist mit Cass zusammen.

Ich hätte mich damit abfinden sollen, dass sie jetzt zueinandergehören, denn es war ja meine Schuld, dass sie zusammengekommen sind, aber es schmerzt immer noch. Sie sind ein Paar. Sicher, damals habe ich einfach nicht zur Freundin getaugt, weder für einen Jungen noch für die beste Freundin, und als wir uns trennten, hat er in ihren Armen Trost gesucht.

Ich drehe den Türknopf und öffne die Tür. Mein Mund wird trocken.

Sein Mund verzieht sich zu dem verschmitzten Lächeln, das ich so vermisst habe. Vor einiger Zeit noch war es so normal, dass Finn mich anlächelte – ich habe es damals gar nicht richtig gewürdigt. Was würde ich nicht alles geben, um mich wieder so zu fühlen wie damals.

»Hey, Zoey«, sagt er.

»Hey«, antworte ich und ärgere mich sofort, dass mir nichts Besseres einfällt.

»Siehst ja gut aus heute.«

Die Wärme, die seine Worte ausstrahlen, versetzt mich in die Zeit zurück, als es mir das Wichtigste war, Finn zu gefallen.

Sein Kompliment gibt mir die Gelegenheit, ihn mir auch anzusehen, und ich bin nicht enttäuscht. Er sieht so umwerfend aus wie immer. Sonnengebleichtes blondes Haar, lässig gestylt, strahlend weiße Zähne, seine Augen so blau, dass sie wie ein Stück Himmel leuchten, wenn er auf der Bühne steht. Er ist frisch geduscht und sorgfältig rasiert. »Siehst selbst auch nicht gerade schlecht aus.«

Er runzelt die Stirn und ich merke, dass ich einfach dastehe und ihn anstarre und ihm damit die Tür versperre.

Ich trete zurück, um ihn vorbeizulassen. »Sie packt noch.«

»Super.« Er geht weiter, dann bleibt er stehen. »Echt super, dich zu sehen.«

Ich höre auch das, was er nicht erwähnt. Dass ich anscheinend *»wieder normal«* bin.

Ich sage lieber nichts, damit der Kloß in meinem Hals nicht verrät, dass ich noch keineswegs wieder die alte Zoey bin, und trete vors Haus. Ich nehme meine Reisetasche von der Türschwelle und gehe über das kleine Rasenstück, unter dem Vorwand, mir den Van anzusehen, den Finn für unsere Fahrt von Adelaide nach Melbourne gemietet hat. Nach dem Konzert fliegen wir dann zurück, damit wir rechtzeitig zum Schulstart wieder da sind.

Finn hat den angerosteten, schmuddelig blau-weißen Bus am Straßenrand geparkt. Die Beifahrertüren stehen weit geöffnet – man sieht zwei Reihen Plastiksitze. Die hintere Reihe nimmt die gesamte Breite des Wagens sein.

Auf dem Dachgepäckträger befinden sich bereits Finns Tasche und sein Surfboard. Beim Näherkommen wird mir klar, warum er den Van offen gelassen hat: Der muffige Geruch schlägt mir schon entgegen, ehe ich ganz am Auto bin.

Früher hätte ich gewusst, wo zum Teufel er das Ding gemietet hat, aber jetzt stehe ich ein bisschen verloren hier draußen herum, und er ist drinnen mit Cass. So soll es nicht mehr lange sein, wenn alles so läuft, wie ich hoffe. Es ist nicht so, dass ich direkt will, dass sie Schluss machen. Eher so, dass ich nicht aufhören kann, daran zu denken, wie es früher war. Die beiden müssen einfach einsehen, dass es besser für sie ist, wenn sie nur Freunde sind.

Ich lehne mich an den Wagen, setze die Sonnenbrille auf, um die Augen vor der frühmorgendlichen Sonne zu schützen, und unterdrücke ein Gähnen. Hoffentlich lernt meine innere Uhr noch vor dem Schulstart nächste Woche, wie es sich anfühlt, morgens bei Bewusstsein und nüchtern zu sein.

Ich versuche, cool und lässig zu wirken. Und mir nichts von der Katastrophe anmerken zu lassen, in der ich die letzten sechs Monate zugebracht habe.

Ich lege die rechte Hand über die Buchstaben auf meinem linken Handgelenk.

Remember.

Das tätowierte Wort, das meine Eltern noch gar nicht entdeckt haben, stammt aus einem Song von Gray, der während der letzten Monate quasi zu meiner Hymne geworden ist.

Ein Auto fährt an die Bordsteinkante. Es ist ein affiger Geschäftswagen mit getönten Scheiben, total unpersönlich. Eine der hinteren Türen geht auf und ein Mädchen mit blondem Kurzhaarschnitt, vielleicht ein oder zwei Jahre jünger als ich, steigt aus und hüpft – ja, sie hüpft! – ans Ende des Wagens. Sie schlägt auf den Kofferraum und ruft: »Aufmachen bitte!«

Das ist also Finns Cousine. Cass hat gesagt, er hätte ihr versichert, dass sie und sein Cousin nett sind. Ich hatte mich ja zuerst gefragt, warum ich nichts von ihrer Existenz wusste, dann war ich aber schließlich ganz froh darüber, dass wir nicht zu dritt fahren würden.

Der Kofferraumdeckel springt auf und die beiden vorderen Wagentüren öffnen sich. Aus der Fahrertür steigt ein älterer Mann, aber es ist der Beifahrer, der meine Aufmerksamkeit erregt.

Der Junge streicht sich die wild zerzausten dunklen Haare aus der Stirn und enthüllt ein Gesicht mit kantigen Zügen, was mich unwillkürlich die Luft anhalten lässt. Sein unwirscher, finsterer Blick allerdings ruiniert alles. Seine lange, gerade, klassische Nase und der schlanke Hals passen irgendwie nicht zu seiner rebellischen Ausstrahlung mit den schwarzen Augenbrauen und Wimpern und den hohen Wangenknochen. Engel trifft Bad Boy. Sein schwarzes T-Shirt und die neonfarbenen Shorts lassen schlanke, gebräunte Gliedmaßen sehen.

Genau der Typ, hinter dem ich in den letzten Wochen her war, als ich versucht habe, zu vergessen. Es war einfach verlockend, sich in den Rausch der schnell vorbeiziehenden Partys und in die Arme solch böser Buben zu begeben. Alles verrauchte schnell – ich konnte nicht widerstehen.

Das habe ich jetzt aber hinter mir.

Ich habe keinen Bock mehr darauf, dass sich alle um die verkorkste Zoey sorgen, und will wieder normal sein. Keine Blickwechsel mehr mit düster-attraktiven Jungs, die verdrießlich dreinblicken; keine kribbelnden Schauer mehr deswegen – das alles habe ich von meiner Agenda gestrichen.

Der Finsterling sagt kein Wort und geht ebenfalls zum Kofferraum. Der Moment des »Erkennens« hat sich wahrscheinlich nur in meinem Kopf abgespielt. Beide Männer bemühen sich, dem Mädchen zu helfen, und halten gleichzeitig Abstand voneinander. Die Ähnlichkeit ihrer breiten Schultern und dunklen Haare weist sie eindeutig als Vater und Sohn aus. Und ihre gleichermaßen starre Haltung und ihr finsterer Blick lassen vermuten, dass sie gestritten haben … oder noch schlimmer.

Das Mädchen scheint unberührt davon. Sie plappert drauflos, irgendwas davon, dass der Ausflug und das Konzert ihre totale Traumreise werden.

Sie stapeln Reisetaschen und ein Surfbrett auf den Rasen, dann wirft das Mädchen die Arme um ihren Vater. Er schließt die Augen, während er sie kurz umschlungen hält, dann lässt er die Hände sinken.

»Keine Sorge, Lucien passt schon auf mich auf. Ehrlich.« Sie wirft ihrem Bruder einen drohenden Blick zu. »Etwa nicht?«

Er nickt.

Der Vater öffnet den Mund und kneift die Augen zu

Schlitzen zusammen. Zeit für elterliche Ermahnungen. Doch dann schweigt er.

Vater und Sohn sehen sich an. Die sommerliche Luft zwischen ihnen ist so dick, dass ich schwören könnte, die leichte Brise streicht nicht zwischen ihnen durch, sondern um sie herum.

Der Vater steckt die Hände in die Taschen seiner Shorts, zuckt die Schultern und atmet zischend aus. Etwas wie Belustigung fliegt über die Züge des hotten Typen, dann wendet er sich ab, um eine Tasche zu ergreifen, und der Vater steigt wieder ins Auto. Das Mädchen winkt, als er die kleine Sackgasse entlangbraust, um die Ecke fährt und verschwindet.

Als sie über den Rasen kommen, packe ich meine Tasche und gehe an die hintere Tür des Vans. Doch mein Plan, den beiden aus dem Weg zu gehen, haut nicht hin – Mister Unwirsch ist bereits dort. Weil ich keinesfalls will, dass er sieht, wie ich mich abmühe, zerre ich die hintere Tür auf und mache mich daran, meine Tasche dort einzuladen. Natürlich versucht er genau dasselbe mit einem geblümten Koffer, der bestimmt seiner Schwester gehört, und steht mir direkt im Weg.

Der Blick aus seinen dunklen Augen gleitet über mich, von Kopf bis Fuß, ohne irgendwo hängen zu bleiben. »*Du* bist also diese Zoey.«

Ich kämpfe, um unter diesem wissenden Blick nicht

zusammenzuzucken. »Diese Zoey – was soll das denn heißen?«

Er zuckt mit den Schultern, stellt zuerst den Koffer in den Van und wirft dann eine Reisetasche hinterher. »Ach, nichts.«

Er macht sich über mich lustig, dieser Fremde, der glaubt, etwas über mich zu wissen. Ich wuchte meine Tasche auf seine, ohne seine helfend angebotene Hand zu beachten. »Ich weiß schon, was es heißen soll. Aber was auch immer du über mich zu wissen glaubst, es stimmt nicht.«

Er zieht eine Braue hoch. »Du bist also nicht die Zoey, die meinem Cousin das Herz gebrochen hat?«

Ich werfe einen Blick zum Haus hinüber. Dort stehen Finn und Cass und stecken die Köpfe zusammen. »Er sieht nicht wie einer mit 'nem gebrochenen Herzen aus«, sage ich zuckersüß.

»Luc«, ruft Finn.

Der nervige Typ dreht sich um. Mir bleibt nichts, als seinen breiten Rücken anzustarren, während er über die Einfahrt auf seinen Cousin zuschlendert. Wie echte Kerle schlagen sie sich auf die Schultern, dann wendet sich Finn dem schlanken Mädchen zu. Sein Ausdruck wird ganz weich und er lächelt ihr mit seinem typischen Lächeln zärtlich zu. »Hey, Cousinchen.«

Sie schlingt ihm die Arme um den Hals. »So super, dich zu sehen«, sagt sie. Als ich dann langsam den Rasen überquere, um zu ihnen zu treten, sieht sie von mir zu Cass. »Nun mach uns doch endlich miteinander bekannt – wir müssen los. Nur noch ein paar Tage, bis Gray auftritt.«

Finn schüttelt den Kopf, doch er lächelt während der folgenden Vorstellungsarie. »Luc, Jolie, das sind Cass und Zoey.«

Statt einem Nicken oder auch einem Händeschütteln werde ich von Jolie ungestüm umarmt. »Toll, euch Gray-Fans kennenzulernen«, schwärmt sie. »Ich freu mich mega auf das Konzert. Ist er nicht einfach der Größte? Und so ein heißer Typ.«

Luc richtet die dunklen Augen kurz auf Cass und mich. »Hi.«

Er könnte nicht weniger beeindruckt wirken. Es ist ja nicht so, dass ich mich für umwerfend halte, aber nach ein paar Monaten, die ich in Flittchen-Klamotten zugebracht habe, wie es Cass auszudrücken beliebte, bin ich es nicht mehr gewohnt, so wenig beachtet zu werden. Ich wette, wenn ich meinen ledernen Minirock und mein weit ausgeschnittenes Glitzertop tragen würde, hätte er reagiert – auch wenn ich inzwischen weiß, dass die Idee, Aufmerksamkeit durch viel nackte Haut zu erregen, keinesfalls meine beste gewesen ist. Das Interesse, das ich damit entfacht habe, konnte jedenfalls meine innere Leere nicht füllen.

»Hi«, murmle ich zurück und Cass lächelt. Sie hält Finns Hand.

Jolie deutet auf den alten Van. »Der ist ja perfekt! Hab schon immer mal 'ne Reise in so einem Bus machen wollen. Und das Blau bedeutet für mich Sommer.«

Folgsam sehen wir alle zu dem Van hinüber. Er leuchtet im Sonnenlicht und verheißt mir irgendwie bevorstehende Abenteuer. Die warme Morgenluft summt. Diese Reise, die wir die letzten Wochen über geplant haben, geht gleich los, und die Möglichkeiten sind endlos.

»Das Blau erinnert ja vielleicht an Sommer, aber was bedeutet der Rost?« Lucs Ausdruck passt besser zu jemandem, der zum Zahnarzt muss, und nicht zu einem, der gleich auf einen coolen Kurztrip mit Freunden startet.

Jolie übergeht seine Bemerkung. »Ich finde, wir sollten die Kiste Beryl nennen.« Sie streicht mit dem Arm über die Motorhaube. »Beryl, das wird die beste Reise aller Zeiten. Ich weiß es.«

Heimlich werfe ich einen Blick auf Finns vertrautes Profil.

Ich hoffe, dass Jolie recht hat.

One step.
A pretty foot, rising, falling.
If only that's all it took.
To move on.

»Moving« – GRAY

Kapitel zwei

Nachdem der Van endlich gepackt ist mit den ganzen Taschen und Zelten und Bündeln, bleibt uns nur noch, loszufahren. Die Fahrt bis Robe, dem Küstenort, wo wir die erste Nacht verbringen wollen, dauert über vier Stunden, ohne Ess- und Klopausen. Wir wollen rechtzeitig ankommen, um am Nachmittag noch schwimmen zu gehen.

Luc ist bereit, als Erster zu fahren, und ich bin erleichtert, als Cass Finn scherzhaft nach vorne verfrachtet. »Mädels-Zeit«, sagt sie zu ihm.

Jolie will auf die Rückbank, mir und Cass bleibt die mittlere Reihe. »Ich hab noch keinen Führerschein«, erzählt Jolie. »Ich hab vor zwei Wochen Prüfung gehabt und bin krachend durchgefallen.« Es scheint ihr nicht besonders viel auszumachen. »Luc hat versprochen, meine Fahrzeiten zu übernehmen.« Ihre Stimme ist bis vorne zu hören.

Luc sieht sie im Rückspiegel an. »Hast mir ja keine andere Wahl gelassen.«

Mit dem Kinn auf ihrer kleinen Hand lehnt sie sich auf meine Sitzlehne. »Er ist netter, als man denkt, versprochen. Dad hat gesagt, dass ich ohne ihn nicht mitfahren dürfe, weil ich erst sechzehn bin, er mich aber für fünf hält. Hallo, Wickelkind! Verzeiht Luc also, dass er den mürrischen großen Bruder spielt. Gray ist nicht so sein Ding.« Ihre haselnussbraunen Augen blitzen. »Meins aber auf jeden Fall!« Sie seufzt verträumt und lehnt sich zurück, um sich anzugurten, während Luc den Van startet.

Cass' Handy klingelt, ehe wir aus der Straße sind. »Das ist Mum«, sagt sie. »Keinen Mucks von euch.«

Finn murmelt Luc etwas zu, der anhält. Cass geht dran und wir sitzen alle stumm da und versuchen so zu tun, als ob wir dem Gespräch nicht zuhören, obwohl es ja in dem kleinen Innenraum des Vans gar nicht anders möglich ist.

»Wir starten gerade.« Sie nickt, obwohl ihre Mutter das ja nicht sehen kann. »Ja, versprochen, ich melde mich jeden Tag.« Und nach einer Pause: »Sie sitzt neben mir.«

Cass hält mir das Handy hin.

Folgsam rufe ich: »Wir sind vorsichtig und ich passe auf Cass auf.«

Die Tatsache, dass das genügt, sagt mir, dass Cass' Mutter offenbar über meine jüngste Vergangenheit nichts weiß.

Cass grinst mir dankbar zu und nimmt das Handy wieder ans Ohr. »Ich hab dich auch lieb.«

Welch ein Unterschied gegenüber meinem Aufbruch. Mum und Dad haben wahrscheinlich noch gar nicht gemerkt, dass ich weg bin. Ich tue so, als ob ich draußen etwas Interessantes sehe, doch ich merke, wie mich Luc im Rückspiegel ansieht. Na super, wo ich gerade vorgeben will, dass ich ganz ungerührt bin. Ich starre zurück und lasse ihn nicht merken, wie down ich gerade bin.

Zum Glück ist der Anruf kurz darauf beendet und wir können ohne weitere Unterbrechungen weiterfahren.

Gegen neun halten wir bei einer Raststätte zum Frühstücken und alle außer Cass steigen aus, um sich die Beine zu vertreten. »Kannst du mir einen Kaffee mitbringen?«, fragt Cass, ohne von ihrem Handy aufzusehen.

Finn und ich tauschen Blicke. Früher wäre ich mit der Bitte gemeint gewesen, doch jetzt, wo sie zusammen sind, bin ich mir nicht sicher.

»Mach ich«, sagt er.

Ich gehe vor den anderen her und strecke den Rücken. Ich versuche so zu tun, als ob es mir nichts ausmacht, dass ich keinen habe, der mir was mitbringt. Ich gehe aufs Klo. Um den anderen noch etwas aus dem Weg zu gehen, hole ich mir einen Müsliriegel und eine *Cola light*. Die Jungs warten auf ihre Frühstücksbestellung. Sie lachen und witzeln herum. Also gehe ich lieber und setze mich an einen der Picknicktische.

Jolie setzt sich zu mir, während Finn zu Cass zurückgeht. Ich drehe mich nicht nach ihm um. Selbst wenn er noch was für mich empfindet, wird er sich wohl kaum neben mich setzen, nachdem er Cass einen Kaffee versprochen hat.

Oder vielleicht sind sie ja auch füreinander bestimmt.

Nein. Finn und ich waren ein tolles Paar. Das haben alle gesagt. Irgendwann so vertraut, dass wir die Sätze des anderen zu Ende sagen konnten. Er war bei unseren Familienfeiern dabei. Er hat mich sogar auf die Hochzeit meines Bruders begleitet.

Mein Herz krampft sich wie üblich zusammen, als ich an Daniel denke, und ein schmerzlicher Sog zerrt die Normalität von mir weg, nach der ich mich so verzweifelt recke.

Nicht an Dan zu denken, ist die einzige Möglichkeit, die Beherrschung zu wahren, aber ständig tauchen die Bilder wieder auf.

Das Grinsen auf seinem Gesicht vor zwei Jahren, als er uns alle um den Küchentisch versammelte, um uns die große Neuigkeit zu eröffnen. Shivani stand neben ihm, als er verkündete, dass sie heiraten würden und ein Kind erwarteten. Zuerst waren wir alle schockiert, aber später war es unmöglich, sich nicht von ihrer Liebe und ihrem Glück einfangen zu lassen, als sie ihren großen Tag planten.

Trotzdem, ich konnte es kaum fassen, dass dieselbe Person, die mir ab und zu Zucker ins Bett streute und Wasser in die Schuhe schüttete, erwachsen genug war, um zu heiraten und Kinder zu bekommen. Doch meine Zweifel an seiner Reife waren verflogen, als er vor uns allen stand, so schick in seinem Anzug, und Shivani das Jawort gab.

Ein Scharren auf dem Steinboden unterbricht meine bittersüßen Erinnerungen und eilig blinzle ich meine Tränen fort. Luc schwingt ein Bein über die Bank und setzt sich neben seine Schwester. »Was dagegen, wenn ich mich zu euch geselle?«

»Klar hab ich was dagegen, du müffelst nämlich«, sagte Jolie schlagfertig, aber mit einem Lächeln.

Er nimmt die Frotzelei als Aufforderung und öffnet eine Papiertüte. Dampf steigt auf und er zieht eine

Ei-und-Speck-Pastete heraus, die ungelogen größer ist als sein Kopf. Krümel rieseln von der goldbraunen Kruste und sie duftet so göttlich, dass mein Magen laut zu knurren anfängt.

Ich scharre laut mit den Füßen im Kies, um das zu überdecken, und flehe stumm, dass ich nicht rot werde. Oh, bitte, lass die beiden nichts gehört haben!

Luc verzieht die Mundwinkel. Natürlich hat er was gehört.

Ich verschlinge den Müsliriegel und hoffe, dass er mein Magenknurren abstellt.

Jolie, die mir gegenübersitzt, knabbert gedankenverloren und stumm an ihrem Apfelmuffin und krümelt dabei mehr, als sie isst. Plötzlich klatscht sie in die Hände. »Ich weiß jetzt, wer du bist.«

Ich beiße die Zähne zusammen, aber ich verschlucke die patzige Antwort, die ich Luc gegeben hätte. So wenig ich noch mal was drüber hören will, dass ich Finn das Herz gebrochen habe, so wenig will ich diesem Mädchen gegenüber unfreundlich sein. Jolie hat etwas Warmes und Liebenswertes an sich. Ich bin ziemlich sicher, dass ich mit sechzehn nicht so süß und unschuldig war.

Ich warte, nippe an meiner Cola und versuche, gleichgültig auszusehen.

Aber Jolie wirkt nicht missbilligend, sondern grinst und stößt ihrem Bruder den Ellbogen in die Rippen.

»Weißt du nicht mehr, Lucien, das Theaterstück, in dem wir waren. Sie war Arielle!« Sie beugt sich vor und flüstert verschwörerisch: »Arielle war immer meine Lieblingsprinzessin.«

Diesmal kann ich nicht verhindern, dass mir die Röte in die Wangen steigt. Ich schaffe es nicht, Luc anzusehen. »Ihr wart zusammen bei der Aufführung?«

Sie nickt. »Wir waren nicht in vielen von Finns Aufführungen, aber seinen Auftritt als Prinz Eric wollten wir nicht verpassen.« Sie seufzt. »Das ist mein Lieblingsprinz, obwohl er ja mein Cousin ist und nicht besonders attraktiv, allerdings trotzdem unglaublich.«

Seltsame Vorstellung, dass sie mich bei der Produktion des Musical Camps gesehen haben, vor mehr als einem Jahr. Alles war da noch so anders. Nie war ich glücklicher gewesen, als in dem Moment, als ich im Scheinwerferlicht stand und mit Finn gesungen habe. Meine ganze Familie war da und hat zugesehen.

Sogar Daniel.

Plötzlich bekomme ich keine Luft mehr. Ich muss weg von diesen Leuten und ihrem höflichen Smalltalk. »Schön, dass es dir gefallen hat«, murmle ich.

Ich sammle meinen Abfall auf und werfe ihn in den Papierkorb, dann gehe ich noch mal zu den Toiletten, um mir kaltes Wasser ins Gesicht zu spritzen. Ich mustere mich im Spiegel und starre das Spiegelbild des Mädchens an, das ich mal war. So lange, bis ich mich gesammelt habe und nicht mehr wirke, als ob ich innerlich verzweifle.

Manchmal fragen mich Leute, was mir an Dan am meisten fehlt. Meistens fauche ich den Fragenden an oder vernichte ihn mit meinem Blick oder haue ab, so schnell ich kann, aber das bedeutet nicht, dass mir im Kopf keine Antworten explodieren. Ich kann ihnen nicht ausweichen. Aber ich kann auch nicht darüber sprechen.

Immer wenn ich allein bin oder wegen meiner Albträume nicht schlafen kann, sausen mir die Antworten im Kopf herum. Ich vermisse sein Lächeln, von dem ich immer gesagt habe, dass er verpeilt damit aussieht, das ihn aber genau genommen wie den glücklichsten Menschen auf Erden hat aussehen lassen. Ich vermisse, wie er mich am Arm gepackt und runtergedrückt hat, um mir ins Gesicht zu furzen, und wie er die Mobber in der Schule hat wissen lassen, dass er hinter mir steht. Immer. Ich vermisse das Gefühl, dass die Welt mit ihm darin in Ordnung war. Unsere Familie war so, wie Familien sein sollen.

Ich vermisse die Person, die ich als Dans kleine Schwester war. Mann, sie hatte es leicht. Und sie war glücklich. Glücklich in irrsinniger Zufriedenheit, aber ohne zu erkennen, wie glücklich sie war.

Als ich zum Van zurückkomme, sind die Sitze neu verteilt. Cass sitzt vorne bei Finn, der jetzt fährt, und ich muss die mittlere Reihe mit Luc teilen. Wortlos steige ich ein, denn Jammern gehört nicht zu der gelassenen Zoey, die ich jetzt wieder sein will.

Luc lehnt sich in seinem Sitz zurück und nimmt irgendwie zu viel Raum ein, sodass – obwohl sie mich nicht berühren, sein Schenkel, sein Ellbogen und sein Knie mich irritieren. Ich glaube, ich habe noch nie jemanden gekannt, der einen so aufreizenden Ellbogen hat. Der zwischen uns liegt, so schlank, so gebräunt, so aufwühlend.

Ich atme durch und versuche, mich zu entspannen, da übermannt mich sein Duft nach Sonnencreme und Meer. Wir sind noch nicht mal dort, aber es ist, als ob ich in der Ferne die Wellen hören kann. Ich krame nach einem Pfefferminz und lutsche es, bis mir der eisige Geschmack alles andere fortbläst.

Finn lässt den Motor an und fährt auf die Autobahn. Wenigstens bewegen wir uns jetzt. Jede Minute, die vergeht, bringt uns unserem nächsten Halt näher und damit hoffentlich einem erneuten Platzwechsel. Finn ignoriert Jolies Wunsch, ihre Gray-Collection zu spielen, und bittet Cass stattdessen, etwas im Radio zu suchen. Nach einigem Kurbeln findet sie einen vertrauten Sender, und als die neuesten Hits aus dem blechernen Lautsprecher plärren, fange ich an, mich zu entspannen.

Vielleicht wird es ja gar nicht so schlimm, neben Luc zu sitzen. Schließlich hat er keinen Grund, mit mir zu reden. Er hat ja klargemacht, dass er mich wegen dem, was ich Finn angetan habe, für eine Zicke hält, daher ist es ihm wahrscheinlich genauso recht wie mir, so zu tun, als ob wir nicht nebeneinandersitzen.

Ein Song folgt dem anderen und die Zeit vergeht. Ich checke gerade mein Handy, als sich Luc zu mir dreht und beschließt, unser unausgesprochenes Stillhalteabkommen zu brechen.

»Warum Gray?«, fragt er leise genug, dass nur ich damit gemeint sein kann.

Ich blinzle verwirrt. Ich weiß nicht, was ich erwartet hatte, aber das nicht. »Wenn du wissen willst, warum wir dahin fahren, warum fragst du nicht deine Schwester?«

Er dreht sich um und blickt nach hinten zu Jolie. Sie hat sich halb über die hintere Bank gelegt. Sie hat die Kopfhörer auf und klebt praktisch an jemandem, mit dem sie auf ihrem Tablet chattet. Sie ist online, seit wir vor Stunden die Stadt verlassen haben. Ich könnte wetten, dass sie kein Datenlimit und eine Million Freunde hat.

Als er sich wieder umdreht, erwischt er mich, wie ich ihn ansehe.

Ich lasse ihn ein paar Sekunden nicht aus den Augen, während ich die komischen Gefühle, die sich in mir regen, zu ignorieren versuche.

»Ich habe Jolie schon gefragt«, sagt er. »Warum dieser Ausflug für sie so wichtig ist, weiß ich, aber ich möchte wissen, warum es dir wichtig genug ist, Gray zu sehen, um dafür in Kauf zu nehmen, mit deinem Ex und seiner neuen Freundin quer durchs Land zu fahren und die letzte Ferienwoche zu verschwenden.«

Fast wäre ich mit der Wahrheit herausgeplatzt – dass mich Grays Musik und Lyrics gehalten und gerettet haben, als die übrige Welt sinnlos erschien. Aber natürlich ist das viel zu blöd, um es laut zu sagen. Zu wahr. Und laut sagen werde ich natürlich auch nichts von meiner Hoffnung, dass Finn nicht mehr lange mein Ex ist.

Ich vermute, Luc kapiert durch mein Zögern und mein krampfhaftes Suchen nach den richtigen Worten mehr, als mir lieb ist. All die Sachen, die ich nicht sagen will, weil sie die Illusion der Normalität erschüttern, die ich um jeden Preis aufrechterhalten will. Ich zwinge mich, unbeschwert zu grinsen. »Weil, Gray ist einfach super-heiß. So.«

Ich sehe Luc nicht an. Stattdessen drehe ich mich weg von ihm und starre aus dem schmutzigen Fenster auf die endlosen Ebenen, etwas, was ich von Anfang an hätte tun sollen. Denn ich will nicht die Enttäuschung über meine lahme Antwort in seinem Gesicht sehen. Oder schlimmer noch – überhaupt keine Reaktion.

»Das ist doch alles ein einziger Fake, das weißt du, oder?«, sagt er.

Der Typ hat ehrlich keine Ahnung von Körpersprache. Ich sollte ihn ignorieren, aber ich kann nicht anders. Ich drehe mich nach ihm um und komme mir erst recht wie eine Idiotin vor – er sieht nicht mal in meine Richtung. »Was?«

»Gray. Der Typ ist nichts anderes als ein Produkt. Genau wie jeder andere gecastete und produzierte Popstar, nur dass sie ihn als den großen Grübler aufgebaut haben – als ob düstere Stimmung eine Auszeichnung wäre. Er ist doch nichts als ein Junge, den irgendwelche Produzenten zum Star gemacht haben. Ist er überhaupt schon achtzehn?«

Ich setze ihm nichts entgegen, obwohl ich Grays tragische Vergangenheit kenne. Obwohl ich so viele Interviews mit ihm gesehen und gelesen habe, obwohl ich weiß, dass er seine Songs selbst schreibt und als Minderjähriger schon anfing, in Kneipen aufzutreten, und sich geweigert hat, bei einem großen Label zu unterschreiben, um zu verhindern, dass andere ihm in seine Musik reinreden. Doch ich sage nichts, Luc geht es schließlich nichts an, wie viel ich über Gray weiß. Stattdessen frage ich: »Warum kümmert dich das?«

»Tut es nicht.« Jetzt starrt er aus dem Fenster auf die malerischen Cottages am Straßenrand, als ob er nie etwas Faszinierenderes gesehen hätte.

Ende der Unterhaltung. Ziel erreicht.

+

»Kehr um!«

Jolies Ausruf weckt mich auf. Ich richte mich auf und wische mir schnell mit dem Handrücken über den

Mund. Hoffentlich habe ich nicht gesabbert oder geschnarcht oder sonst was Peinliches, während ich neben Luc geschlafen habe.

Ich … habe geschlafen. Ohne zu träumen.

Mir bleibt keine Zeit, über meine neue Leichtigkeit, die mich schlafen ließ, nachzudenken, weil Jolie wieder kreischt.

»Im Ernst, Finn, du musst umdrehen. Nur ein kleines Stück zurück. Wenn du das machst, verspreche ich dir, dass du für immer mein Lieblingscousin bist.«

Ich werfe Luc einen Blick zu, aber ihm scheint entgangen zu sein, dass ich geschlafen habe. Er hat sich umgedreht, um seine kleine Schwester zu befragen. Einen Arm hat er über die rissige Plastiklehne gelegt. »Warum umkehren?«

Finn hält in einer Lichtung am Straßenrand an und dreht sich um. Auch er wartet auf ihre Antwort.

Jolie hält uns ihr Handy hin, um ein Bild zu zeigen. »Weil wir *das* hier sehen müssen.«

Das hier ist so eine Art Riesenkrebs oder so was.

»Nein«, sagt Luc und seufzt. »Müssen wir nicht. Wir sind schon dran vorbei, und Umdrehen bedeutet, dass wir erst lange nach dem Mittagessen in Robe und beim Campingplatz ankommen.«

»Und das kann Mr. Pünktlich keinesfalls ertragen«, stichelt sie.

»Jolie …«, sein Ton klingt warnend.

Ich unterdrücke ein Lächeln darüber, dass sie keineswegs schuldbewusst klingt. »Wie viel Zeit würde uns das Umdrehen denn kosten?«, frage ich.

Finn blickt auf die Karten-App auf seinem Handy. »Vielleicht ’ne halbe Stunde.«

»Bitte. Luc.« Jolie ändert ihre Strategie, ihre Stimme wird schmeichelnd. »Das hab ich schon immer sehen wollen.«

Sie sehen sich mit einem so privaten Blick an, dass ich wegsehen muss.

»Schon immer?«, fragt Luc unwirsch nach. Ich spüre, dass er gleich nachgibt. Er geht mir unglaublich auf die Nerven und dennoch ist es schwierig, jemanden zu hassen, der so süß zu seiner kleinen Schwester ist.

»Schon immer«, sagt sie bestimmt.

»Wir fahren also hin?« Finn sieht Luc an.

Cass hebt den Kopf. Sie hat bisher anscheinend nicht mal gemerkt, dass wir angehalten haben. »Wohin fahren wir?«

Luc antwortet. »Zu der berühmten Touristenattraktion ›Big Lobster‹.«

Jolie verkneift sich ein Grinsen, stattdessen blickt sie angestrengt aus dem Fenster, als Finn den Van wendet.

»Übrigens, Jolie«, sagt Finn, »ich weiß schon, dass ich dein einziger Cousin bin.«

Jolie wird ein bisschen rot, doch dann labert sie los und erzählt alles, was sie über das riesige Krustentier weiß. Die Geschichte einer langweiligen Touristenattraktion ist ja eigentlich nicht unterhaltsam, aber ihre Aufregung ist so ansteckend, dass wir begeistert klatschen, als das Hinweisschild auftaucht.

Sogar Luc lächelt.

Wir steigen alle aus und machen Selfies vor dem verblichenen Meereswesen. Cass bittet Finn, ein Bild von ihr und mir zu machen, das sie ihrer Mutter schicken kann. Er bietet mir an, mit meinem Handy auch eines zu machen, aber ich schüttle den Kopf. Auf Nachrichten von mir wartet keiner.

Nachdem die Fotos gemacht sind, schlendere ich zum Van zurück. Ich brauche keine von den kitschigen Souvenirs, über die Jolie so ausrastet.

»Mum antwortet, dass wir gut aussehen«, ruft Cass.

Ich mache das Daumen-hoch-Zeichen. Klar, dass sie sofort eine Antwort bekommen hat.

Meine Mutter und ich waren auch mal so. Ich unterdrücke Erinnerungen an gegenseitiges Nägellackieren und gemeinsame Workouts. Als ich diesen Ausflug meinen Eltern gegenüber ins Gespräch brachte, hatte ich Vorträge und Streit erwartet, aber sie waren ohne Getue einverstanden. Genauso wie mein neuer Look nicht kommentiert wurde. Es war und ist immer noch so, als ob ich nicht mehr existiere.

Ich spüre eine Berührung am Arm. Luc. Er bleibt neben mir stehen.

»Gut geschlafen?«, fragt er. Eine Piloten-Sonnenbrille verdeckt seine Augen, aber in seiner Stimme liegt Belustigung.

»Um genau zu sein, ja.«

Er rollt übertrieben mit den Schultern, als ob ihm der Rücken wehtut. »Ich dachte schon, mein Arm schläft gleich ein.«

Ich brauche einen Augenblick, bis ich kapiere. »Ich hab doch nicht an deiner Schulter geschlafen.«

»Bist du sicher?«

Ich überlege. Ich weiß, dass ich so ruhig geschlafen habe wie schon seit Monaten nicht mehr, aber ich kann mich nicht erinnern, mich an Luc gelehnt zu haben. Das hätte ich doch gemerkt. Aber ich bin verunsichert und das gefällt ihm! Als ich mich abwende, glaube ich, ihn kichern zu hören, weil ich rot geworden bin. Soll er sich doch auf meine Kosten lustig machen. Das wird das letzte Mal gewesen sein.

Another step, but you are looking back.
That's why you can't see me here.
I'm waiting.

»Moving« – GRAY

Kapitel drei

Die niedrig stehende Sonne färbt den Horizont hinter mir rosa, als ich aus dem kühlen Wasser steige und über den Sand zu meinem Handtuch gehe. Ich komme als Letzte aus dem Meer. Wenn ich mir nicht einbilden würde, dunkle Gestalten in jedem tiefen Schatten zu sehen, wäre ich gar nicht rausgekommen. Ich glaube, die Angst stammt noch daher, dass Dan immer untertauchte und meinen Fuß packte, als ich ein Kind war – das hat er zu gerne gemacht.

Wir sind lange nach der Mittagszeit in Robe angekommen, genau wie Luc vorausgesagt hatte, aber wir hatten trotzdem genug Zeit, einzuchecken und dann an den Strand zu gehen.

Mit federnden Schritten laufe ich auf die anderen zu. Ich hatte ganz vergessen, wie sehr ich das Meer liebe. Meine Arme sind wohltuend angestrengt vom Schwimmen in den Wellen, und ich bin ganz relaxt, als ich mir das Wasser aus den Haaren drücke und ein Handtuch um meine Schultern wickle. Nicht, dass ich das besonders auffällig mache, aber ich kann nicht anders, ich sehe heimlich rüber, ob Finn herschaut.

Tut er nicht. Er lacht über irgendwas, hat den Kopf in die Hände gestützt und seine Schultern beben. So wie ich Finn kenne, war es bestimmt nicht mal besonders komisch. Ich schüttle den Gedanken ab. Kein Junge ist perfekt, und wenn Finn alles und jeden lustig findet, liegt das einfach an seinem positiven Temperament, das übersprudelt. Etwas, das ich selbst auch gerne spüren würde.

Luc hingegen beobachtet mich. Seine dunklen Augen sind ein warmes Braun im widerspiegelnden Licht der Abendsonne, und er grinst. Allerdings nicht mit dem Ausdruck eines Jungen, der von meinem Körper im Bikini beeindruckt ist. Hat er mich dabei erwischt, wie ich Finn angesehen habe?

Und wenn schon? Ich recke das Kinn und ziehe missbilligend die Augenbrauen hoch, denn auch wenn er so belustigt wirkt – er hat mich schließlich beobachtet. Er dreht sich zu Jolie, als habe er nichts bemerkt. Ich fasse das als Sieg auf; schließlich war er derjenige, der den Blick zuerst abgewandt hat.

Nicht, dass ich vorhabe, Lucs Körper zu mustern. Eher tue ich das, weil mir sonst keine Wahl bleibt. Nachdem mein Blick an seinem gebräunten Sixpack hängen geblieben ist, kann ich nicht anders, als den Rest in Augenschein zu nehmen. Breite Schultern? Positiv. Definierte Bauchmuskeln? Positiv. Aber es sind die Dellen und Mulden an seinen Hüften, das breite V der Muskeln, das seine tief sitzenden Shorts freigeben. Ich muss die Hände zu Fäusten ballen, um an mich zu halten und ihn nicht zu berühren.

Stattdessen lasse ich mich neben Cass in den Sand fallen. Sie dreht sich lächelnd zu mir, nichts ahnend von dem Aufruhr, der in mir tobt, dann konzentriert sie sich wieder auf die Unterhaltung. Ich bin im richtigen Moment gekommen, denn sie scheinen übers Abendessen zu reden.

»Ich bin für Fisch und Chips«, sagt Finn.

Cass rümpft angewidert die Nase. »Das macht dick.«

Er geht ihr direkt auf den Leim. »Aber *du* musst dir deswegen doch keine Gedanken machen. Du kannst doch essen, was du willst, und siehst super aus.«

Ich schaffe es gerade noch, nicht die Augen zu verdrehen.

Ich spüre, wie Luc mich ansieht. Hoffentlich hat er mir meine Gefühle nicht angesehen. »Mir ist es einerlei, ich mag jede Art von Fischküche«, sage ich schnell. »Egal, wofür wir uns entscheiden, Hauptsache schnell. Ich bin am Verhungern.«

»Kein Wunder«, sagt Jolie. »Du bist ja ewig geschwommen. Ich dachte schon, du bist zur Nixe geworden.«

Ohne Vorwarnung taucht der magische Sommer im Musical Camp vor meinen Augen auf – er als Prinz Eric, ich als Arielle. Damals waren wir noch zusammen, nicht nur auf der Bühne. Wir haben unser Bestes gegeben, uns die Kehle aus dem Hals gesungen – und unseren ersten Bühnenkuss erlebt. Ich unterdrücke mein dämliches Grinsen, ehe es zu breit wird.

So wie damals kann es wieder werden. Hoffentlich noch auf dieser Reise.

Ich kann zwar Daniel nicht zurückholen, aber alles andere kann wieder so werden wie damals. Wenn ich wieder mit Finn zusammen wäre, könnte ich die Schule ertragen, den Unterricht, der mir nach dem Tod meines Bruders so sinnlos vorkam. Denn was bringen einem gute Noten, wenn man weiß, dass man von jetzt auf gleich ohne Vorwarnung umkommen kann? Höhere Mathematik hilft einem nicht, wenn einem ein aus der Kontrolle geratenes Auto entgegenkommt. Aber mit Finn zusammen wird mir die Schule nicht so nutzlos vorkommen. Und vielleicht hören meine Eltern dann auch mit ihrem Geseufze und ihren unwilligen Blicken auf, sobald ich ins Zimmer komme.

Alles wird wieder so wie früher. Vielleicht könnte ich sogar wieder singen.

Ich denke an Dan, der Gigant in meinem Leben seit meiner ersten bewussten Erinnerung an ihn, als ich zwei war: Da ist er auf die Küchenanrichte bis zum Oberschrank geklettert und hat eine riesige Tafel Schokolade gemopst, von der ich so viel gegessen habe, dass mir hinterher schlecht war. Widerstrebend verscheuche ich das Bild von ihm und die Erinnerung an sein Haar, genau im gleichen Braun wie meines, und seine grünen Augen, die immer von Lachfältchen umgeben waren.

Fast alles wird wieder so wie früher.

»Von mir aus«, fährt Jolie fort, »Fisch und Chips wäre super.«

»Ich geh«, sagt Luc.

»Ich muss duschen«, sagt Jolie.

»Ich auch«, sage ich schnell, weil ich nicht riskieren will, allein mit Luc lostraben zu müssen. »Hier, ich geb dir Geld mit.«

»Du willst also nicht die Chance zu einem Abstecher in den Getränkemarkt nutzen?«, fragt Finn.

Ich schüttle den Kopf. Alle sehen mich an und ich überlege, was Finn dazu gebracht hat, das vor Jolie und Luc zu fragen. War die Frage ernst gemeint oder eine Rache für meine Sauferei und Party-Feierei?

»Wirklich nicht?«, fragt Cass.

Muss sie so erstaunt klingen? Ich bemühe mich, meine Stimme nicht zittern zu lassen. »Wirklich nicht.«

Finn zuckt die Schultern, als sei nichts gewesen, und geht auf die Hauptstraße zu. Luc folgt ihm. Cass hat ihr Handy in der Hand und sieht nicht so aus, als ob sie irgendwohin will.

Ich unterdrücke den Drang zu heulen und mache mich in Richtung Duschen auf. Jolie kommt mit und verscheucht durch ihre sonnige Art das Gefühl, losheulen zu müssen. Es war eine unbedeutende Bemerkung. Wahrscheinlich eher ein Scherz.

Im Duschraum, der bis auf uns leer ist, reden Jolie und ich über die verschiedenen Disney-Prinzessinnen. Als sie die Prinzessinnen mit diversen Stars aus TV-Realityshows vergleicht, muss ich laut lachen.

Mit Jolie zu reden, tut richtig gut, nachdem mir in der Gegenwart von Cass und Finn immer leicht übel ist. Und dazu noch die Stichelei mit dem Getränkemarkt.

Schließlich habe ich ja nicht vor, ihn zu verführen«, sage ich mir, während ich mir das Salz von der Haut wasche und in Jolies schräge Wiedergabe von ›Under the Sea‹ einstimme.

Ich will den beiden ja nur zeigen, dass ich nicht mehr das Mädchen bin, das Finn so verletzt hat. Ich bin das Mädchen, das er immer lieben wird, so wie er es damals geschworen hat.

Ich brauche ein paar Sekunden, ehe ich merke, dass es

in der nächsten Kabine plötzlich still ist. Jolie hat mitten im Lied aufgehört.

»Alles in Ordnung?«, frage ich.

Nichts.

Das Wasser nebenan läuft noch. Ich stelle meine Dusche ab und nehme mein Handtuch. »Jolie?«

Sie kann aus Millionen Gründen still geworden sein. Sie hat Seife in die Augen bekommen, sie ist damit beschäftigt, sich irgendwo zu rasieren, sie ist ein bisschen verrückt und spielt anderen, die sie praktisch nicht kennt, gerne Streiche … oder es stimmt tatsächlich was nicht.

Mein Herz klopft so laut, dass ich nicht sicher bin, ob ich sie überhaupt hören würde. Denn mir ist längst klar: Sie ist nicht der Typ Mädchen, der einem gemeine Streiche spielt.

Mit zitternder Hand halte ich das Handtuch um den Körper geschlungen, trete in den leeren Vorraum und klopfe an die geschlossene Kabinentür. Wenn sie nicht antwortet, breche ich ein. Irgendwie. Wir sind auf einem gut besuchten Campingplatz. Wenn ich schreie, wird schon jemand kommen. »Jolie?«

Es klickt und das Schloss geht auf.

Ich drücke gegen die Tür.

Jolie liegt zusammengesunken auf dem Boden, die Beine halb im Wasser, den Körper größtenteils von einem Handtuch bedeckt. Sie zwingt sich zu einem Lächeln. Ihre Lippen sind fast so bleich wie ihre blasse Gesichtshaut.

»Geht es dir nicht gut? Du hast mir einen Schrecken eingejagt.« Ich drehe das Wasser ab, dann knie ich mich neben sie. »Soll ich jemanden holen?«

Sie schüttelt den Kopf, doch die einfache Bewegung wirkt, als benötigt sie dazu ihre gesamte Energie. »Alles okay … Ich hab's … nur heute ein bisschen übertrieben und nicht genug gegessen.«

Ich muss daran denken, wie sie bei unserer Rast an dem Muffin nur rumgepickt hat. Wenn sie es mit dem Mittagessen genauso gemacht hat, wäre das eine Erklärung. »Bist du auf Diät?«

»So was in der Art.«

»Besser wäre es, regelmäßig zu essen und Sport zu machen. Eine Hungerkur ist keine gute Methode.« Ich beiße mir auf die Lippe – was für ein blöder Vortrag!

»Ich weiß, es war dumm von mir, ich wollte das nicht wirklich, aber der Tag war so aufregend.« Sie richtet sich auf, und obwohl sie sich noch an die geflieste Wand lehnt, bekommt sie wieder etwas Farbe in die Wangen. »In meiner Tasche ist ein Paket mit Zuckerschlangen. Wenn du mir eine geben könntest, dann geht's mir gleich besser.«

Ich finde ihren Süßigkeitenvorrat und gebe ihr was zum Lutschen. »Das ist kein Essensersatz.«

Ich weiß, dass ich wie meine Mutter klinge, aber ich kann die Angst noch nicht ganz abschütteln, die mich ergriffen hat, als sie verstummte.

»Ich esse was, wenn die Jungs zurückkommen,

versprochen.« Sie umklammert das Handtuch. »Bitte sag Luc nichts davon.«

Ich zögere. »Ich bin keine Petze, aber du siehst nicht gut aus.«

Jetzt lächelt sie fast schon wieder wie üblich. »Bitte. Er ruft sonst Dad an und schickt mich nach Hause und ich könnte nicht …« Sie blinzelt aufsteigende Tränen fort. »Sie finden ja sogar, dass man mit sechzehn noch zu jung für so was ist.«

Ich gebe auf. Es steht mir nicht zu, ihr den Ausflug kaputt zu machen, aber ich werde ab jetzt ein Auge darauf haben, was sie so zu sich nimmt. »Okay.«

Sie wischt sich mit der Hand die Nase. »So, nachdem das geklärt ist, was für ein Duschgel hast du? Ist das Basilikum, was ich da rieche?«

»Genau, es ist echt gut.« Ich trete aus der Kabine, um Platz für sie zu machen. »Also, ich dusch dann mal weiter. Ich zeig dir die Flasche, wenn wir angezogen sind. Du bist doch wieder okay?«

Sie bedeutet mir, dass ich gehen kann. Ich mache einen Schritt und wende den Blick ab, gehe aber erst ganz, als sie wieder auf den Füßen ist.

»Es geht mir gut«, versichert sie, als sie mein Zögern bemerkt.

Ich nicke und schließe die Tür.

+

Ich kratze den Rest der Sauce Tartare mit einem Stück des panierten Fischs auf, stecke mir noch eine Fritte in den Mund, dann steh ich auf. »Ich platze gleich. Das war super.«

Zufriedenes Nicken in der Runde. Ich bin erleichtert, dass Jolie ordentlich zugelangt hat, und beschließe, den Duschvorfall zu vergessen.

Ich deute zum Strand. »Hat jemand Lust auf einen Spaziergang?«

Es liegt nicht dran, dass mir nicht behagt, wie sich Cass zufrieden an Finn lehnt, aber ich bin so satt, dass ich mich bewegen muss, sonst schlafe ich hier im Sitzen ein. Jolie schüttelt den Kopf und versucht erst gar nicht, ein Gähnen zu verbergen. »Ich nicht.«

»Ich komm mit«, sagt Cass.

Finn und Luc geben keine Antwort, aber sie stehen zusammen mit Cass auf.

Luc dreht sich nach Jolie um. »Kommst du klar?«

Sie verschränkt die Arme. »Ich bin doch kein Baby.« Er lässt sich nicht auf ihren Versuch ein, mit ihm zu streiten, und schließlich seufzt sie. »Ich gehe direkt zum Van zurück und schließe mich ein. Der Weg ist ja beleuchtet. Willst du jeden Schritt beobachten, den ich mache? Meine Hand halten?«

Ich verstehe ja, er ist ihr Bruder, aber Daniel hätte mich in dem Alter niemals mehr wie ein Kleinkind behandelt. Der Gedanke an meinen Bruder lässt mir einen Stich durch die Brust fahren. »Lass sie in Ruhe«, fahre ich ihn an. Beide sehen mich an, Jolie dankbar und Luc mit unergründlich dunklem Blick. Ich deute zur Straße, wo sich immer noch Familien tummeln und den Sommerabend genießen. »Schließlich muss sie ja nicht durch eine verlassene Gasse. Wir können den Van doch von hier sehen.«

Danke, bedeutet mir Jolie mit Lippenbewegung und geht über den Sand.

Trotz der Zusicherung, dass es völlig ungefährlich ist, bleibt Luc stehen und passt auf, dass sie den Van sicher erreicht.

Nachdem sie die Tür zugeschlagen hat, machen wir uns zum Strand auf. Nach ungefähr fünf Minuten fängt Cass zu stöhnen an, was mich nicht überrascht. Abgesehen vom Tanzen ist Bewegung nicht ihr Ding. Ich erinnere mich an eine Gelegenheit im Ferienlager in der neunten Klasse, da gab sie vor, ihre Periode zu haben, um nicht mit uns anderen um den See laufen zu müssen.

Sie lässt sich in den Sand fallen, als ob sie einen Marathon hinter sich hätte. »Ich geh keinen Schritt weiter.«

»Du hast doch den ganzen Tag rumgesessen«, necke ich sie.

Sie zuckt die Schultern. »Ich war schließlich auch im Wasser. Hier ist es nett, das reicht mir.«

Finn setzt sich neben sie. »Mir auch. Spazieren gehen ist langweilig.«

Ich spüre einen Druck auf der Brust. Finn und ich sind früher immer am Strand spazieren gegangen. Dann haben wir geredet und Händchen gehalten und geknutscht. Ich dachte, dass ihm das gefallen hätte.

Aber er sieht Cass an, und ich kann ihn danach schlecht fragen, selbst wenn ich die Worte fände.

»Kommst du?«

Die Frage kommt von Luc, der schon ein paar Schritte weitergegangen ist.

Mir wird bewusst, dass ich Finn und Cass angestarrt habe, die beide ihre Handys checken. Ich werde rot. »Klar.« Weil ich mich über mich selbst ärgere, klingt meine Antwort ruppiger als beabsichtigt. Lucs Wangenmuskeln arbeiten, aber er zuckt die Schultern und geht weiter und ich hole ihn ein.

Die untergehende Sonne taucht den weiten Spülsaum, wo das Wasser weich ans Ufer schlägt, in einen sanften Schein. Wenn ich mit Finn zusammen hier wäre, fände ich das romantisch. Ich würde meine Hand in seine Richtung baumeln lassen und er würde sie nehmen und ich käme mir nicht so allein vor. Ich habe es so satt, allein zu sein.

Ich warte, dass Luc etwas sagt, vielleicht wieder etwas Gemeines, dass ich seinen Cousin verletzt habe oder so, aber er schweigt. Allmählich finden unsere Schritte einen gemeinsamen Rhythmus und ich entspanne mich. Ich achte nicht darauf, wie nah er mir ist, stattdessen atme ich die Seeluft ein und verkneife mir, mich umzudrehen und nachzusehen, ob Finn und Cass knutschen.

»Tut mir leid«, sage ich schließlich. Wir sind um eine Biegung der Küstenlinie gekommen. Selbst wenn ich mich jetzt umdrehe, kann ich die Umrisse von Finn und Cass nicht mehr sehen. »Ich hätte nicht so zickig sein sollen.«

»Ich weiß, dass du nicht unbedingt mich als Begleiter haben wolltest.«

Ich werfe ihm einen Seitenblick zu, aber er sieht stur geradeaus. Weiß er, dass ich Finn zurückhaben will? Merkt er, wie durcheinander ich innerlich noch bin, obwohl ich alles Mögliche unternehme, um das zu verbergen? Ich gebe mir einen Ruck. Er kennt mich doch gar nicht. Alles, was er zu wissen glaubt, ist reine Spekulation. »Ich wollte einfach nur laufen, sonst nichts.« Ich bin froh, dass meine Stimme leicht und unbekümmert klingt. »Es ist so ein schöner Abend.«

Er bleibt stehen und sieht auf mich herunter. Im Mondlicht ist sein Gesicht ganz glatt und verschattet, seine dunklen Augen eindringlich. »Stimmt.«

Und einen verrückten, blöden Moment lang glaube ich, dass er auf mehr anspielt als einfach nur auf die Gegend im Schummerlicht. Mein Puls setzt einen Schlag aus. »Ich …«

Dach dann blickt er dorthin, wo wir hergekommen sind. »Ich sollte zurück«, sagt er.

Was habe ich mir bloß eingebildet? Der Typ macht ja schließlich kein Geheimnis daraus, dass er mich nicht mag. »Okay, dann sehen wir uns auf dem Campingplatz.«

Er setzt zu einer Erwiderung an und ich mache mich auf eine spitze Bemerkung gefasst, aber er sagt dann doch nichts. Mit einem Schulterzucken macht er kehrt und geht über den Strand zurück. Ich sehe ihm eine Weile nach. Ich merke, dass ich von der Nachtbrise eine Gänsehaut bekomme, und mir wird bewusst, dass ich wieder mal allein bin.

+

Ich weiß nicht, wer die Kissen mitgebracht hat, aber zusammen mit unseren Schlafsäcken machen sie unseren Lagerplatz ziemlich bequem. Keiner scheint es eilig zu haben, ein Zelt aufzustellen, und als Finn vorschlägt, unter freiem Himmel zu schlafen, stimmen alle außer Luc schnell zu.

»Was ist, wenn irgendwann Regen einsetzt?«, sagt er und sieht Jolie an.

Sie richtet den Blick betont auffällig auf den wolkenlosen Himmel. »Bist kein so guter Wettermann, was, Bruderherz?«

Ich bilde mir ein, sein gereiztes Zähneknirschen zu hören. »Nur weil es jetzt warm ist, bedeutet das nicht, dass es in der Nacht nicht kalt wird.«

»Wo er recht hat, hat er recht«, sagt Finn besänftigend. Doch weder Jolie noch Luc beachten ihn.

Da läuft ein Machtkampf ab und ich setze mein Geld auf Jolie. Sie scheint nicht die Art von Mädchen zu sein, die sich das übertrieben brüderlich-fürsorgliche Getue gefallen lässt.

Es ist nicht so, dass es mir keinen Spaß macht, aus der ersten Reihe mitzubekommen, wie Mister Oberlehrer von seiner kleinen Schwester zurechtgewiesen wird. Sie starren sich kaum eine Minute lang finster an, da klickt Jolie auch schon ihre Wetter-App auf ihrem Handy an und wedelt damit triumphierend vor seinem Gesicht herum. »Siehst du? Die ganze Nacht warm. Nicht zu erwähnen die Tatsache, dass meine Decke und mein Schlafsack antarktistauglich sind.«

Er bleibt hartnäckig. »Ich stelle das Zelt auf.«

Ich bin enttäuscht. Er scheint wild entschlossen zu sein, sie zu beschützen, ob sie will oder nicht.

Jolie bleibt auch fest. »Ich lass mich nicht von dir bevormunden wie ein Baby.«

»Dann hör auf, dich wie ein Baby zu benehmen«, schießt er zurück und drückt die Finger an die Schläfen. »Ich habe versprochen, auf dich aufzupassen, und das Versprechen werde ich verdammt noch mal nicht brechen, nur weil du es für uncool hältst.« Er wird nicht laut, aber die Härte in seiner Stimme ist unmissverständlich. Er geht zum Van und holt den Sack mit dem Zelt vom Gepäckträger.

»Ich schlafe nicht in einem blöden Zelt«, sagt Jolie, allerdings leicht verunsichert. Ich ahne, dass sie gleich einknicken wird …

Da ist doch irgendwas seltsam. Ich sehe zu Cass, um mit ihr einen »Was geht da ab?«-Blick zu tauschen, aber sie glotzt auf ihr Handy. Mal wieder. Und als ich zu Finn sehe, ist der bereits auf den Beinen, um Luc mit dem Zelt zu helfen.

Ich lehne mich zurück und sehe ihnen zu und unterstütze Jolie in ihrer Entschlossenheit, nichts mit dem Zelt zu tun haben zu wollen. Sie grinst mir zu.

Dass Luc und Finn verwandt sind, merkt man nicht. Finn ist so zugewandt und freundlich. Ständig lächelt er Jolie entschuldigend zu oder streicht Cass im Vorübergehen über die Schulter. Luc sieht überhaupt nicht zu uns hin. Er konzentriert sich allein auf das Zelt. Ich merke, wie ich überlege, ob er generell abweisend ist, ob er speziell uns nicht mag oder ob er womöglich nur Angst hat, vor den finsteren Blicken seiner kleinen Schwester einzuknicken, wenn er das Zelt nicht schnell genug aufstellt.

Als sie fertig sind, habe ich meine Cola halb ausgetrunken, ohne es zu merken. Finn weist Cass auf sein fertiges Werk hin und sie klatscht in die Hände. Er reagiert mit einer lustig gemeinten Verbeugung, worauf sie lacht. Ich sehe weg.

Eine Frau mittleren Alters, die Haare in ein Handtuch

gewickelt, bleibt auf dem Rückweg von den Duschen am Rand von unserem Zeltplatz stehen und räuspert sich, bis wir zu ihr hinsehen. »Wir sind mit kleinen Kindern unterwegs. Ich wäre euch dankbar, wenn ihr etwas leiser wärt.«

Luc reagiert als Erster. »O-kay.«

»Das meine ich ernst.«

»O-kay«, wiederholt er und wirft uns einen *»Geht's noch?«*-Blick zu.

Die Frau stemmt die Hände in die Hüften, wobei ihr Bademantel unvorteilhaft aufklafft. »Sonst beschwere ich mich.«

»Worüber?« Luc ist anscheinend ehrlich verdutzt über die Unterhaltung und weiß außerdem nicht, wo er hingucken soll, um nicht zu viel nacktes Fleisch sehen zu müssen.

Ihre Geste umfasst uns alle. »Irgendwas wird mir schon einfallen.«

Dann dreht sie auf dem Absatz um, stürmt davon und macht ein paar Lagerplätze weiter Halt.

Wir sind noch dabei, die Begebenheit zu verarbeiten, als ein gestresst wirkender Mann mit zwei Zwillingsjungen im Schlepptau vorbeitrabt. »Kümmert euch nicht um das, was Rizzo sagt, macht's euch einfach nett.« Er lächelt, und sein Ausdruck verrät etwas wie Neid, während er seine Jungs in die Richtung ihres Campingwagens schiebt.

Wir sehen uns verdutzt an.

»Okay, ich hab's kapiert«, sagt Cass mit einem spöttischen Grinsen.

»Vielleicht solltest du zu denen rübergehen«, sagt Jolie stichelnd zu Luc. »Dem Anschein nach fand sie dich nett und du hast schon lange kein Date mehr gehabt.«

Luc macht ein finsteres Gesicht und Finn lacht.

Aha, er ist also Single. Vielleicht hat ihm ja *auch* ein Mädchen das Herz gebrochen.

Die Frau schreit ihre Kinder an und ich schüttle den Kopf. So wie sie rumbrüllt, sollte sie sich bei *uns* dafür entschuldigen, dass sie uns den Abend verdorben hat. Ich erwarte ja nicht, dass eine Gruppe von Teenagern in der Nachbarschaft Begeisterungsstürme auslöst, aber sie könnte zumindest warten, bis wir tatsächlich zu laut sind, ehe für sie feststeht, dass wir Ärger bedeuten.

Und die Nacht ist noch jung.

Night is dark.
You're my light.
I'm alone,
I'm dark inside.

»Remember« – GRAY

Kapitel vier

»Jetzt beginnt der Spiele-Abend«, verkündet Jolie, als wir uns endlich auf die morgige Route geeinigt haben. Es ist inzwischen dunkel, doch zwischen den einzelnen Zeltplätzen gibt es reichlich Leuchten und es sind noch viele Leute unterwegs. Von den Nachbarn zu unserer Linken, einem älteren Paar, das leidenschaftlich Karten spielt, dringt lautes Gelächter zu uns.

»Es ist ziemlich spät«, erwidert Luc.

Ich bin nicht sicher, was sein Problem ist, aber er entwickelt sich zu einer richtigen Spaßbremse. Ich hab ja verstanden, dass Gray nicht sein Ding ist, aber schließlich zwingt ihn doch keiner mitzukommen.

Jolies Ausdruck sehe ich an, dass ich nicht die Einzige bin, der seine Haltung auf die Nerven geht. Sie gestikuliert zum Zelt hin. »Tu dir keinen Zwang an, Lucien, geh und leg den Partylöwen in dir schlafen.« Dann beugt sie sich vor, grinst uns andere an und zeigt ihrem starrsinnigen Bruder die kalte Schulter. »Die Frage ist nur, was für ein Spiel? Normalerweise habe ich nichts gegen Flaschendrehen, aber da ich mit der Hälfte der Leute hier verwandt bin …« Sie schaudert. »Ich finde *Wahrheit oder Pflicht* besser.«

»Einverstanden«, sage ich. Auch wenn ich kein Interesse daran habe, den Anwesenden gegenüber irgendwas zu offenbaren, bin ich viel zu überdreht, um zu schlafen. Und vielleicht möchte ich auch einfach nur nicht erleben, wie Finn und Cass unter ihren Decken verschwinden. Wie ein Pärchen haben sie den Tag über eigentlich kaum ausgesehen. Aber es kann nicht schaden, sie noch ein bisschen länger voneinander fernzuhalten.

Jolie sieht mit teils forderndem, teils bettelndem Blick zu Finn. Es ist schwer, dem Mädchen was abzuschlagen.

»Na gut, aber nur kurz«, sagt er.

»Ich mach mit«, stimmt Cass zu.

Luc sagt nichts, geht aber auch nicht.

»Du zuerst«, sage ich zu Jolie. »Wahrheit oder Pflicht?«

Sie neigt den Kopf zur Seite und zieht eine Schau ab, als ob sie zwischen Finn und Luc abwägt. »Ich glaube, ich wähle … Pflicht. Es gibt zu viel, was ich vor diesen beiden Typen nicht eingestehen will.«

Ich lache. »Okay.«

»Aber nichts Abartiges«, setzt sie noch hinzu.

Ich überlege. Ständig gehen Leute vorbei, entweder zu den Duschen oder zum Kiosk am Eingang, wo man Eis kaufen kann. »Ich wette, du traust dich nicht …« Ich mache eine Pause, um die Spannung anzuheizen. »Ich wette, du traust dich nicht, den Nächsten, der hier vorbeikommt, anzuhalten, ihm deine unmittelbare und unsterbliche Zuneigung zu gestehen und ihn um seine Telefonnummer zu bitten.« Jolies Augen blitzen vor Belustigung und sie steht auf. »Das wird ein Spaß.«

Ich entdecke jemanden, der auf unseren Platz zukommt. Eine Frau. »Wenn du mir kein Eis holst, dann hol ich mir einfach selbst eins«, ruft sie über die Schulter.

Ich halte mir den Mund zu, um ein Kichern zu ersticken.

Jolie reißt die Augen auf.

Das kann doch nicht die …

Wir erkennen die Frau, die uns vorhin angemacht hat. Sie hat immer noch den Bademantel an und macht ein mürrisches Gesicht.

Jolie schluckt und sieht mich flehend an. *Muss ich wirklich?*

Ich nicke.

Die Frau kommt näher. Finns Schultern fangen zu beben an und er erstickt sein Lachen mit einem Kissen. Was gibt's denn jetzt schon zu lachen? Ich versuche, mich nicht aufzuregen. Also, es ist ja tatsächlich ziemlich lustig, dass es die Frau von vorhin ist – aber noch kein Grund, hysterisch zu gackern. Als ob Cass meinen Unwillen spürt – oder vielleicht auch allmählich genug davon hat, dass er alles zum Brüllen findet –, stößt sie ihn an und zischt, er soll still sein. Ich wage es nicht, Luc anzusehen. Ihm gefällt die Aktion sicher nicht.

Jolie steht auf und tritt der Frau in den Weg. Sie sieht Jolie an und geht weiter. Es sieht nicht so aus, als ob sie sich aufhalten lässt. Oder einen Bogen um Jolie macht.

Die Frau verengt die Augen zu Schlitzen. Jolie rührt sich nicht vom Fleck. Die Frau kommt näher. Jolie zuckt nicht mal. Ich will am liebsten wegsehen, schaffe es aber nicht.

Als es unausweichlich scheint, dass sie zusammenstoßen, bleibt die Frau stehen. Glotzt.

»Entschuldigen Sie.« Jolie sieht zu ihr auf, mit unschuldigem Blick, das engelsgleiche herzförmige Gesicht von ihrem blonden Haar umrahmt.

»Was?«

Jolie verschränkt die Finger und legt die Hände aufs

Herz. Aus dem Augenwinkel sehe ich, wie sich Finns gesamter Körper vor stummem Gelächter schüttelt. Jetzt entschlüpft auch Cass ein Kichern. Ich zwinge mich, eine ungerührte Miene zu machen, aber meine Lippen zucken.

Und immer noch wage ich nicht, Luc anzusehen.

Jolie klimpert mit den Wimpern. »Ich habe das Gefühl, dass uns etwas verbindet. Ich glaube, dass ich viel von Ihnen lernen könnte.«

Die Frau sperrt den Mund auf.

»Könnte ich Ihre Telefonnummer haben?«, sprudelt Jolie hervor. »Bitte?«

Sekunden vergehen. Die salzige Brise weht der Frau die Haarsträhnen in den geöffneten Mund. Ich halte gespannt die Luft an.

Doch dann sieht sie in die hoffnungsvollen Augen von Jolie. Die unwiderstehliche, süße Jolie. Und sie lässt sich erweichen. Sie zerläuft quasi stehenden Fußes zu einer klebrigen Pfütze, und der Ärger, der sie gerade noch beben ließ, ist verflogen. Sie lacht. Ein warmer Laut, der ihren ganzen Körper vibrieren lässt.

Und Jolie lacht.

Und die Frau schüttelt den Kopf und geht weiter. Aber jetzt lächelt sie.

Jolie rennt zu ihrer Decke zurück und lässt sich fallen. Ihr ganzer Körper schüttelt sich vor stummem Lachen. Als sie sich aufsetzt, laufen ihr Tränen über die

Wangen. »Nicht zu fassen, was da gerade abgegangen ist. Ich dachte schon, sie würde mich zu Brei schlagen.« Sie wendet sich ihrem Bruder zu und wirft mit einer Zuckerschlange nach ihm. »Warum lachst du nicht?«

Jetzt endlich sehe ich Luc an.

»Ich lache«, sagt er und beißt der Schlange den Kopf ab. »Innerlich.«

Cass, die doch tatsächlich mal ihr Handy beiseitegelegt hat, lacht immer noch. »Jetzt ich. Ich wähle auch Pflicht.«

Jolie übernimmt, und innerhalb von Minuten lachen wir uns kaputt darüber, wie Cass versucht, ihre Facebook-Seite mit den Zehen upzudaten.

»Finn ist dran«, erklärt Jolie, nachdem Cass irgendeinen Quatsch getippt und versprochen hat, ihn unkorrigiert zu posten.

Cass will Finn etwas fragen, doch Luc kommt ihr zuvor. »Wahrheit oder Pflicht, kleiner Cousin?«

»Klein?«, protestiert Finn, doch er lächelt. »Wir sind gleich alt, merk dir das. Ich glaube, dass ich es gut mit dir aufnehmen könnte.«

Unwillkürlich vergleiche ich sie. Finn ist schmächtig, aber ein zäher Kämpfer – ich glaube, er würde alles geben, um seinen schlanken, muskelbepackten Cousin bei einem Kräftevergleich zu schlagen. Überraschend ist für mich allerdings zu hören, dass Luc achtzehn ist wie Finn – irgendwie wirkt er älter.

Luc lässt sich nicht auf einen Streit ein. »Wahrheit oder Pflicht?«

Finn lehnt sich in sein Kissen zurück und faltet die Hände hinter dem Kopf, dabei achtet er darauf, seine stylishe Frisur nicht durcheinanderzubringen. »Wahrheit.«

Ich bin mir nicht sicher, da es schon so dunkel ist, aber ich glaube, Luc wirft mir einen Blick zu, ehe er spricht. »Welches war dein schönster Kuss?«

Ich erstarre. Das ist nicht nur so eine hingeworfene Frage.

Natürlich wird Finn sagen, dass es ein Kuss erst vor Kurzem war, mit Cass. Sie ist seine feste Freundin und sitzt neben ihm. Und ich will es so was von gar nicht hören.

Ich blicke auf das Pfefferminzpapier, das ich in meinem Schoß zu weißem Schnee geschreddert habe, und beiße mir auf die Lippe. *Sag's einfach, Finn.*

Aber er sagt nichts. Ich sehe heimlich zu Luc hinüber. Er tut, als ob er nicht wirklich interessiert ist, mit seinem strubbeligen Haarschopf und seinem stoppeligen Kinn, aber er weiß ja ganz genau, dass wir zusammen waren. Er weiß, dass er in ein Wespennest sticht. Plötzlich wird mir klar: Noch schlimmer, als den Namen meiner besten Freundin zu hören, wäre es, wenn er was anderes sagen würde. Was, wenn Finn sagt, der schönste Kuss war mit mir?

Ich denke an unsere Küsse zurück. Ich bin keine Expertin, aber ich glaube, sie haben Finn mehr als gefallen.

Ich habe das Gefühl, als ob mir etwas den Bauch einschnürt und meinen Magen rotieren lässt.

Warum antwortet er nicht?

Ich hebe den Kopf.

Finn sieht mit traurigem Blick von Cass zu mir, dann dreht er sich wieder zu Luc um. »Doch lieber Pflicht.«

»Ich weiß was«, mischt sich Jolie ein, ehe Luc den Abend noch weiter vermasseln kann. »Steck dir so viele Eiswürfel in den Mund, wie reinpassen, und singe die Nationalhymne.«

Die Anspannung lässt etwas nach, als wir alle lachen.

»Aber ich hab den Text fast ganz vergessen«, hält ihr Finn entgegen.

»Dann eine Fußballhymne«, sagt sie.

Er setzt sich auf und sie schiebt ihm die Kühlbox hin. Ein Eiswürfel verschwindet. Dann noch einer. Bei vier fängt er zu sabbern und gleichzeitig zu lachen an.

»Noch einen«, sagt Jolie.

Ich glaube, er will sich gerade weigern, doch er sieht Luc an und scheint irgendein Zeichen bekommen zu haben, denn er stopft sich noch einen rein. Seine Wangen sind ausgebeult, und als er zu atmen versucht, hustet er und ein Eiswürfel fliegt Cass in den Schoß.

Sie quietscht. »Igitt.«

Er muss noch mehr lachen. Dann singt er. Oder versucht es zumindest.

Jolie bekommt solch einen Lachflash, dass sie ihn im selben Atemzug bittet aufzuhören und weiterzusingen. Am Ende kann ich nicht anders, ich muss grinsen, sowohl über Finn als auch über Jolies Reaktion.

Finn tropft immer noch Wasser übers Kinn, als sich Cass mir zuwendet. »Zoey jetzt. Wahrheit oder Pflicht?«

»Ich hab was«, sagt Finn. Die Belustigung ist aus seinem Gesicht gewichen und er wischt sich den Mund. Er nagelt mich mit verletztem Blick fest. »Was bedauerst du am meisten?«

Ich zögere. »Ich wollte Pflicht nehmen.«

Er schüttelt langsam den Kopf.

Das ist der Moment. Ich weiß, was er von mir hören will, was er aus meinem Mund erwartet, aber ich werde nicht lügen. Mein größter Kummer ist nicht, was mit uns beiden passiert ist, und ich kann das auch nicht sagen, egal, wie gerne ich wieder mit ihm zusammen sein will.

Ich bereue zwar, dass ich die ganzen Nächte abgetaucht bin, eine Nacht nach der anderen. Ich bereue, dass ich mich bis zur Besinnungslosigkeit betrunken und auf Anrufe nicht reagiert habe. Ich bereue, wie viel Angst ich allen mit meiner Trinkerei und meinem Abhauen gemacht habe.

Und ich bedaure, dass ich Finn verletzt habe.

Aber all das bereue ich nicht am meisten.

»Es war eines Morgens«, fange ich an, mit einer stummen Entschuldigung an Finn. »Mein Bruder kam schon früh mit seinem Sohn vorbei. Der kleine Danny war da erst ein paar Wochen alt und mein Bruder kam, um seine Frau mal ausschlafen zu lassen. Oder so was.«

Finn lässt den Kopf sinken, als ob er zusammenknickt, weil ihm jemand einen Schlag in die Magengrube versetzt hat.

Aber ich kann nicht aufhören und wende den Blick nicht ab. Es ist, als ob alle anderen verschwinden und nur wie beide noch da sind. Ich glaube, Finn hat so etwas wie eine große Entschuldigung erwartet, eine Bestätigung, wie viel er mir bedeutet, wie viel *wir beide* als Paar bedeuteten, aber das kann er leider nicht bekommen.

»Dan wollte ein bisschen Hilfe und eine Einladung zum Frühstück und das bekam er natürlich auch. Mum nahm Danny und ging, um ihre berühmten Pfannkuchen zu machen, und Dan ließ sich aufs Sofa fallen und döste ein. Es war warm und er war barfuß und ich saß daneben und lackierte mir die Nägel.« Unwillkürlich muss ich etwas lächeln, obwohl es mir die Kehle zuschnürt. Nachdem ich mal angefangen habe, kann ich jetzt nicht aufhören. »Also, was tat ich – könnt ihr es erraten?«

Ich senke den Blick. Ich habe Angst, was ich in den Gesichtern der anderen sehen werde. Sympathie? Verachtung?

»Ich stupste ihn an, und als er sich nicht bewegte, lackierte ich alle seine haarigen Zehen mit knallpinkem Nagellack. Dann wachte er auf und war entsetzt und er lachte und ich machte ein Foto.« Ich drücke mein Handy an die Brust. »Ich machte ein Foto von seinen Füßen, aber nicht …«

Die Worte wollen nicht kommen. Ich hole zittrig Luft und zwinge mich zu Ende zu reden. »Es war das letzte Foto, das ich von meinem Bruder gemacht habe, und ich hab nicht mal sein Gesicht darauf.«

Ich atme heftig durch. Damit ich nicht zusammenbreche. Ich starre auf mein Handy und sehe das Bild, das ich nicht gemacht habe, und mein Bedauern lastet schwer und schmerzlich auf meiner Brust.

Zwei dünne Arme legen sich um meine Schultern. Es ist Jolie und sie schluchzt mir in die Haare.

Ich drücke sie ebenfalls und schöpfe Kraft aus der kleinen Gestalt und ihrem spontanen Bekunden von Mitgefühl. Vielleicht war es falsch, sie als zu jung abgetan zu haben. Sie versteht es.

Ich sehe zu Finn hinüber, aber er erwidert meinen Blick nicht. »Dan war ein guter Typ«, murmelt er.

Cass beugt sich herüber und drückt mir den Fuß. Ich lächle.

Es reicht, sie haben mich jetzt genug in Verlegenheit gebracht. Ich schließe die Augen, sammle mich und wende mich Luc zu. »Komm schon, jetzt du.«

Er gähnt übertrieben. »Es ist schon ziemlich spät und ich mag solche Spiele sowieso nicht.«

»Du kneifst?«, fragt Finn zu laut und mit einer leichten Schärfe. Es hat ihm anscheinend nicht gepasst, vorhin von seinem Cousin in Verlegenheit gebracht worden zu sein.

Luc sieht ihn finster an. »Nein.«

Ich räuspere mich. »Wahrheit oder Pflicht?«

Garantiert wählt er Pflicht, denke ich, vor allem weil ich weiß, was ich fragen will, wenn er Wahrheit wählt. Es hat den ganzen Tag an mir genagt. Und ich habe den Eindruck, dass ihm »Pflicht« auf der Zungenspitze liegt, aber ehe er was sagen kann, mischt Jolie sich ein. »Luc ist nicht der Typ für Worte. Er nimmt Pflicht, aber vielleicht auch eher nicht, weil das den Frieden hier stören könnte.«

»Wahrheit«, sagt Luc.

Ich bin überrascht, dass er sich von seiner Schwester hat austricksen lassen. Er kommt mir nicht wie jemand vor, der gerne etwas von sich offenbart.

»Also Wahrheit …« Ich gebe vor zu überlegen. Wind ist aufgekommen, ich wickle mir den Schlafsack um die Schultern, aber nicht wegen der warmen Brise. Sondern wegen meiner Erinnerungen an Dan. Wegen der Erkenntnis, dass ich Finn erneut verletzt habe, obwohl ich das absolut nicht tun wollte. Wegen Luc, der signalisiert, dass er sauer über meine Frage ist, obwohl ich noch gar nicht den Mund aufgemacht habe.

»Warum«, frage ich, »bist du eigentlich die ganze Zeit so mürrisch?«

Sein Gesicht verschließt sich. Seine Kiefermuskeln spannen sich an. Es ist, als ob sich eine Wand vor ihm aufbaut und er sich dahinter zur Attacke bereit macht.

Ich schlucke nervös. Ich habe wirklich nicht erwartet, dass die Frage so etwas auslösen würde. Schließlich ist uns doch allen seine schlechte Laune aufgefallen. Aber anscheinend habe ich mal wieder das Falsche gesagt. Ich sollte es ja inzwischen gewohnt sein, dass ich Mist baue, aber irgendwie dachte ich, dass sich das geändert hat, seit ich nüchtern bin.

Luc steht auf, die Hände tief in die Taschen von seinem Hoodie geschoben. Ein gefährliches Funkeln liegt in seinem Blick. Er sieht zu mir hinunter. Sieht auf mich herab. »Du kennst mich kaum. Wieso bildest du dir ein, dass du mein Verhalten beurteilen kannst?«

Autsch. Ich wende mich ab.

Im Drehen sehe ich, wie ihm Jolie einen tadelnden Tritt ans Schienbein gibt, ehe er in Richtung Zelt davonstürmt. Sie murmelt eine Entschuldigung und folgt ihm.

Finn streckt die Hand aus, zieht sie jedoch zurück, ehe er mich berührt. »Mach dir nichts draus. Er hat gerade sein Päckchen zu tragen.«

Mir ist eng um die Brust und ich stoße heftig die Luft aus. »Geht uns doch allen so.«

Aus dem Zelt höre ich Geflüster; Jolies Stimme dringt heraus. »Sie kann doch nichts dafür.«

Ich drehe mich um und tue so, als hätte ich etwas Interessantes auf meinem Handy entdeckt. Was nicht wahrscheinlich ist. Die Leute, mit denen ich in letzter Zeit zusammen war, sind nicht gerade die Typen, die Kontakt halten, und meine anderen Freundschaften habe ich in den letzten Monaten verschlissen. Außer der mit Cass. Und das auch nur, weil wir schon so lange Freundinnen sind.

Cass und Finn liegen dicht nebeneinander und reden leise miteinander. Wahrscheinlich streiten sie wegen mir, aber ich verspüre kein Triumphgefühl. Allmählich glaube ich, ich hätte nicht mitkommen sollen.

Cass wird lauter. »Was meinst du?«

»Ich plaudere doch nicht aus dem Nähkästchen«, erwidert Finn. »Das ist nicht meine Art.«

Ihre Stimmen werden wieder leise, ihre etwas traurig, seine tröstend. Ich kann ihr keinen Vorwurf machen, dass sie sauer ist. Er hätte sagen sollen, dass der schönste Kuss mit ihr war. Ich war sicher, dass er das tun würde.

Ich ziehe mir den Schlafsack über den Kopf und verliere mich in seinem Gemurmel.

+

Einige Zeit später schrecke ich aus dem Schlaf und hoffe, dass ich nur in meinem Albtraum geschrien habe. Der

Inhalt meiner Träume ändert sich dauernd, die Angst ist immer dieselbe. Immer ist jemand, den ich kenne, in Not, und ich bin dabei, nah genug, um jeden Hilfeschrei zu hören, aber ich kann nichts tun. In dem Traum heute Nacht ging es um Jolie, aber es sind schon fast alle mal dran gewesen, die ich kenne.

Man braucht weder ein Psychologiestudium noch einen Besuch bei einem der Therapeuten, die aufzusuchen ich mich geweigert habe, um die Träume zu deuten.

Jeden Tag erfasst mich die Hilflosigkeit wegen dem, was Daniel passiert ist, aber es in den Nächten nachzuleben, macht mich vollends fertig. Alkohol könnte helfen, aber der bringt seine eigenen Probleme mit sich, und ich bin entschlossen, ein neues Leben zu führen.

Ich atme tief ein und aus, um meinen rasenden Puls zu beruhigen. Meine Kopfhörer sind irgendwann rausgefallen und mein Handy ist leer. Das schwarze Display kann keine Ablenkung mehr bieten und starrt mich spöttisch an.

Ich stehe auf, um das Ladekabel in die Ladestation des Campingplatzes zu stecken. Bewegung hilft manchmal und ist bestimmt besser, als hier rumzusitzen und die Bilder von Jolie vor mir ablaufen zu sehen, wie sie zusammengesunken auf dem Boden der Dusche liegt und nicht reagiert, als ich sie rufe.

Finn und Cass liegen dicht nebeneinander in meiner Nähe, und trotz ihrer Beteuerungen hat sich Jolie wohl doch entschlossen, im Zelt zu schlafen. Luc liegt ruhig und schweigend wie ein Wachhund direkt vor dem Zelteingang. Obwohl seine dunkle Gestalt abschreckend wirkt, bleibe ich kurz stehen, als ich an dem Zelt vorbeikomme. Es ist albern, ich weiß, dass es nur ein Traum war, aber ich bin erst beruhigt, als ich aus dem Inneren das regelmäßige Atmen höre.

Jolie geht es gut. Es war nur ein Traum.

Es ist keine Bewegung, die meine Aufmerksamkeit erregt, sondern eher, dass sich nichts rührt. Kein tiefes, gleichmäßiges Atmen, kein leichtes Schnarchen. Ich bin nicht überrascht, als ich Lucs dunklen Blick sehe. Er beobachtet mich.

Sein Blick verrät nichts.

Mein Ärger von vorhin ist verflogen, als sei nichts geschehen. Ich schulde ihm zwar keine Erklärung und dennoch flüstere ich unwillkürlich: »Ich bin gleich zurück.«

Zuerst glaube ich, dass er mich nicht hört. Sein Pech, denn ich sag's nicht noch einmal. Doch dann nickt er. Mit einer ganz knappen Neigung des Kopfes.

Schon bald habe ich den Campingplatz hinter mir gelassen. Über mir der gähnende Himmel, riesig und dunkel, erhellt von einem blassen Mond und Millionen Sternen. Barfuß betrete ich vorsichtig den unbekannten Weg, halte mich an das Schimmern des weißen Sandes und vermeide die dunklen Stellen, die Gras oder Steine oder Abfall bedeuten können.

Als ich den leeren, salzgeschwängerten Strand erreiche, renne ich los.

Ich renne, bis mir jeder Atemzug in den Lungen brennt und meine Beine zittern und ich mich fallen lasse, weil ich keine Sekunde länger mehr in der Lage bin, auf den Beinen zu bleiben. Die Brise trocknet mir das Salz auf den Wangen. Ich weiß nicht, ob es von den Tränen oder der salzigen, feuchten Luft kommt.

Und dann renne ich erneut los.

Als ich wieder auf dem Campingplatz ankomme, tun mir die Füße weh und ich sinke auf mein Nachtlager. Ich lege mich unter meine Decke. Mir entgeht nicht, dass Finn und Cass sich an den Händen halten, und wieder wird mir schmerzlich bewusst, dass ich allein bin.

Luc wälzt sich herum. Unsere Blicke treffen sich.

Vielleicht doch nicht ganz allein.

Er sagt nichts, aber ehe ich mir den Schlafsack über die Schulter ziehe, sehe ich noch, wie er die Augen schließt.

Ist er wegen mir wach geblieben?

And I remember,
I remember the sun.
And I remember,
I remember the fun.
With you.

»Remember« – GRAY

Kapitel fünf

Ein weiterer herrlicher Tag am Meer begrüßt mich, als ich aufwache. Nach meinem mitternächtlichen Lauf konnte ich einigermaßen schlafen und bin fast gar nicht gerädert. Das ist eine Verbesserung gegenüber Tagen, an denen ich im eigenen Erbrochenen erwachte, daher reibe ich mir die brennenden Augen, spritze mir Wasser ins Gesicht und hake die Nacht als Pluspunkt ab.

Unser eiliges Frühstück besteht aus Obst und Süßkram

und wir machen uns früh auf. An einer Tankstelle tanken wir den Van auf und kaufen Eis für die Kühlbox. Bis zum nächsten Halt heute Abend in der Nähe von Warrnambool sind es vier Stunden Fahrt. Dort erwartet uns eine vergleichsweise luxuriöse Übernachtungsmöglichkeit, dank eines Freundes von Lucs und Jolies Vater, in dessen Ferienhaus wir übernachten dürfen.

Cass sagt, sie habe es sich online angesehen und es sei sagenhaft. Ich bin einfach nur erleichtert, dass wir es umsonst bekommen. Meine Entgleisungen in den letzten Monaten haben meinen Finanzen nicht gutgetan. Nachdem ich mit der Trinkerei angefangen hatte, brauchte ich immer mehr Alkohol, um zu vergessen. Und nachdem ich meinen Job im Supermarkt losgeworden war, da ich zu oft gefehlt hatte, wollte mich niemand mehr einstellen.

Kann man ihnen nicht verdenken.

Unser erster Halt ist der Blue Lake bei Mount Gambier. Ich fahre und Cass sitze neben mir. Theoretisch soll sie die Strecke ansagen, aber sie ist eifrig mit Texten beschäftigt.

»Hättest du da gerade eben nicht eigentlich abbiegen sollen?«, fragt Luc, der hinter mir sitzt.

»Echt?«

Wie alle anderen hat auch er so getan, als wäre der Abend gestern am Ende nicht aus dem Ruder gelaufen. Wir sind fröhliche Reisegenossen und übergehen die

Spannungen lieber, als sie im hellen Morgenlicht zu diskutieren. Ich bin einfach nur froh, dass er meine kleine Expedition in den frühen Morgenstunden unkommentiert lässt. Ich kann mir kaum vorstellen, was Finn und Cass davon halten würden, wenn sie davon wüssten – wahrscheinlich würden sie vermuten, dass ich auf der Suche nach einer Party oder etwas Derartigem war.

Anscheinend wird mein ganzes bisheriges Leben als ziemlich braves Mädchen total von ein paar wenigen Monaten überschattet, in denen ich ausgerastet bin. Und das hier sind meine Freunde. Aber selbst sie können sich Bemerkungen und Anspielungen nicht verkneifen und deuten mir damit das Grauen an, das mich nächste Woche in der Schule erwarten wird, aber das verdränge ich noch.

Schnell klickt Cass die Karte auf ihrem Handy an und ein paar Sekunden später sehe ich aus dem Augenwinkel, wie sie verlegen nickt. »Ja, bei dem Wegweiser hättest du abbiegen müssen. Tut mir leid.«

Ich brauche ein paar Minuten, bis ich eine Stelle finde, an der ich gefahrlos wenden kann. Kurz darauf erreichen wir einen See und beschließen, hier Pause zu machen. Ich steuere eine Parkbucht an, die glücklicherweise fast leer ist. Im Einparken bin ich nicht besonders gut, und mit diesem ausladenden Ding unter so vielen Augen? Das kann nur schiefgehen.

Nachdem der Van in sicherem Abstand von den

anderen paar Fahrzeugen steht, steigen wir aus und ich recke die Arme. Das Nachtlager war nicht unbequem, aber es ist schon lange her, seit ich so viel wie gestern geschwommen bin, und ich spüre es in den Armen.

Jetzt wollen wir erst mal dem See Hallo sagen. Ich habe nicht vor, mich von dem Gewässer beeindrucken zu lassen. Na gut, er ist blau. Was für ein Naturwunder. Bravo.

Doch als ich mich ihm nähere, versinkt die Unterhaltung der anderen im Hintergrund und ich kann den Blick unmöglich von dem Wasser abwenden. Es ist wie auf den Bildern, die man als Kind malt, von unfassbar reinem Blau. Etwas ganz anderes als die vielen schmutzig braunen und grauen Gewässer, die ich in der Wirklichkeit gesehen habe.

Bis heute. Der See sieht aus wie etwas, das ich mit den Buntstiften hätte malen können, die mir Dan geschenkt hat, als ich elf war und Malerin werden wollte. Es gab mindestens fünf sagenhafte unterschiedliche Blautöne. Es war egal, dass meine Malkünste bestenfalls mittelmäßig waren. Mit diesen Farbstiften konnte ich gestalten, und ich bin sicher, dass meine Seen leuchteten wie dieser hier. Vielleicht nicht gerade im Krater eines erloschenen Vulkans, der so schön ist, dass es wehtut, hinzusehen.

Eine Zeit lang konnte ich nicht mehr glauben, dass es noch Schönheit auf der Welt gab. Dunkelheit und Grau überzog alles nach Dans Tod, und während ein Tag auf den anderen folgte und sich nichts änderte, war ich überzeugt, dass es immer so bleiben würde. Meine Das-Leben-kann-so-schön-sein-Brille war zerbrochen und ich wollte mir keine Mühe geben, die Scherben zusammenzusuchen, weil Dan damit auch nicht zurückkam. Er würde die Dinge nicht mehr sehen können, die das Leben schön machten.

Aber dieser See ist tatsächlich wunderschön.

Ich wende mich ab und erwische Luc dabei, wie auch er sich wegdreht. Einen Augenblick lang sieht er traurig aus, doch dann ist es wieder vorbei und ich frage mich, ob ich vielleicht nur meine eigenen Gefühle gesehen habe. Cass steht etwas weiter abseits und Jolie beugt sich über das Wasser. Die Sonne fällt auf ihr Gesicht und sie leuchtet fast wie von innen, so glücklich ist sie.

»Das ist total sagenhaft«, ruft sie, ohne sich direkt an einen von uns zu richten.

Noch vor ein paar Monaten hätte ich sicher etwas Abfälliges erwidert, aus Trotz. Aber jetzt merke ich, dass ich beinahe lächle. Ich glaube, ich habe noch nie jemanden getroffen, der so im Augenblick lebt. Ich unterdrücke den Neid, der mir den Magen umdreht.

Wir haben keine Zeit, um den See zu umrunden, aber ich gelobe mir, irgendwann wiederzukommen und es zu tun. Abgesehen von unserem Ausflug ist das der erste Plan, den ich seit Langem mache.

Und vielleicht, ganz vielleicht, ist Finn dann bei mir.

»Ich geh zurück zum Van«, sagt Finn. Er hat die Jacke ausgezogen und das Muscleshirt, das er darunter trägt, stellt seine Arme zur Schau.

Ich erinnere mich gerade, wie es war, als er mich immer an sich gedrückt hielt und ich dran glaubte, dass die Welt sicher und in Ordnung war, da bleibt Luc neben seinem Cousin stehen. Der Typ ist von Natur aus gut gebaut und gebräunt und strahlt eine Stärke aus, die einen total verwirrt. Ich merke, dass ich mich frage, wie sicher ich mich in seinen Armen fühlen würde.

Mit Gewalt wende ich den Blick von ihm ab. »Ich komm mit.«

Hat das zu begierig geklungen? Ich hoffe, nicht. Cass macht immer noch Fotos von dem See. Nicht, dass wir unter uns wären, denn der Van steht in Sichtnähe, aber es bietet sich eine Chance für ein Gespräch. Immerhin etwas.

Luc schließt sich mir und Finn an. Seine Mundwinkel sind hochgezogen, aber nicht zu einem Lächeln. »Was dagegen, wenn ich mitkomme?«

»Natürlich nicht«, sage ich, aber mein geziertes Lachen verrät Schuldbewusstsein.

Luc hebt eine Augenbraue und ich ziehe mir die Jacke über die Schultern, um meinen Händen etwas zu tun zu geben.

Finn merkt von alldem nichts. »Wie geht's eigentlich dem Mädchen, mit der du rumgezogen bist?«, fragt er

Luc. Er stößt einen Pfiff aus. »Sie war ganz schön gut ausgestattet, falls du weißt, was ich meine.« Seine Gesten deuten Kurven an.

Luc wirft mir einen Blick zu. »Ich glaube, wir verstehen es ganz gut.«

Ich bin ja nicht total naiv. Ich weiß, dass sich Jungs anders unterhalten, wenn sie unter sich sind, und ich habe nicht erwartet, dass Finn ein Engel ist, aber ich muss an mich halten, um ihm nicht mit der Hand vor dem Gesicht herumzuwedeln. *Hallo, ich bin auch dabei.*

Mache ich natürlich nicht. Denn Luc ist nur einen Meter weiter und er würde wahrscheinlich lachen. Außerdem habe ich keinen Grund, persönlich pikiert zu sein. Das würde ja gar nicht passen zu dem entspannten Mädchen, das ich zu sein versuche.

Finn schnaubt abfällig. »Hatte sie die Nase voll von dir, Alter?«

Luc reibt sich den Nacken. »Es geht dich zwar einen Scheiß an, aber sie ist vor ein paar Monaten zu einem Studienaustausch nach Paris abgehauen.«

»O Mann, so ein Pech«, sagt Finn.

Luc zuckt die Schultern.

Aber er streitet es nicht ab und er erklärt auch nicht, was das für ihre Beziehung bedeutet. Nicht, dass es mich kümmert, aber andererseits, ich habe auch nicht wissen wollen, ob sie so gebaut ist, dass sie bei Jungs feuchte Träume verursacht, daher meine ich, dass meine

Neugierde an der romantischen Seite der Geschichte gerechtfertigt ist.

Wir kommen bei dem Van an und Finn bringt das Gespräch auf die bevorstehende Fußballsaison. Ich kann ein Gähnen nicht unterdrücken. Also nichts mit Anknüpfen an alte Zeiten.

»Du bist wahrscheinlich als Single sowieso besser dran«, sagt Finn. »Gebunden zu sein, ist doch ein echter Party-Killer, oder?«

Ich blinzle verwirrt. Ich dachte, sie reden über Fußball, doch Finn sieht mich an mit erwartungsvollem Blick. Erwartungsvoll und noch irgendwie anders, nicht mehr so freundlich. Vorwurfsvoll.

»Was hast du gesagt?«, frage ich, um Zeit zu schinden.

Was hätte die alte Zoey auf so etwas erwidert? Ich bin sicher, sie hätte meinem Instinkt, davonzulaufen, nicht nachgegeben. Oder vielleicht doch. Wir sind ja beide eher geneigt, Auseinandersetzungen aus dem Weg zu gehen.

Finn zuckt die Schultern. »Will Luc nur sagen, wie scharf du auf Partys bist.«

»Tatsächlich?« Luc verschränkt die Arme und lehnt sich an den Van. »Ich wusste gar nicht, dass Arielle so wild ist.« Seine Stimme ist warm und umhüllt mich und lockert die Anspannung, die die Schärfe in Finns Stimme ausgelöst hat. Seit wann hat Finn eigentlich diesen Ton drauf?

Wahrscheinlich, seit ich ihn so verletzt habe.

Finn runzelt die Stirn, dann grinst er spöttisch. »Stimmt ja, du hast die Aufführung auch gesehen.« Die Schärfe ist verschwunden. Er schenkt mir das Grinsen, bei dem mir sonst das Herz geschmolzen ist, mit blitzenden Zähnen und funkelnden blauen Augen. Er umfasst meine Taille wie bei der letzten Zugabe der Aufführung und dreht mich im Kreis.

Ich versuche zu lachen. Der blaue Himmel verschwimmt mit den Bäumen und dem See. Wir wirbeln herum, immer weiter, bis mir schwindelig wird. Ich warte auf das beruhigende Gefühl seiner Arme, an das ich mich erinnere, aber es tritt nicht ein. Ich kann die Verärgerung nicht abschütteln, dass er mich eben noch blöd angemacht hat und gleich darauf erwartet, dass ich mit ihm tanze.

Er hält dich im Arm. Das hast du doch gewollt.

Aber die Stimme in meinem Kopf lässt mein Herz nicht schneller schlagen oder meine Haut dort kribbeln, wo ich seine Wärme durch den dünnen Stoff meines Sommerkleids spüre. Finn lässt mich los und ich lächle gezwungen. Es war wahrscheinlich einfach nur zu überraschend, sonst nichts.

Finns Handy klingelt und er geht etwas beiseite. Er zuckt zusammen, als er die Rufnummer sieht, und hält das Handy ans Ohr. »Ach, Mum, tut mir so leid, ich hätte schon längst anrufen sollen.«

Luc schlägt sich auf die Stirn und ruft nach Jolie, die mit Cass vom See zurückkommt. »Komm und ruf Dad an, ehe er einen Suchtrupp losschickt.«

Jolies Lächeln erlischt. »Er rastet bestimmt aus.«

»Ich hab Mum schon angerufen«, sagt Cass und macht meine Hoffnung zunichte, dass sie dem Beispiel der anderen folgt. Sie scrollt durch die Fotos, die sie mit dem Handy gemacht hat.

Jolie und Luc rufen ihren Vater an – Luc mit einem mürrischen Ausdruck, sobald sein Vater antwortet – und Finn telefoniert noch, sodass Cass und ich allein am Van stehen.

Da mir noch vor Augen schwebt, wie ich gerade in den Armen ihres Freundes lag, ist es wohl nicht überraschend, dass ich im Moment nicht weiß, was ich mit meiner allerbesten Freundin reden soll.

»Was zu trinken?«, frage ich schließlich und mache mich an der eisgefüllten Kühlbox hinten im Van zu schaffen. Das Kümmern um die Getränke gibt mir was zu tun und lenkt mich davon ab, dass ich glaube, rot geworden zu sein. Nicht, dass Finn und ich irgendwas angestellt hätten. Glaube ich wenigstens.

»Nein, danke, ich bin versorgt«, sagt sie und hält mir eine halb volle Wasserflasche hin.

Sie klingt normal, trotzdem, unwillkürlich forsche ich in ihren Worten nach einem warnenden Unterton, der so viel sagt wie »Hände weg«. Aber egal, wie ich sie mir zurechtlege oder ihren Ausdruck interpretiere, da ist nichts. Wenn überhaupt, dann wirkt sie zerstreut. Hat sie uns gesehen und es war ihr egal? Oder war sie so in ihr Gespräch mit Jolie vertieft, dass ihr entgangen ist, wie er mich umfasst hat? Während ich den Vorfall im Kopf nachspiele, bin ich sicher, dass er mich enger an sich gedrückt hat als nötig. Die Vorstellung sollte mich glücklich machen, aber ich fühle mich nur allein.

+

Wir befinden uns mitten im Nirgendwo, als Finn leise flucht und am Straßenrand anhält. Genau in dem Moment, als wir den Fahrdamm verlassen, spotzt und keucht der Motor und ist dann still.

Finn schlägt mit der Faust aufs Steuerrad und flucht erneut.

Seit dem Blauen See und unserem gemeinsamen Tanz sind ungefähr vier Stunden Fahrt mit zwei Unterbrechungen vergangen. Ich habe mich mit jedem vorüberziehenden Kilometer mehr damit beschäftigt. Es ist ein Hinweis, dass er wieder mehr an mich denkt. Bestimmt.

»Was ist los?«, fragt Cass, und mein Impuls, ihm beschwichtigend die Hand auf den Arm zu legen, verfliegt. Das steht mir nicht zu. Noch nicht.

»Wenn ich das wüsste, würden wir hier nicht stehen bleiben«, fährt er sie an.

Sie presst gekränkt die Lippen zusammen, aber er

macht keine Anstalten, sich zu entschuldigen. Stattdessen steigt er aus und knallt die Tür hinter sich zu. Cass bleibt sitzen und starrt ihm bewegungslos nach.

Luc unterbricht das unangenehme Schweigen und murmelt etwas davon, Finn zu helfen, dann steigt er aus.

Die Jungs öffnen die hintere Klappe und starren beide ein paar lange, sich hinziehende Minuten mit den gleichen ratlosen Gesichtern in den Motor. Ohne den Fahrtwind steigt die Temperatur im Wagen an. Mein Kleid klebt mir am Rücken.

Ich steige aus, um ebenfalls einen Blick auf den Motor zu werfen, wobei ich allerdings keine Ahnung habe, wonach ich suchen soll. Aus Dans Versprechen, mir ein paar Wartungsgrundlagen beizubringen, wurde nichts. Er war mit seinem Sohn beschäftigt und ich mit Dingen, die mich mehr interessierten.

»Was ist, wenn wir jetzt die ganze Nacht hier stecken bleiben?«, jammert Cass, die sich eindeutig immer noch über Finns üble Laune ärgert.

Finn seufzt übertrieben auf, dann tritt er an die Beifahrertür, um sie zu trösten. Anscheinend hat er endlich gemerkt, dass er seinen Ausbruch wiedergutmachen muss.

Ich hole tief Luft und versuche ihre Kussgeräusche zu überhören.

»Wir sitzen also echt fest«, sagt Cass und schnappt nach Luft.

Ich verkneife mir, darauf hinzuweisen, dass wir Zelte und Vorräte dabeihaben und dass diese Straße nicht gerade einsam ist. »Passt mal auf«, sage ich, »es kann doch nicht so weit sein bis zu der letzten Stadt. Ich geh los und ruf die Pannenhilfe, sobald ich ein Netz auf dem Handy habe.«

»Ich komm mit«, sagt Luc.

Ich schüttle den Kopf. »Nicht nötig.«

»Bitte nimm ihn mit«, sagt Jolie. »Ich könnte eine Pause brauchen.«

»Ich auch«, murmle ich.

Er hört mich, aber es hält ihn nicht davon ab, wie ich Sneakers anzuziehen, dann gehen wir los. Ich komm schon klar. Ich schätze, dass es höchstens zwanzig Minuten Weg bis zum letzten Ort sind, und ein Netz bekommen wir schon vorher.

»Verirrt euch nicht«, ruft Finn, als wir losgehen.

»Nö«, erwidere ich.

»Keine Sorge, sie ist in sicheren Händen«, ruft Luc zurück.

»Wie ich Zoey kenne, wird sie sich nur zu gern in seine Hände begeben, falls ihr wisst, was ich meine«, sagt Finn, dann setzt er hinzu: »Luc ist ein guter Junge, Zoey, lass die Finger von ihm.«

Cass' Gelächter schallt uns nach.

Ich werde feuerrot. Was zum Teufel sollte das denn bedeuten?

Ist er eifersüchtig? Oder will er seinem Cousin stecken, was ich für einen Ruf habe? Dass ich zu meiner alten Haarfarbe zurückgekehrt bin und die anzüglichen Klamotten abgelegt habe, scheint nicht aufschlussreich genug zu sein.

Ich trete nach dem Kies am Wegesrand. Vielleicht hat Luc ja nicht gehört, was Finn gesagt hat.

Schweigend gehen wir weiter. Die Sonne steigt höher und ich ärgere mich, dass ich nichts zu trinken mitgenommen habe.

Luc hält mir eine Flasche Wasser hin. »Ist keine *Cola light* und auch nicht mehr kalt, aber es sollte Abhilfe schaffen.«

Ihm ist mein Lieblingsgetränk also aufgefallen. Das sollte mich jetzt nicht unbedingt aufheitern, tut es aber. Dankbar ergreife ich die Wasserflasche und nehme einen tiefen Schluck. Er spült etwas von dem Ärger über Finns Bemerkung und Cass' Gelächter fort.

»Was hast du denn eigentlich so Schreckliches gemacht?«

Ich drehe mich nach Luc um. »Wann?«

Er deutet hinter uns. »Was hast du mit Finn angestellt, dass er glaubt, dich nicht mehr nett behandeln zu müssen?«

»Ich weiß nicht, was du meinst.«

»Das sind doch angeblich deine Freunde, aber sie knutschen dauernd rum, ohne sich zu überlegen, wie das bei dir ankommen könnte. Sie stellen Fragen und geben Kommentare ab, die andeuten, dass du ein totales Luder bist, und du sitzt da und lässt sie gewähren.«

Nachdem es so deutlich ausgesprochen ist, finde ich es schwer, meine tatsächlich vorhandene Verstimmung nicht offen zu zeigen, aber es gelingt mir dann doch. »Ich hab Mist gebaut und muss jetzt eben mit den Folgen leben.«

»Schon klar, aber was für Mist?«

»Ich weiß nicht, ob dich das was angeht.«

»Wahrscheinlich nicht.« Und da ist es. In der leichten Hinwendung seines Körpers zu mir. Darin, dass seine Stimme weicher wird.

Mitleid.

Ich recke die Schultern. Ich brauche kein Mitleid mehr, und schon gar nicht von ihm.

»Du bist wohl nicht so gut im Zeichenverstehen, oder?«, seufze ich. »Um deutlich zu werden … ich will echt nicht darüber reden.«

»Na gut, okay. Du willst ihn zurückhaben, stimmt's.« Es ist keine Frage.

»Wen?«, sage ich abwiegelnd, aber meine Wangen brennen, und ich hoffe, mein Schuldbewusstsein wird von meiner Sonnenbrille und meinem finsteren Blick verdeckt.

»Finn.«

Das Schweigen, das folgt, ist so ausgedehnt, dass

meine Antwort, ich wüsste gar nicht, wovon er redet, lahm klingt.

Ich erwarte eine Erwiderung, aber er zuckt nur mit den Schultern, als hätte er mich was übers Wetter gefragt, geht weiter und lässt mich am staubigen Straßenrand stehen, sodass ich laufen muss, um ihn einzuholen.

Am Stadtrand haben wir endlich ein Netz. Mein Anruf beim Pannendienst wird zu einer örtlichen Werkstatt durchgestellt, die versprechen, jemanden zu schicken.

Ich lege auf und sehe Luc an. »Sie sagen, dass sie in ungefähr einer halben Stunde kommen.«

Wegen seiner Sonnenbrille ist es schwer einzuschätzen, aber wenn ich es angesichts seiner ständigen schlechten Laune nicht besser wüsste, würde ich fast meinen, dass er lächelt. »Gut.«

»Genau. Es dauert also hoffentlich nicht so lange, bis wir weiterfahren können.« An die andere Möglichkeit will ich lieber nicht denken: dass wir in die kleine Stadt zurückgeschleppt werden und die letzten Tage unseres Roadtrips damit verbringen müssen, auf die Lieferung der mehr oder weniger seltenen Ersatzteile zu warten, die man wahrscheinlich benötigt, um einen alten Van zu reparieren.

Die Luft über dem Asphalt zittert. Die Sonne brennt herunter, und die Vorstellung, zu den anderen zurücklaufen zu müssen, macht mich ganz matt. Es ist ja nicht so weit, aber die ganze Zeit die normale Zoey spielen zu müssen, fordert allmählich ihren Tribut.

Doch Luc macht sich nicht auf den Rückweg zum Van. Wortlos folgt er einem Trampelpfad, der sich von der Straße in ein Wäldchen schlängelt, und – typisch für ihn – wartet nicht, ob ich ihm folge.

»Musst du mal?«, rufe ich ihm nach.

Er schüttelt den Kopf, dreht sich aber nicht um.

Ich rühre mich nicht. Vielleicht braucht er ein bisschen Zeit für sich. Vielleicht will er gar nicht, dass ich hinterherkomme. Oder er versucht, mich fertigzumachen.

Während ich mir darüber den Kopf zerbreche, verschwindet er hinter einer Biegung des Pfades. Na super. Jetzt bin ich allein. Obwohl ich vorhin ja versichert hatte, allein Hilfe holen zu können, muss ich jetzt, nachdem ich tatsächlich auf mich gestellt bin, an jeden Horrorfilm denken, den ich je gesehen habe.

Es spielt auch keine Rolle, dass es nicht dunkel ist und dass ich keine unheimlichen verhüllten Gestalten mit Haken statt Händen gesehen habe. Schließlich weiß ich, dass das noch lange nicht bedeutet, dass sich nicht doch irgendwo einer versteckt und mich beobachtet, in der Hoffnung, mich allein zu erwischen.

Ich verfluche meine blühende Fantasie und folge Luc.

Sun is rising,
won't be long.
Day will break
the broken one.

»Remember« – GRAY

Kapitel sechs

Ein Stück weiter auf dem staubigen Weg treffe ich auf Luc. Er steht am Tor eines offenbar verlassenen Anwesens. Hinter dem offenen Tor steht ein altes zerfallenes Steinhaus. Die Fenster sind gähnende Höhlen und von einem richtigen Dach kann man an fast keiner Stelle reden. Aber die Umrisse und allein schon die Ausmaße, zusammen mit den ausladenden Resten einer Veranda, deuten an, dass es mal eine herrschaftliche Villa war.

»Hast du Lust, es auszukundschaften?«, fragt er, ohne mich anzusehen.

Es überrascht mich, dass er meine Anwesenheit überhaupt bemerkt, so fasziniert ist er von dem Haus. Vielleicht war ihm sonnenklar, dass ich zu feige bin, um allein dort stehen zu bleiben, und ihm somit folgen würde. Bei dem Gedanken daran würde ich am liebsten wieder kehrtmachen und zur Straße zurückgehen.

Doch dann dreht er sich um und schiebt die Sonnenbrille hoch, sodass ich seine dunklen Augen sehen kann. Zur Abwechslung ist er mal nicht ungeduldig oder verärgert. Einfach nur gespannt auf meine Antwort.

Ich zögere. »Die anderen warten sicher schon auf uns.«

»Sie denken sich bestimmt, dass wir mit dem örtlichen Autofritzen verhandeln oder so. Ein paar Minuten haben wir schon.«

»Aber das ist doch nichts als ein altes Haus.«

Er deutet auf ein kleines Schild. Darauf steht ›Projektentwicklung der Baugruppe Atkins‹. »Da hat jemand eindeutig das Potenzial des Hauses erkannt.«

In seiner Stimme liegt ein leichtes Beben, das ich noch nie an ihm erlebt habe. Wenn man bedenkt, dass er gewöhnlich nur brummt oder verärgert klingt, ist das auch nicht weiter überraschend, aber anscheinend ist er echt bewegt. Es ist schwierig, sich von diesem Fenster in sein Inneres abzuwenden. »So was gefällt dir?«

Er zögert, dann nickt er. Ein zaghaftes Eingeständnis dessen, was ich vermutet habe. »So wie dir Musical.«

»Das war einmal«, stelle ich automatisch richtig, auch wenn es nicht ganz stimmt. Ich bin nicht sicher, ob ich inzwischen Proben und Vorsprechen und so weiter aushalten würde, aber das Singen fehlt mir. Mehr als ich mir je vorstellen konnte.

Ich habe so viel als selbstverständlich hingenommen.

»Kommst du nun oder nicht?«, fragt Luc. Er ist schon durch das Tor getreten und halb die kurze Einfahrt entlanggegangen.

»Ist das nicht verboten?«

»Das Tor ist doch offen. Und wir machen ja nichts kaputt.«

Mit ein paar Schritten hole ich ihn ein und gemeinsam nähern wir uns dem alten Haus.

An den Eingangsstufen bleibt er stehen. »Es ist ein Prachtstück!«, sagt er. Mit der Hand fährt er über das massive Holzgeländer. »Das hier ist noch fast ganz heil. Ein bisschen aufpolieren und das wird ein prächtiger Eingang, das kann man nicht anders sagen.«

Mit lebhaften Gesten redet er weiter. Er spricht von der Struktur des Gebäudes und fragt sich, ob man wohl Steine vor Ort finden würde, um die Lücken in den Mauern zu flicken. Ich könnte ihm den ganzen Tag zuhören. Seine Stimme hat etwas Warmes und Hypnotisierendes, als er seine Vorstellungen erläutert und verschiedene

Arten darlegt, wie der Architekt das Bestehende mit einigen modernen Anbauten verbinden könnte, um Licht in das Gebäude zu lassen und den Blick nach hinten ins Tal freizugeben.

Mir fällt ein, wie er gestern aus dem Autofenster die Ferienhäuser betrachtet hat. Ich dachte, er wollte nur vermeiden, mit mir reden zu müssen, aber jetzt wird mir klar, dass ihn der Blick wohl tatsächlich fasziniert hat.

Wir steigen über Schutt, bis wir das größte Zimmer erreichen. Es hat keine Decke mehr. Nur die Reste von einem dicken Holzbalken deuten an, dass es mal eine gegeben hat, außerdem ein Haufen Glasscherben, der wohl von einer Art Oberlicht kommt. Ich schirme die Augen gegen den grellen Schein des Sommerhimmels ab und stütze mich mit der anderen Hand an die kaputte Steinmauer. Von der Sonne aufgeheizt, fühlt sie sich fast wie lebendig an, und ich sehe die Generationen vor mir, die hier lebten, ehe man das Haus hat verfallen lassen. »Bestimmt war das mal ein wundervolles Haus«, murmle ich.

»Kann es wieder werden.« Sein Blick ist abwesend, als ob er gerade vor sich sieht, wie das Haus einmal war und wie es nach der Renovierung werden kann.

»Aber es wird nicht wieder so sein wie früher.« Ich weiß nicht, warum, aber in meinem Hals bildet sich bei dieser Erkenntnis ein Kloß. Ich hole tief Luft und atme den Duft eines Gummibaums aus dem Garten ein.

»Wandel ist nicht der Feind.« Seine Stimme ist leise, und als ich aufsehe, steht er dicht vor mir, so groß und raumgreifend, dass man sich kaum auf etwas anderes konzentrieren kann.

»Aber was ist, wenn alles einmal ganz perfekt war?« Ich denke an den Sommer mit Finn und meine Familie, die noch ganz beisammen war. Damals konnte ich schlafen und glaubte noch an Happy-Ends. »Was ist, wenn man das Kaputte hinterher noch ahnt oder Narben zurückbleiben?«

Er wendet sich wieder dem Haus zu. »So schön es auch war, es war hier drinnen doch bestimmt sehr dunkel und ein bisschen bedrückend. Bei der alten Konstruktion konnte man wegen der massiven Wände nicht in die herrliche Landschaft sehen, die sich vor der Tür ausbreitet. Das war schade. Altes beibehalten und Neues einfügen macht es erst zu einem perfekten Haus.«

»Wie kannst du da so sicher sein?«

»Weil es besser ist, aus den Fehlern der Vergangenheit zu lernen, als sie wie ein Dummkopf zu wiederholen.«

Jetzt sieht er nicht zum Haus. Sein Blick liegt auf mir und ich kann ihm nicht ausweichen. Wenn er mir zu sagen versucht, dass ich auf dem Weg bin, wieder die gleichen Fehler zu machen, täuscht er sich. Ich habe meine Lektion aus der Vergangenheit gelernt. Ich hätte die Sache mit Finn nie vermasseln dürfen.

Aber ich habe keine Lust, ihm das zu erklären. Er glaubt, dass er mich bereits kennt. Nur weil ich kurze Zeit seine menschliche Seite gesehen habe, sind wir noch lang keine Freunde.

»Wir sollten lieber zurückgehen«, sage ich.

Irgendwas in mir möchte, dass er widerspricht. Denn für eine kurze Zeit habe ich Finn und unseren Ausflug vergessen können, und die Ablenkung hat sogar das ständige Ziehen in meiner Brust überdeckt.

»Sollten wir wohl«, stimmt er zu.

Ich hoffe, dass er meine Enttäuschung nicht bemerkt, und wende mich der Eingangstür zu. Der Schutt unter meinen Füßen rutscht und bewegt sich. Ich trete vorsichtig auf, um nicht zu straucheln, und hoffe, nicht zu unsportlich zu wirken.

Im nächsten Moment stolpere ich. Ein Brocken rutscht weg, etwas unter meinen Tritten bewegt sich, dann falle ich.

Ich strecke die Hände aus, um die unvermeidbare Landung abzubremsen. Ich bin in letzter Zeit öfters gefallen, aufgrund von Übernächtigung und Durcheinandertrinken, daher glaube ich, dass ich im Abfangen Erfahrung habe. Aber jetzt bin ich nüchtern und der Boden ist von Schutt übersät. Das wird wehtun.

Hände, die sich um meine Taille legen, halten mich fest, aber mein Herz scheint das nicht zu kapieren und macht einen Satz in meiner Brust.

»Hab dich«, sagt Luc.

Ich versuche zu witzeln, dass er klingt, als ob er gerade einen Fisch gefangen hat, aber die Worte wollen nicht kommen. Meine Stimme versagt total. Und mein Herz benimmt sich, als ob es sich auf den Steinen überschlagen hätte, so wild hämmert es mir an die Rippen.

Das war nur der Schreck. Das muss es sein.

Aber jetzt stehe ich wieder aufrecht und er hält mich immer noch fest und ich bringe meine Beine nicht dazu, zurückzutreten. Und ich weiß auch nicht, warum ich das sollte.

»Alles in Ordnung?« Seine Stimme hat ein bisschen was von der Fürsorglichkeit, die er sonst nur seiner Schwester gegenüber zeigt, und das macht mir endlich Beine.

Ich will sein Mitleid nicht.

»Alles gut«, krächze ich. »Danke.«

Ich sehe nicht zu ihm zurück, als er meine Taille loslässt, aber meine Haut brennt, als ob er einen Abdruck hinterlassen hätte, direkt über meinen Hüften. All meine Gedanken richten sich auf das, was hinter mir ist. Wenn ich mich umdrehen würde, würde ich jetzt etwas anderes in seinem gewöhnlich so verschlossenen Gesicht sehen? Einen Hinweis, dass nicht nur ich durch seine Berührung durcheinander bin?

Ich gehe weiter und mache mich auf den Rückweg zum Van und den anderen. Ich will es gar nicht wissen.

»Siehst du«, sagt er so leise, dass ich an mich halten muss, um mich ihm nicht zuzuneigen. »Es hat keinen Sinn, etwas auf zerbröckelnde Grundmauern aufzubauen.«

Der Rückweg dauert nicht lang.

Bei unserem Eintreffen fährt die Pannenhilfe gerade vor. Als sich die Staubwolke legt, die der zerbeulte weiße Van aufgewirbelt hat, steigt ein Mädchen aus, das nicht viel älter ist als wir. Sie springt auf den Boden und zieht sich die Baseballkappe tiefer ins Gesicht, um es vor der knallenden Sonne zu schützen. Ihr Overall ist ölverschmiert und darunter trägt sie ein winziges, enges Muscleshirt.

»Ihr Kids habt also Probleme mit eurem Van?«, fragt sie.

Ich bemerke, wie sich die Jungs vielsagende Blicke zuwerfen, und Luc wird plötzlich wieder zu dem Jungen, der einzig und allein dafür da zu sein scheint, dass ich mich über ihn aufrege.

»Ich wette, dass sie viel besser mit Motoren umgehen kann als ihr zwei«, brumme ich.

Luc hebt eine Augenbraue. »Wer stochert jetzt in Vermutungen?«

»Ich hab eure Blicke gesehen.«

»Und meinst zu wissen, was sie bedeuten.«

Finn ist auf die Automechanikerin zugegangen. Halb höre ich auf ihre leise, raue Stimme, die ihm sagt, dass sie mal nachsehen wird, aber halb überlege ich mir gleichzeitig, wie ich Lucs selbstgefälligen Blick zunichtemachen kann.

Allerdings bin ich nicht mehr so sicher. Ich dachte, ihr Blickwechsel würde bedeuten, dass die Mechanikerin es nicht schaffen wird, weil sie nicht so ein älterer Typ mit Schnauzbart und fünfzig Jahren Erfahrung ist.

»Ich dachte …«

»Was? Dass wir sie für unfähig halten, weil sie eine Frau ist?«

Als ich es jetzt wortwörtlich von ihm höre, komme ich mir dämlich vor. Aber trotzdem ist mein Eindruck nicht von ungefähr gekommen. »Finn hat schon mal ab und zu so reagiert.« Ich war immer sauer darüber. Er hat ziemlich altmodische Ansichten über das, was Mädchen seiner Meinung nach können. Er ist fast in Ohnmacht gefallen, als ich mal selbst einen Reifen gewechselt habe. Um genau zu sein, zusammen mit Cass. Ich muss grinsen, als ich dran denke, welch triumphierendes Gefühl wir danach hatten, von oben bis unten ölverschmiert, und wie wir uns hinterher mit Waffeln belohnt haben. Ich kann mich nicht erinnern, wann Cass und ich zuletzt so was Ähnliches gemacht haben.

»Und aufgrund dieser Erfahrung mit Finn hast du beschlossen, auch ein Urteil über mich fällen zu können?«, beharrt Luc.

»Ich weiß nicht.« Wie kann ich erklären, dass ich erleichtert darüber bin, wieder schlecht von ihm denken zu dürfen? Es ist leichter, als herauszufinden, was ich von dem Luc halten soll, den ich bei dem alten Haus kennengelernt habe. Letztendlich spielen meine Beweggründe aber keine Rolle. Ich habe ihn falsch eingeschätzt. »Tut mir leid.«

Er sieht mich lange prüfend an. »Nicht jeder Junge ist so wie dein Ex.«

»Ich weiß.«

Die Tatsache ist mir schmerzlich bewusst. Niemand ist wie Finn.

+

Dank der Automechanikerin sind wir binnen zwanzig Minuten wieder auf der Straße. Ich bin mit Fahren dran und keiner mag anscheinend mit einem Gespräch anfangen.

»Ganz echt?« Lucs Frage kommt aus dem Nichts und sollte eigentlich sinnlos klingen. Nur, dass sie so voller Belustigung ist, dass ich nicht anders kann, als auf Finns Reaktion zu achten.

Finn gibt vor, keine Ahnung zu haben, was sein Cousin meint.

Ein Blick über die Schulter zeigt mir, dass er auf sein Handy starrt, als ob das, was er da sieht, sein Leben retten könnte. Aber die Wahrheit steht ihm ins Gesicht geschrieben.

Luc scheint nicht geneigt, es auf sich beruhen zu lassen. »Das Benzin? Echt?«

Etwas trifft Luc am Kopf. Er greift sich die Papierkugel aus dem Haar und wirft sie zu Jolie zurück.

»Was sollte das denn?«

»Lass Finn in Ruhe«, sagt sie. »Anscheinend macht ihm ein Sonnenbrand zu schaffen. Er hat da draußen wohl zu lange auf den Motor geglotzt.«

Luc schnaubt belustigt.

Ich muss über das Geplänkel hinter mir grinsen, wende den Blick jedoch nicht von der Straße und passe auf. Ich weiß ja zu genau, wie Unaufmerksamkeit am Steuer ausgehen kann.

Aber über ihr Gefrotzel muss ich grinsen. Ich zwinge mich, sie nicht zu belehren, solche blöden, netten Momente wie diesen zu genießen. Mir dämmert nämlich, wenn ich solche Augenblicke mit meinem Bruder erkannt hätte, hätten sie nicht dieselbe Faszination gehabt. Ihre Perfektion lag in ihrer Zerbrechlichkeit. »Soweit ich mich erinnere, hast du den Motor auch angeglotzt«, sagt Finn, der eindeutig beschließt, dass Angriff besser als verlegenes Schweigen ist.

»Ist mir auch aufgefallen«, setzt Jolie schnell hinzu.

Sie lacht und ich nehme an, dass sich Luc wieder auf seinen mürrischen Ausdruck verlegt hat, wenn auch mit einem Blitzen im Blick.

Ich klopfe auf das Armaturenbrett. »Jetzt sind wir ja wieder vollgetankt und keiner von uns vergisst es beim nächsten Mal.«

Jolies spöttisches Flüstern dringt vom Rücksitz nach vorne: »Keine Sorge, Beryl, ich pass auf dich auf.«

Eine vertraute Klaviermelodie kommt aus dem Radio und ich will sie schon lauter drehen, als Jolie losquietscht. Grays neuester Titel, ›Home‹, setzt ein und Cass und Jolie singen mit. Ich glaube, ich höre Luc aufstöhnen. Vor einiger Zeit hätte ich auch laut mitgesungen und mich gleichzeitig in Grays Text verloren und wiedergefunden. Finn mochte meine Stimme immer, sagte, sie würde gut mit seiner zusammenpassen. Es könnte also nicht schaden, seine Erinnerung auf Trab zu bringen.

Aber mehr als ein Krächzen bekomme ich nicht heraus. Daher summe ich und spreche den Text abwechselnd stumm mit.

Während der nächsten Stunde oder so ist jeder Song aus dem Radio von Gray. Wahrscheinlich wegen dem bevorstehenden Konzert. Es ist eine ganz große Sache, dass ein Junge aus Melbourne zum ersten Mal als Haupt-Act bei einem Stadionkonzert in seiner Heimatstadt auftritt. Kaum zu glauben, dass er in meinem Alter ist.

Wir kommen durch einen kleinen Ort mit einem Pub und einer Kirche. Ich halte mich an die Geschwindigkeitsbegrenzung, bin aber mehr oder weniger auf Autopilot. Die Strecke war lang und gerade, und auch wenn der Van anfängt zu klappern, sobald wir über siebzig fahren, ist er bei weniger Tempo ganz bequem.

Wir tanken auf und kehren zur Landstraße zurück.

Ich sehe ihn aus dem Augenwinkel, einen Schatten, der wohl ein Geländewagen ist. Er kommt aus einer staubigen Seitenstraße in unsere Richtung und umfährt ein Schlagloch. Mit Tempo. Ich umklammere das Steuerrad. Er sollte uns die Vorfahrt lassen. Er muss.

Er wird jedoch nicht langsamer.

Ich haue den Fuß auf die Bremse und der Van reagiert und kommt quietschend zum Stehen, während der schwarze Geländewagen mit Tempo auf unsere Straße einbiegt. Split spritzt auf, dann fährt er vor uns davon.

Das war knapp. Zu knapp.

Schmerzhaft pocht mir das Herz gegen die Rippen und ich fahre an den Straßenrand. Der Geländewagen ist längst verschwunden. Wahrscheinlich irgendein Idiot, der es eilig hat und wahrscheinlich nicht mal bemerkt hat, dass er fast einen Unfall verursacht hat. Ich ziehe die Luft ein, um die Sternchen am Rand meines Gesichtsfelds dahin zu verbannen, wo sie hingehören. Das Radio ist unnatürlich laut und ich muss mich zwingen, munter zu klingen. »Alles gut da hinten?«

Ich werfe einen kurzen Blick auf meine Mitfahrer, sehe aber keinen direkt an. Sie versichern, dass alles in Ordnung ist. Ohne Entschuldigung für die Verzögerung schalte ich den Blinker an und fahre wieder auf die Straße hinaus.

Alles gut. Nicht annähernd so wie das, was Daniel passiert ist.

Aber meine Hände liegen schweißnass auf dem Steuer und ich zähle die Kilometer bis zu unserem nächsten Halt und meiner Ablösung am Steuer.

+

Luc übernimmt die letzte Strecke, da er weiß, wo wir übernachten. Wegen der Zeit an dem Blauen See und unserer Panne ist es schon spät am Nachmittag, als wir Warrnambool erreichen, die Stadt in der Nähe des Ferienhauses.

Luc sagt, dass wir in ungefähr zwanzig Minuten dort sind. »Wem gehört das Haus eigentlich?«, fragt Cass.

Er sieht sie nicht an und beeilt sich auch nicht mit der Antwort.

Aha, er ist mal wieder so charmant wie üblich.

»Luc?«, sagt Finn. »Hast du Cass gehört?«

»Es gehört einem Freund von Dad«, sagt er schließlich. »Keine Sorge. Keiner muss was bezahlen.«

Cass runzelt die Stirn. »Ent-schul-dige, dass ich gefragt hab.«

Die Fahrt war lang und alle sind müde und haben die Nase voll von der Beengtheit des Vans. Ich glaube, ein Haus ist jetzt gut. Hoffentlich ist es groß genug, dass wir uns ein paar Stunden aus dem Weg gehen können.

»Können wir beim Supermarkt halten?«, fragt Jolie, als wir durch den Ort fahren. Ein Schild davor verkündet, dass er noch geöffnet hat. »Ich hab nicht schon wieder Lust auf ein Fertiggericht.«

Sie und Luc tauschen einen ihrer privaten Blicke. Ich kann es nicht ändern, dass mich eine Welle von Neid überfällt. Ich hatte mal einen Bruder, der mich auch so verstand.

Luc parkt vor dem Supermarkt.

Cass rührt sich nicht. »Ich würde lieber essen gehen.« Sie ist eindeutig sauer auf Luc und entschlossen, sich gegen alles zu sträuben, was er macht.

Finn ist unentschlossen, ob er sich auf die Seite seines Cousins oder seiner Freundin schlagen soll. Ich weiß noch aus unserer gemeinsamen Zeit, wie das war. Er wollte nie Ärger machen. Im Gegensatz zu Luc, der es zu genießen scheint, Unruhe zu stiften.

Ich kümmere mich nicht um sie und sehe Jolie an. Sie sieht müde und blass aus, und ich kann nicht vergessen, was gestern Abend in den Duschen passiert ist.

Wenn sie lieber zu Hause bleiben will …

»Ich kann nicht besonders gut kochen«, sage ich, »aber ich habe nichts dagegen, jemandem zu helfen, der weiß, wie es geht. Oder ich bin gut im Auftauen von Mahlzeiten. Zum Beispiel TK-Pizza.«

»Luc versteht was davon.« Jolie klammert sich an meine Worte, als wären sie lebensrettend. Ich kümmere mich nicht um den finsteren Blick von Cass, der mich durchbohrt.

Jolie sieht Cass flehend an. »Ich versprech dir, dass du Lucs Carbonara göttlich finden wirst. Mein absolutes Lieblingsessen. Besser als im Restaurant. Sag, dass du einverstanden bist, bitte?«

»Was meinst du?« Schmeichelnd stimmt Finn für Jolie. »Du magst doch Pasta.«

Cass seufzt, als ob sie einem Sondertermin beim Zahnarzt zustimmen würde, nicht einem einfachen Essensvorschlag. »Okay. Wenn alle das so wollen.«

Ich habe allmählich den Verdacht, dass Jolie eine Meisterin ist im Ihren-Willen-Durchsetzen, doch das dankbare Lächeln auf ihrem Gesicht ist aufrichtig.

Luc und Jolie kaufen die Sachen fürs Essen, während Finn und Cass drüben beim Tierfutterregal flüstern. Ob sich Finn wohl für seine Cousine entschuldigt, oder ist Cass sauer, dass er nicht Partei für sie ergriffen hat? Wie auch immer, die Beziehung hat was abbekommen. Ich sollte mich freuen, aber was ich wirklich will, sind ja nicht gebrochene Herzen, ich wünschte einfach nur, sie wären nie zusammen gewesen.

Um ihnen aus dem Weg zu gehen, finde ich mich bei der Tiefkühlkost wieder und suche eine Auswahl von kleinen Eiscreme-Desserts für alle aus. Auf dem Weg zur Kasse komme ich an einer kleinen Auslage mit Spielzeug vorbei und packe schnell einen Basketball ein.

Ich hab immer gern Basketball gespielt. Als Dans Schwester blieb mir keine andere Wahl, als so gut wie jede Sportart im Garten ausprobieren zu müssen. Ständig hat er mich angemacht, ich müsse ausgleichen, dass ich nicht der Bruder sei, den er sich immer gewünscht habe. Angeblich gibt es ein Spielfeld bei dem Haus. Obwohl ich mir kein Haus vorstellen kann, das so nobel ist und ein eigenes Basketballfeld hat. Ich zumindest war nie in so einem Haus. Ich überlege gerade, den Ball zurückzulegen, als das erschöpft wirkende Mädchen an der Kasse mir bereits sagt, was ich zahlen muss.

Ich gehe hinaus und warte am Van und versuche nicht an den Ball in meiner Tüte zu denken. Einen Ball zu haben, bedeutet ja nicht, dass man auch spielen muss. Ein bisschen wie: Eine Stimme zu haben, bedeutet nicht, dass ich singen muss.

Es bedeutet auch nicht, dass ich singen *kann*.

Nachdem alles Essen in der Kühltasche verstaut ist, fahren wir weiter. Nach kurzer Zeit verlassen wir die Landstraße in Richtung Meer. Am Ende einer kleinen unbefestigten Straße fahren wir um eine Kurve und kommen an eine Steinmauer mit breitem Tor. Es ist hoch, schwarz und beeindruckend und sieht aus wie aus einem Film.

Cass und ich sehen uns mit einem »Wow«-Blick an. Sie sieht schon viel fröhlicher aus.

Luc tippt eine Ziffernfolge in das Tastenfeld und die Torflügel gleiten mit ganz leisem Quietschen auf.

»Wie wohl erst das Haus aussieht«, flüstert Jolie. Sie ist so versessen darauf, es als Erste zu entdecken, dass sie sich so weit von hinten über unsere Lehne hängt, bis sie zwischen Cass und mir lehnt.

Das Haus am Ende der geschwungenen Auffahrt enttäuscht nicht. Glas und Stein und Holz vereinigen sich zu einer imposanten Struktur, die monströs aussehen könnte, die aber genug Meer und Himmel widerspiegelt, sodass das Haus wie ein Teil der Landschaft wirkt.

Ich überlege, ob mir Luc erklären könnte, wie dieser Effekt erreicht wird, frage jedoch nicht.

Kaum haben wir angehalten, da rennt Jolie wie ein kleines Kind in das Haus.

Cass und ich steigen langsamer aus. »Wer lässt einen Haufen Teenager in so einem Haus wohnen?«, frage ich.

»Keine Ahnung, aber es ist umwerfend«, erwidert sie.

»Schlägt den Campingplatz auf jeden Fall um Längen.«

»Wenn du mich nächste Woche mit geschlossenen Augen in Englisch sitzen siehst, dann kannst du davon ausgehen, dass ich wieder hier bin und alles noch mal durchlebe.«

Ein paar Schritte schlendern wir gemeinsam los, mit demselben mühelosen Einvernehmen, das wir seit unserer Kindheit hatten. Das uns in letzter Zeit gefehlt hat.

Dann holt Finn uns ein. »Soll ich deine Tasche reinbringen?«, fragt er Cass. Er hat die Tasche schon dabei.

Sie bleibt stehen, um ihm zu danken, und ich gehe weiter. Im Haus reißt Jolie Türen auf und ruft uns zu sich, um uns zu berichten, was sie alles entdeckt hat. Zuerst den Wäscheraum. Sie schwört, dass er größer ist als ihr Haus daheim. Dann die Sauna.

»Könnt ihr das fassen? Mit einer richtigen Sauna«, schwärmt sie mit leuchtenden Augen.

Ich muss grinsen.

Und als ich mich umdrehe, sehe ich, dass Luc auch lächelt. Sein üblicher unwirscher Blick wird irgendwie offener. Fast anziehend, aber ich weiß ja, dass solche Momente bei Luc nicht von Dauer sind.

Auch dieser nicht.

Er sieht meinen Blick und sein Lächeln, der Ausdruck echter Freude über seine sonnige Schwester, verschwindet wieder.

»Ist doch in Ordnung, glücklich zu sein«, sage ich. Es rutscht mir so raus. Aber Jolie rennt schon weiter, die breite Treppe hinauf, und Cass und Finn sind zum Van zurückgekehrt, sodass Luc und ich kurz allein sind. Wie in dem verlassenen Haus. Und nachdem mir die Worte so rausgerutscht sind, muss ich weitermachen. »Spaß zu haben ist doch kein Verbrechen.«

Er schüttelt den Kopf.

»Was?«

»Du hast ja keine Ahnung.«

Ich verschränke die Arme. »Dann erklär es mir. Auch

wenn ich am Anfang daran gezweifelt habe, weiß ich, dass da drinnen irgendwo ein anständiger Typ steckt. Ich hab erlebt, wie du bei dem verfallenen Haus warst, und gerade eben, als du Jolie beobachtet hast.«

Er öffnet den Mund, als ob er vielleicht tatsächlich erzählen würde, was ihn die ganze Zeit so mürrisch macht, doch dann zuckt er die Schultern. »Vielleicht existiert der Typ ja nur in deiner Vorstellung.«

Puff – der kurze Moment, in dem ich glaubte, ihm nah zu sein, verfliegt wieder. Dumm von mir. Wahrscheinlich hat er sich die ganze Zeit über mich lustig gemacht. So abfällig wie möglich stoße ich hervor: »Glaub mir, ich verschwende meine Zeit nicht damit, über dich nachzudenken.«

»Ach, wirklich?« Er hebt eine Augenbraue. »Warum spielt es denn dann eine Rolle für dich, ob ich mal lache und mal nicht?«

»Tut es nicht.« Ich folge Jolie die Treppe hinauf und gebe vor, unbedingt mit ihr entdecken zu wollen, was sie so in Begeisterungsstürme ausbrechen lässt.

Nicht schnell genug, um Luc noch leise sagen zu hören: »So kann man sich täuschen.«

Cos I remember,
I remember what's done.
And I'll remember,
I'll remember the fun.
With you.

»Remember« – GRAY

Kapitel sieben

Es war eigentlich vorgesehen, dass alle beim Kochen helfen, aber die anderen verkrümeln sich nach und nach ans Ende der riesigen offenen Küche in den Wohnzimmerbereich. Hinter den schicken Ledersesseln hat Finn eine Spielkonsole entdeckt und sie an den Flatscreen angeschlossen, der die halbe Zimmerwand einnimmt.

Schon bald wird das neueste Album von Gray übertönt von dem Geknatter von Schnellfeuerwaffen und röchelnden Menschen, die den letzten Atemzug tun. Ich gebe den Versuch auf, die Musik zu genießen, und schalte mein Handy ab, dann kehre ich an die Anrichte zurück. Ich lasse Luc nicht im Stich, zum Teil, weil es mir unfair vorkommt, herumzusitzen und Videospiele zu spielen, während er kocht, aber auch, weil ich nicht in der Stimmung bin, Menschen verrecken zu sehen. Selbst wenn diese Menschen nur schlecht gezeichnete Cartoons im Selbstmord-Modus sind.

Im Gegenzug überlässt er mir die einfachen Handgriffe wie zum Beispiel das Salatwaschen, und wir werkeln entspannt nebeneinander her.

Gerade will ich fragen, ob ich noch was schnippeln kann, als mir Luc mit dem Ellbogen sein Handy über die Arbeitsplatte zuschiebt. »Vielleicht versuchen wir es mal mit anständiger Musik. Und damit meine ich eine Band, keinen Farbton.«

Ich beiße mir auf die Zunge, ehe ich dazu anhebe, Gray zu verteidigen, und sehe, wie mich Luc beobachtet. Das übliche finstere Starren fehlt, stattdessen liegt etwas wie Unsicherheit in seinem Blick.

»Hast du eben tatsächlich einen Witz gerissen?«, frage ich.

»Schon möglich«, erwidert er. »Jemand hat mir aufgetragen, mehr Spaß zu haben.«

So genau hatte ich das zwar nicht ausgedrückt, aber

trotzdem bin ich zufrieden. Das war doch fast eine Entschuldigung dafür, dass er mir vorhin über den Mund gefahren ist. Ich weiß, wie schwer einem eine *Beinahe*-Entschuldigung fallen kann.

Ich verschränke die Arme und gebe vor, mir seine Worte durch den Kopf gehen zu lassen. »Keine Farben, was?«

»Das ist meine einzige Bedingung.«

Ich vergesse kurz, dass ich die Musik wegen des Lärms vom Fernseher abgeschaltet habe. Die Gelegenheit ist zu gut, um sie verstreichen zu lassen. Ich spüre, wie er mich beobachtet, klicke seine Playlisten an und lasse mich von meiner Neugier leiten.

Mir wird ganz heiß. Die Playlist von jemandem anzusehen, ist, als ob man ihm in die Seele schaut. Luc ist … vielseitig. Die Liste enthält vor allem englische Punk-Bands, aber richtig neugierig macht mich die Auswahl an energiegeladenen Classic-House-Titeln. »Davon habe ich auch ein paar.«

»Du klingst überrascht.«

»Ich hab nicht erwartet …« Ich weiß nicht, wie ich das sagen soll, ohne so zu klingen, als ob ich ihn nicht mag.

Luc hat dieses Problem nicht. »Dass wir was gemeinsam haben?«

»So ungefähr. Wie bist du auf House gekommen?«

Er zuckt die Schultern. »Da war so ’ne heiße Braut, die stand total auf House …«

Ich sehe weg. »Immer wenn ich glaube, dass du doch kein ganz verlorener Fall bist, kommst du daher und machst alles wieder zunichte.«

Aus dem Augenwinkel sehe ich eine Handbewegung.

Er lächelt nicht, sieht jedoch leicht amüsiert aus, und zur Abwechslung lacht er mal nicht über mich. »Hab wieder versucht, witzig zu sein«, sagt er.

Ich zucke zusammen. »Musst vielleicht noch ein bisschen üben.«

»Ist notiert.«

»Ha.« Ich lehne mich an die Arbeitsfläche. »Jetzt kenne ich alle deine Geheimnisse.«

Er konzentriert sich auf die Karotte. Schnipp. Schnipp. Schnipp. Das Messer gleitet schnell durch, mit Leichtigkeit, in einem Rhythmus, der auf lange Übung schließen lässt. »Du wirst der erste Baumeister-Chefkoch von Australien.«

Er runzelt die Stirn. »Kapier ich nicht.«

»Du magst Architektur und Kochen. Ich mag Realityshows über Hausbau und Kochsendungen. Sehr sogar. Mein beträchtlicher Fernsehkonsum solcher Programme sagt mir, dass es für Typen wie dich einen Markt gibt. Du könntest deine Fachkenntnisse kombinieren und wärst vielleicht der Erste, der alle Realityshows auf einmal gewinnt.«

Sein Mund wird weich, fast lächelt er, und ich bin auf absurde Weise stolz.

Er schüttelt den Kopf. »Bin mir nicht sicher, dass da was draus wird.«

»Aber du kochst gern?«

»Ist ein tolles kreatives Ventil«, sagt er.

Er klingt nicht unaufrichtig, eher ... gezwungen. Ich versuche dahinterzukommen, warum er möglicherweise schwindelt. Schließlich werde ich ja nicht ärgerlich, wenn er gesteht, dass er Kochen hasst ... es sei denn, er haut ab und überlässt es mir. Denn ob er es nun mag oder nicht, er weiß eindeutig Bescheid in der Küche.

»Braucht ihr Hilfe?«, ruft Jolie und klappt ihr iPad zu.

Luc grinst ihr zu. Ich krieg einen ganz trockenen Mund bei dem Anblick und dabei gilt das Lächeln nicht mal mir. »Lass mich mal machen«, sagt er. »Deine speziellen Küchenkatastrophen wollen wir hier lieber nicht haben.«

»Hey«, sagt Finn. Jolie sieht zu ihm hin und Finn wirft ihr einen Joystick zu. »Jetzt hast du keine Ausrede mehr, nicht gegen mich zu spielen.«

»Also echt!«, stöhnt Cass, verdreht die Augen und schnappt sich ihr Handy. »Gebt mir ein Puzzle und ich krieg's hin, aber diese Ballerei ...«

Jolie gähnt übertrieben, als ob sie lieber schlafen würde als spielen, doch dann setzt sie sich im Schneidersitz hin und nickt. »Das wird dir noch leidtun, Finny-Boy.«

Trotz des schnodderigen Geredes ist Jolie so süß und sonnig, dass ich glaube, sie wird sich nur pro forma anstrengen und binnen Kurzem wieder zu ihren Online-

Freundinnen zurückkehren. Umso erstaunter bin ich, als sie Finn in weniger als einer Minute geschlagen hat. Unter ihrem friedlichen Gebaren schlummert offenbar eine Kämpfernatur.

»Revanche«, beharrt Finn.

Ich bin nicht die Einzige, die Jolie beobachtet. Mit tief gefurchter Stirn mustert Luc seine Schwester. Er stößt einen Seufzer aus, als ob das alles ist, was er tun kann, um unter der unsichtbaren Last auf seinen Schultern nicht zusammenzubrechen.

Jolie merkt nichts davon und kreischt vor Lachen, als ihre Spielfigur einen Arm einbüßt und absurde Mengen Blut über den Bildschirm spritzen. Da ich Luc beobachte, bekomme ich nicht mit, wer die zweite Schlacht gewonnen hat, doch dann spielen sie als Team und einer von ihnen hat den Sound so laut gestellt, dass ich unwillkürlich zusammenzucke, als die Schnellfeuerwaffen wieder losballern.

Luc sieht es. »Macht mal leiser«, ruft er. »Ich versuche Zoey was über gute Musik beizubringen.«

»Du meinst über Gray?«, erwidert Jolie, ohne den Blick vom Bildschirm zu nehmen. Doch dann stellt sie leiser.

»Alles, nur nicht Gray.«

Ich scrolle durch seine Playlist und spiele noch einen House-Titel. Die schwingenden Rhythmen und der fröhliche Gesang passen perfekt zum Sommer.

Wir nehmen unsere unangestrengte Routine wieder auf – er die Vorbereitungen und ich ein paar helfende Handgriffe, wenn ich mich nicht gerade von der Musik ablenken lasse. Es ist, als ob die anderen verschwunden wären, was aber keineswegs verfänglich ist, obwohl man das meinen könnte.

Ich werde so entspannt, dass ich mich mitwiege und in den Texten schwelge.

Ein seltsames Piepsen unterbricht mich.

Als ich die Augen öffne, steht Luc wie angewurzelt am Kühlschrank. Die Tür ist weit offen, was das Piepsen erklärt, und er beobachtet mich.

»Als du auf der Bühne warst, war es schwer, den Blick von dir abzuwenden.«

Er spricht so leise, dass ich nicht sicher bin, ihn richtig verstanden zu haben. Hat er mir gerade wirklich ein Kompliment gemacht? »Danke.«

Er schließt den Kühlschrank. »Du bist besser als gut.«

Hitze steigt mir in die Wangen. »Sich in der Musik zu verlieren, hat was … das hat mir dieses Jahr gefehlt.«

»Du bist nicht aufgetreten?«

»Nein. Ich war nicht direkt …« Ich kann mich nicht dazu überwinden, es zu erklären. Ich habe es satt, darüber zu reden, dass ich mit dem, was Dan passiert ist, nicht fertiggeworden bin. Allmählich glaube ich, dass ich nichts, was ich vermasselt habe, jemals wieder einrenken kann.

Ich weiß nicht, ob Luc ahnt, wie mir gerade das Herz schmerzt, aber er nickt mit dem Kopf zu dem großen Kochtopf bei der Spüle. »Kannst du den voll machen und auf den Herd stellen?«

Ich stoße den Atem aus. »Klar doch.«

Nachdem der Topf aufgesetzt ist, nehme ich den Löffel, der am Rand der Pfanne liegt, in der die Sauce köchelt. Die goldene, sahnige Mischung mit langen Speckstreifen riecht so gut, wie sie aussieht. Ich atme den Duft ein, während ich umrühre.

»Hab ich gesagt, du sollst rühren?«

Ich lasse den Löffel schnell los und er rutscht in die Sauce. Luc grinst, als ich ihn wieder rauszufischen versuche und mir dabei fast die Finger verbrenne. »Ich war der Ansicht, du würdest dich um den Salat kümmern.«

»Schon fertig. Und das Knoblauchbrot kann in den Ofen, sobald die Pasta kocht.«

»Du hast ja wohl alles im Griff.« Ich versuche immer noch, den blöden Löffel rauszufischen. Ich hätte wissen müssen, dass mir was danebengeht.

Luc kommt herüber – ich bin nicht sicher, ob er mir helfen oder schimpfen will –, da erwische ich den Löffel endlich. Ich klopfe ihn am Pfannenrand ab, dann lecke ich ihn ab, ehe ich ihn in die Spülmaschine stecke. Ein sahniger Traum und der Hauch von irgendwelchen Kräutern und knusprigem Speck.

Ich stöhne. »Das ist ja total lecker.«

Sein Blick gleitet kurz zu meinen Lippen.

Ich lecke sie verlegen ab. Hoffentlich sind sie nicht sahneverschmiert.

Er sieht weg. »Schön, dass es dir schmeckt.«

»Du scheint sehr gerne zu kochen.« Ich weiß nicht, warum ich ihn schon wieder nerve. Seine Reaktion auf meine Bemerkung vorhin war ein bisschen abweisend, und ich kann nicht anders, als nachzubohren. Vielleicht will ich ihn ärgern.

Weil es meinem inneren Gleichgewicht möglicherweise besser bekommt, wenn er nicht gut auf mich zu sprechen ist.

Er wirft einen kurzen Blick auf seine Schwester und seufzt. »Jolie glaubt, dass es mir echt Spaß macht.« Seine Stimme ist leise und ich muss mich näher zu ihm hin beugen, um ihn zu verstehen.

Eher wirkt er erschöpft als mürrisch, und plötzlich wünsche ich mir, ich hätte mich vorhin im Van auf die Seite von Cass geschlagen, dann hätte er nicht kochen müssen. Allerdings ist er ja nicht der Typ, der nicht offen sagt, was er meint, und er wollte schließlich lieber zu Hause essen. »Du lässt sie in dem Glauben. Warum?«

Er streicht sich durch sein unordentliches Haar und es fällt ihm wieder über die Stirn. »Mein Vater arbeitet immer sehr lange und kommt spät nach Hause, und wenn ich sie in dem Glauben lasse, dass es mir Spaß macht, überlässt sie das Kochen mir. Vielleicht ist dir ja aufgefallen, dass wir sehr auf sie aufpassen. Es ist … Dad zu verdanken, dass sie so ein behütetes Leben führt.«

Ich wage es nicht, eine abrupte Bewegung zu machen. Es ist wie bei dem verfallenen Haus. Wenn ich diese andere Seite an Luc sehe, weiß ich nicht mehr so recht, warum ich Finn zurückhaben will. Es gibt so viel herauszufinden hinter seiner grimmigen und schneidenden Art. Das ist anziehend und unheimlich zugleich.

Düsteres und kompliziertes Wesen ist nicht das, wonach ich bei einem Jungen suche. Nicht, dass er irgendwie hat durchblicken lassen, dass er die Spannung in der Atmosphäre bemerkt, wenn wir zusammen sind.

»Was ist mit deiner Mutter?«

Er presst die Lippen aufeinander.

Jetzt hab ich was Falsches gesagt. Doch dann lässt er sich darauf ein. »Sie ist nicht da. Nur wir und Dad.«

Ich beiße mir auf die Lippe. »Ist sie … gestorben?«

»Nein.« Er zögert und ich erwarte, dass er es dabei belässt, doch dann fährt er fort. »War ihr angeblich alles zu viel.«

Was soll ich dazu sagen? Was ist das für eine Person, die ihre Familie im Stich lässt? Also, sie wird ja wohl ihre Gründe gehabt haben, wenn ich auch keine Ahnung habe, welche.

Ich schweige zu lange und er überbrückt die Stille mit einem Schulterzucken und stelle sein Handy lauter. »Ist ganz in Ordnung«, sagt er. »Ist schon eine Ewigkeit her und wir kommen gut ohne sie zurecht.«

Meine Chance, etwas zu sagen, ist dahin. Aber ich kann das nicht begreifen, dass Luc – sogar offenbar zu einer Zeit, als er noch jünger war und noch zerzauster als jetzt –, vorgibt, gerne zu kochen, nur, damit es seine kleine Schwester nicht tun muss. Der Typ ist wie einer dieser Zauberwürfel. Ich krieg ihn nicht auf die Reihe, er verändert sich mit jeder Drehung.

+

Eine Stunde später – unsere Bäuche sind voll mit köstlicher Pasta und es ist kein Platz mehr für Nachtisch – helfen wir alle beim Abräumen der Teller.

Cass begibt sich aufs Klo, während ich die letzte Ladung zur Spülmaschine bringe, da stoße ich versehentlich an die Tüte, die ich aus dem Supermarkt mitgebracht habe. Der Basketball rollt heraus. Ich hebe ihn auf und lasse ihn vor Finns Füßen springen. »Draußen ist ein Spielfeld. Lust, zu spielen?«

Er zögert.

»Oder hast du Angst?«, ziehe ich ihn auf.

Finn wirft einen Blick auf die Tür, durch die Cass verschwunden ist.

»Warum spielen wir nicht zwei gegen zwei?«

Ich drehe mich nach Luc um, der von mir zu Finn sieht und auf eine Antwort auf seine Frage wartet.

»Cass hat wahrscheinlich keine Lust«, sage ich schnell. Ich will nicht, dass mir jemand die Chance nimmt, mit Finn allein zu sein. Ich muss ihm ins Gedächtnis rufen, wie viel Spaß wir zusammen hatten.

»Doch, ich hab Lust«, sagt sie.

Ich bekomme plötzlich ein schlechtes Gewissen. Ich dachte, sie sei im Bad.

»Super.« Falls meine Zustimmung etwas gezwungen klingt, verliert keiner ein Wort darüber.

Wir tauschen unsere Flipflops gegen Sportschuhe und Jolie winkt uns hinterher. »Ich muss sowieso mit Dad telefonieren«, sagt sie.

»Vergiss nicht, ihn von mir zu grüßen«, sagt Luc.

Sie lacht, obwohl er das eindeutig spöttisch gemeint hat. »Ich grüße ihn von dir und erzähle ihm, wie toll du Oma für uns spielst.« Sie dreht sich nach mir um. »Ich sollte dich warnen. Luc war mal im Schulteam. Er ist ziemlich gut.«

Innerhalb von fünf Minuten liegen Luc und ich mit drei Treffern vorne und ich frage mich, warum er nicht mehr in der Schulmannschaft ist. Und im anderen Team könnte Finn genauso gut allein spielen. Wir sind wieder in Ballbesitz. Luc gibt ab und ich bewege mich schon auf den Ring zu. Ich nehme den Ball aus dem Flug an, werfe und treffe.

»High Five, Kumpel«, sagt Luc.

Seine Hand trifft fest auf meine. Der kurze Highfive-Kontakt reicht, um mir den Atem stocken zu lassen.

Ich wirble herum und werfe Finn den Ball zu. »Dein Ball.«

Er nickt Cass zu, ein wohlbekanntes Signal, sich zu bewegen. Ich brauche nicht über die Schulter zu sehen, um zu wissen, dass sie den Wink nicht bemerkt.

Luc tut so, als will er sich den Ball schnappen, und Finn lässt ihn mehrmals aufprallen und weicht Luc aus. Lucs Versuch, ihn abzublocken, ist halbherzig, und Finn kommt vorbei.

»Los«, ruft er.

Cass kann ihn diesmal nicht ignorieren. Sie stöhnt, rafft sich auf und läuft auf den Ring zu. Ich lasse sie durch, aber im nächsten Moment stolpert sie und heult auf. Sie umklammert ihren Knöchel, als sei er gebrochen.

Finn und ich bücken uns zu ihr und Luc bleibt in der Nähe stehen.

»Was ist damit?«, frage ich.

Sie reißt sich so weit zusammen, dass sie schluchzend hervorbringen kann: »Ich glaube, ich hab mir was verstaucht.«

»Lass mich mal sehen«, sagt Finn. Er legt seine Hände über ihre und zieht sie auseinander. Er macht das sanft, aber bestimmt. Das ist der Finn, den ich vermisse. Besorgt und liebevoll.

Nur, dass diese Fürsorge nicht mir gilt.

Weil mein Blick nicht auf ihren Knöchel gerichtet ist, sehe ich den Anflug von Befriedigung auf Cass' Gesicht, während sie die Tränen fortblinzelt und sich auf die Lippe beißt. Im Mittelpunkt der Aufmerksamkeit zu stehen, ist ihr viel lieber, als Ball zu spielen.

Nicht, dass ich glaube, sie wäre absichtlich hingefallen, oder dass ihr der Knöchel nicht wehtut, aber ich schätze mal, wenn jetzt jemand sagen würde, Gray sei aufgetaucht, um auf dem übernächsten Grundstück ein Privatkonzert zu geben, dann wäre sie wie der Blitz auf den Beinen.

»Autsch«, jammert sie. »Tut mir leid, Leute, ich glaube, ich bin raus.«

»Ich hab im Van einen Erste-Hilfe-Kasten gesehen«, sagt Luc. »Soll ich ihn holen? Da ist wahrscheinlich so ein Eisbeutel drin.«

Finn seufzt. »Nein, ich hol ihn.«

Er hilft Cass ins Haus und stützt sie mit dem Arm. Ich würde mir gerne einbilden, dass er einen sehnsuchtsvollen Blick zurückwirft, aber das ist wahrscheinlich Wunschdenken. Luc hält den Ball immer noch und meine Hände hängen nutzlos herunter. Das Spiel hat Spaß gemacht – und zwar nicht wegen Finn.

Ich bin kurz davor, Luc zu fragen, ob wir weiterspielen sollen, aber stattdessen mache ich einen Schritt aufs Haus zu. »Tja, dann sollten wir wohl reingehen.«

Er lässt die Schultern kreisen. »Ich finde nicht. Oder

hast du die Nase voll? Dann kann ich mich wohl den glücklichen Sieger nennen.«

»Wir haben ja noch gar nicht gegeneinander gespielt.«

»Aber ich gewinne kampflos durch deine Aufgabe, wenn du aufhörst. Ich hätte nicht gedacht, dass du dich vor einer Herausforderung drückst.«

Das habe ich eine Zeit lang gemacht, und es hat mir nicht gefallen. Ich stehe auf und kehre aufs Spielfeld zurück. »Das hab ich nicht behauptet.«

Er wirft mir den Ball zu. Er fliegt im hohen Bogen in den klaren, dunklen Himmel, und das Klatschen, als er auf meine Hände trifft, hallt durch die Nacht. »Weiter geht's.«

Wir spielen. Ich weiß nicht, ob es hier überhaupt Nachbarn gibt, aber wenn doch, dann sind sie weit genug weg und wir könnten genauso gut auf einer Insel spielen.

Meine Atemstöße sind rau, kratzen mir in der Lunge, und meine Brust hebt und senkt sich. Schweiß kühlt mir die heiße Haut und ich werfe. Der Ball prallt ans Brett, dreht sich einmal um den Rand des Korbes und fällt durchs Netz. *Zisch.*

Wegen meiner Musikbegeisterung hatte ich, kaum dass ich auf der Highschool war, das Ballspielen aus den Augen verloren, aber unser Korb zu Hause wurde noch eifrig genutzt. Ich spielte allein, wenn ich nachdenken wollte, und mit Dan, wenn er dazustieß und mich so herausforderte, dass ich nicht ablehnen konnte. Obwohl er größer und kräftiger und besser war, machte ich mit, blöd wie ich war, um jedes Mal zu verlieren.

Wenn es um Alltagsthemen ging, schafften wir es oft nicht, uns richtig auseinanderzusetzen – aber auf unserem kleinen Basketball-Court spielten wir eins gegen eins, sobald wir Lust hatten, und nachdem er jetzt nicht mehr ist, merke ich, dass es unsere Art war, uns zu unterhalten. So im Strudel meiner Erinnerungen gefangen, entgeht mir Lucs Wurf ans Brett und er trifft mühelos.

»Du musst dich schon mehr anstrengen«, ruft er. Seine Stimme klingt, als ob er grinst, und ich muss einfach zurückgrinsen.

»Ich will dich nur in Sicherheit wiegen.«

Er wirft mir den Ball zu. »Ich fühle mich bombensicher.«

Jetzt geht's richtig los.

Ich spiele ernsthaft, mit allen Tricks, die ich von Dan gelernt habe. Mit einem Ellbogenstoß in des Gegners Rippen erbeute ich mir Zeit und einen Treffer.

Aber Luc reagiert mühelos. Sein Körper ist aus Stahl und ich pralle daran ab, als ich ihn abblocken will, statt seinen Lauf zu stören – was ich eigentlich vorhatte. Luc ist gut, besser als ich, und schenkt mir nichts.

Schweiß rinnt mir in die Augen und ich binde mir die Haare zurück und lege wieder los. So spiele ich gerne.

Ich wirble herum, um den richtigen Einwurfwinkel hinzubekommen, aber er ist schon da, groß und schwitzend. Es ist ein ganz anderes Spiel, als ich es gewohnt war. Es ist unmöglich, ihn auszublenden. Mit jedem Atemzug steigt mir sein ganz besonderer Geruch nach Meer und Sonne und nach etwas Süßlichem in die Nase. *Raw Vanilla?* Dass ich darüber nachdenke, bringt mir einen weiteren Gegentreffer ein.

Konzentrier dich, Zoey.

Ich schüttle den Kopf, um ihn freizubekommen, dann hebe ich den Ball, so hoch ich kann. Beim Strecken der Arme klebt mir mein feuchtes Sommerkleid an der Haut.

Er sieht aufmerksam her. Vielleicht bin ich ja nicht die Einzige, die sich ablenken lässt. Ich halte den Ball in einer Hand und zupfe mit der anderen den Stoff vom Körper. Die Farbe steigt ihm in die Wangen.

Gut so.

Ich ergreife die Gelegenheit und werfe. Ein Treffer für mich.

»Du spielst nicht fair«, murrt er.

Ich strecke die Hände aus und sehe mich auf dem leeren Spielfeld um. »Beschwerden an den Schiri, mein Freund.«

Mein Triumph ist von kurzer Dauer. Er landet hintereinander zwei Treffer.

Einen nach dem anderen. Wir spielen, bis es für mich aussichtslos erscheint, ihn einzuholen, und ich mich außer Atem vorbeuge, die Hände auf die Knie gestützt. »Gibt es nicht so was wie eine Gnadenregel?«

»Du gibst auf?«, stichelt er. Aber auch er atmet schwer.

»Ich weiß, wann ich mich geschlagen geben muss.«

»Von mir aus können wir es auch unentschieden nennen.«

Ich ziehe die Brauen hoch. »Kein Unentschieden aus Mitleid. Beim nächsten Mal schlag ich dich. Hab ’ne ganze Weile nicht gespielt.«

Er sieht mich an. »Dann beim nächsten Mal.«

Bilde ich mir das nur ein oder klingt sein Ton verheißungsvoll?

You're haunting me again,
and it's broad daylight.
With a ghost of a smile,
your whisper, my sigh.

»The Road« – GRAY

Kapitel acht

Luc und ich holen unsere Drinks vom Rasen, wo wir sie abgestellt hatten. Wir haben beide keine Eile, zu den anderen zurückzukehren. Ich lasse mich ins Gras fallen, das unter meinem Gewicht wie eine leuchtend grüne Matratze einsinkt. Luc lässt sich neben mir nieder. Es herrscht ein ungezwungenes Schweigen, das nur unterbrochen wird vom Summen kleiner Insekten, die in der warmen Luft um die Spielfeldbeleuchtung kreisen und schwirren. Jeder Atemzug dröhnt mir in den Ohren und mein Herz rast immer noch von der Anstrengung. In dem tintenblauen Himmel über uns sind wegen der hellen Platzlampen nur wenige Sterne zu sehen. Lucs Ellbogen, derselbe, der mich gestern im Van so aus der Fassung gebracht hat, berührt meinen. Wahrscheinlich kaum mehr als an einer Stelle von der Größe eines Fingerabdrucks, aber ich spüre ihn übermäßig. Ich konnte Bücher und Filme nie leiden, in denen sich die Heldin wegen eines Jungen so verrückt macht wie ich jetzt, aber sein Ellbogen drängt sich mir einfach auf.

Er ist hier. Ich bin hier. Und zur Abwechslung möchte ich mal nicht irgendwo anders sein.

»Was ist passiert?« Lucs Frage kommt gewissermaßen aus dem Nichts.

»Du hast mich beim Basketball vernichtet?« Ich werfe ihm einen Seitenblick zu.

Sein Mund verzieht sich zu einem Lächeln. »Das stimmt, aber ich meinte eigentlich heute auf der Fahrt. Ich hab dein Gesicht an der Kreuzung gesehen. Du warst käseweiß.«

Ich schließe die Augen vor seinem fragenden Blick. »Ich hatte gehofft, dass es keinem aufgefallen ist.«

In Wahrheit hatte ich gehofft, dass es Finn oder Cass aufgefallen sei und dass sie verstehen würden. Aber nicht diesem Typen, der mich bei jeder Gelegenheit herausfordert.

Seine Hand berührt meinen nackten Arm. Ein Stromstoß ist die Folge, ich reiße die Augen auf und zucke weg, setze mich auf und schlinge die Arme um die Knie. Er lässt die Hand sinken. »Mir ist es aufgefallen.«

»Ich dachte, du weißt alles über mich?«

»Finn hat nur gesagt, dass du ihn sitzen gelassen hast, aber ansonsten ...«

Er hat eine Erklärung verdient, aber ich habe Angst. Auch wenn ich ständig an Dan denke, ist dieser Ausflug doch eine willkommene Ablenkung gewesen. Der Trip hat mir dabei geholfen, die Leere in mir durch ein etwas weniger schmerzliches Ziehen zu ersetzen. Er hat mir aus dem verzehrenden schwarzen Loch herausgeholfen, gegen das ich so viele Monate gekämpft habe, indem ich auf Partys und mit irgendwelchen Typen rumgehangen habe.

Wenn Luc drängen würde, dann könnte ich ausrasten, ihn mit einer sarkastischen Bemerkung anschnauzen und davonkommen. Aber er ist der Inbegriff von Geduld. Gemächlich zieht er sein Sporthemd hoch und wischt sich damit den Schweiß vom Gesicht.

Mein Blick fällt auf seinen muskulösen Bauch, und mir fällt ein, was für ein Gefühl das war, als ich mich beim Spielen von ihm abstieß.

Ich wende den Blick ab. Was denke ich da?

»Die Kreuzung heute hat Erinnerungen wachgerufen«, gebe ich zu.

»Du hast einen Autounfall gehabt?« Die Frage kommt behutsam.

Ich würge an meinem Kloß im Hals und wünsche mir, dass der distanzierte, streitlustige Luc wieder da wäre. Mit dem konnte ich umgehen. Mit diesem hier nicht so gut.

»Nicht ich.« Ich zögere, dann seufze ich. Ich sollte es erklären. Ansonsten wird er es von Finn oder Cass erfahren, wenn er sie fragt. Ich wundere mich, dass sie das noch nicht gemacht haben. Typisch Finn, dass er erzählt, wie gemein ich zu ihm war, aber nicht, warum.

»Vor ein paar Monaten ist mein großer Bruder bei einem Verkehrsunfall ums Leben gekommen … Sein Name war Dan.«

Der Name meines Bruders scheint das kleine Spielfeld auszufüllen. Wie gut es ihm hier gefallen hätte. Bestimmt hätte er dem kleinen Danny schon einen Basketball in die Hände gegeben, ehe der Kleine überhaupt laufen konnte. Ich weiß noch, wie ich vor vielen Jahren mit Mum an der Seitenlinie saß und zusah, wie Dad das Team meines Bruders trainierte. Dan war der Star-Spieler und es war wunderbar, ihnen zuzusehen, Drinks für sie zu holen, Orangen zu verteilen und mich in dem Glanz zu sonnen, Dans Schwester zu sein.

Er jubelte mir genauso zu, wenn ich spielte, und später dann bei den Auftritten, nachdem ich mich aus Liebe zum Singen dem Musical zugewandt hatte. Zu Hause machte er sich natürlich immer gnadenlos lustig über mich, aber er war auch total stolz auf mich.

»Du hast den Unfall miterlebt?«

Ich wende mich wieder Lucs Frage zu. »Nein. Du hältst mich wahrscheinlich für verrückt, dass mich ein Beinahe-Unfall so umwirft, obwohl ich den Unfall meines Bruders gar nicht mitbekommen habe.«

»Nein.« Er lächelt schief. »Aus dem Grund bestimmt nicht.«

»Aber du hältst mich für verrückt?« Ich weiß nicht, wie es mir gelingt, so scherzhaft zu frotzeln, aber ich weiß, dass er in diesem Moment nicht gegen mich ist.

»Ich halte mich mit meinem Urteil erst mal zurück.«

»Kann ich dir nicht verübeln. Du solltest wissen, dass ich mal normal war. Vorher.«

Er schüttelt langsam seine breiten Schultern. »Normalsein wird überschätzt.« Und nach einer Pause: »Du warst also nicht dabei. Heißt das, man hat dir danach davon erzählt?«

Ich nicke. »Ich war Joggen und hab mir auf dem Heimweg zwei Kugeln Pfefferminzeis mit Schokochips aus dem Eissalon geleistet, als Belohnung.« Ich zögere, aber er kommentiert das nicht, daher fahre ich fort, während die Erinnerung vor meinem inneren Auge abläuft. »Ich machte die Haustür auf, war aber so auf mein Eis konzentriert, dass ich den Schlüssel fallen ließ.« Ich fröstle, denn die Erinnerung überläuft mich eiskalt. »Als ich ihn aufhob, fiel mir auf, dass Dads Auto so komisch schräg in der Einfahrt stand. Wenn ich so geparkt hätte, hätte ich mir eine Vorhaltung wegen rücksichtslosem Parken geholt.«

»Er ist anscheinend eilig zurückgekommen?«

»Ja. Einen Augenblick später stand er in der Diele. Seine Augen waren rot und sein Hemd hing aus der Hose. Dazu musst du wissen, dass mein Dad nicht der Typ ist, der das Hemd über der Hose trägt. Ich glaube, ich hab mein Eis fallen lassen, ehe er überhaupt was sagen konnte.«

Meine Kehle ist wie zugeschnürt und ich bringe kein Wort mehr heraus. Es gelingt mir, die Tränen zurückzuhalten, aber nur wegen dem kräftigen Arm um meine Schulter. Ich lehne mich an ihn und kann nur noch seine wortlose Hilfe annehmen. »Ist das für ihn?« Mit dem Finger fährt Luc die geschwungenen Buchstaben innen an meinem Handgelenk nach.

Remember.

Ich nicke. »Das soll mich an ihn erinnern und daran, wie es mal war.«

»Hast du dich noch von ihm verabschieden können?«

Ich schüttle den Kopf. »Er war sofort tot. Sie haben gesagt, dass er nichts davon mitbekommen hat. Das sollte wohl tröstend sein, hat die Sache aber nicht besser gemacht. Nichts konnte sie mildern.«

»War der andere Fahrer betrunken?« Seine Finger liegen immer noch auf meinem Handgelenk.

»Nein. Ein total beliebiger Unfall, für den niemand was konnte.« Ich spucke die Worte förmlich aus. »Es ist abartig. Er ist tot und kommt nie mehr zurück und keiner hat Schuld.« Ich spüre, wie sich ein harter Klumpen Wut in meinem Magen bildet, und zwinge mich, ruhig zu atmen.

Ich muss mich unter Kontrolle bringen. Ich bin doch schon dabei, weiterzumachen und zu meinem normalen Leben zurückzukehren. Zu viel an Dans Tod zu denken, führt schnurgerade in die Klapse.

Luc umfasst mein Handgelenk. »Deshalb bist du dieses Jahr nicht aufgetreten?«

Er begreift. Ich nicke und das übliche Schuldgefühl hinterlässt einen bitteren Geschmack in meinem Mund. »Seit Dans Unfall hab ich nicht mehr richtig gesungen. Konnte meine Stimme nicht finden.«

»Wie Arielle?«

»Nur ohne den Prinzen und die Seehexe. Aber ansonsten, ja, so ungefähr.«

Ich erzähle ihm allerdings nicht, dass mir durch das Nicht-mehr-Singen etwas viel Wichtigeres entgangen war als das Musical Camp.

Und ich muss den Gedanken ausblenden, weil ich mich im Großen und Ganzen im Griff habe, und ich will nicht, dass Luc merkt, was für ein Kampf das ist. Seine Hand um mein tätowiertes Handgelenk ist der Anker, den ich brauche, um ruhig zu bleiben.

Sein Blick ist freundlich und verständnisvoll. Und plötzlich merke ich, dass er irgendwie versteht, wie ich mich fühle. Ich will ihn fragen, wieso, aber die Frage ist zu persönlich, auch nachdem wir uns so geöffnet haben. Stattdessen wechsle ich das Thema. »Du spielst ziemlich gut.«

»Ich hab regelmäßig gespielt.«

»Warum hast du aufgehört?«

Er lässt den Kopf sinken und zögert.

So viel zu einem einfacheren Thema. Gerade will ich ihm sagen, er soll meine Frage vergessen, da seufzt er.

»Nicht genug Zeit.«

Ehe er mehr sagen kann, hören wir, wie eine Tür geöffnet wird. Wir rücken voneinander ab, was albern ist – seine Berührung war ja total harmlos.

Jolie tritt auf die Veranda. Sie schüttelt die nassen Haare wie ein ungestümer Welpe, dann steht sie da, tropfend und mit einem Grinsen im Gesicht. »Stör ich euch bei was?«

Ich glaube, Luc sieht mich kurz an, ehe er die Arme verschränkt. »Lass es gut sein, Schwesterherz.«

Jolie grinst verschmitzt und drückt Wasser aus dem Rand ihres langen T-Shirts, das sie über ihrem Bikini trägt. »Kommt ihr zwei mit zum Schwimmen? Die anderen sind schon drin, das Wasser ist super.« Sie macht eine bedeutungsvolle Pause. »Es sei denn, ihr wollt lieber allein sein.«

Die Entscheidung ist nicht so einfach. Aber sie wird mir abgenommen, denn Luc ist schon auf den Beinen und die Stufen zur Veranda hinaufgestiegen. Wahrscheinlich war ich mal wieder als Einzige hin- und hergerissen.

»Schwimmen ist genau das, was ich jetzt brauche«, sage ich. Es kommt zu laut heraus, aber es scheint ihnen nicht aufzufallen. Ich richte mich auf, vermeide bewusst, einen der beiden anzusehen, und folge ihnen zum Pool.

Ich bin noch abgelenkt von der Unterhaltung mit Luc und passe nicht auf, als ich das Poolgelände betrete und die Absperrung hinter mir schließe. Hände packen mich um die Taille und ich werde an den Beckenrand gezerrt – halb gezogen, halb getragen. Hände, die ich nur zu gut kenne.

»Finn«, rufe ich.

Doch schon bin ich in der Luft und mache schnell den Mund zu, in der Hoffnung, dass mir das Wasser nicht in die Nase steigt. *Platsch.* Kaltes Wasser prickelt auf meiner Haut, als ich unelegant mit dem Rücken aufklatsche. Das war auf jeden Fall kein geschmeidiger Kopfsprung.

Ich komme prustend an die Wasseroberfläche. »Das zahl ich dir heim«, rufe ich Finn zu, der noch am Beckenrand steht.

Aber er springt bereits hoch und vollführt neben mir eine atemberaubende Arschbombe. Wasser spritzt auf, mir in den Mund und in die Augen, und wieder muss ich spucken.

Ich schubse ihn so fest wie möglich, als er wieder auftaucht, aber er ist ungerührt.

»Ist doch nur ein bisschen Quatsch, Zoey«, sagt er.

Ich schlucke meinen Anflug von Unmut hinunter und grinse zurück. »Das wird dir noch leidtun.« Ich sehe mein Sommerkleid unten um meinen Körper wallen. »Du hast Glück, dass ich meinen Badeanzug unter dem Kleid anhabe.«

»Genau, da haben wir alle Glück gehabt«, sagt Cass.

Ich drehe mich um. Sie sitzt in dem Whirlpool, der sich ein paar Stufen über dem Schwimmbecken befindet; von dort hat sie eine perfekte Aussicht auf ihren Freund und ihre beste Freundin. Sie sieht alles andere als glücklich aus.

Ganz kurz hatte ich vergessen, dass Finn und ich nicht allein sind. Einen Moment lang waren wir wieder ich und Finn und Spaß. So wie früher.

Ich schwimme an den Beckenrand und ziehe mich hoch. Ich bin sauer auf beide. Schließlich habe ich Finn nicht dazu aufgefordert, mich anzufassen. Es hatte doch gar keine Bedeutung.

Oder doch?

Luc betritt den Pool-Bereich vom Haus her und wirft sein Handtuch auf einen Stuhl. Hat er Finn und mich gesehen? Hat es ihm was ausgemacht? Sein Gesicht ist im Schatten und sein Ausdruck nicht zu erkennen, während er sich dem Beckenrand nähert, sein Unterhemd auszieht und ins Wasser springt. Er taucht auf und schwimmt energisch ans andere Ende, ohne mich anzusehen.

Ich bleibe stehen. Er war derjenige, der schwimmen gehen wollte. Ich knöpfe mein Kleid auf und fluche vor mich hin, als ein Knopf abgeht. Luc ist schuld. Ich hatte dort am Spielfeld nicht vor, mich ihm zu öffnen, und er hat schließlich nichts gemacht, außer nett zu sein. Er hat überhaupt kein Interesse an mir gezeigt. Wahrscheinlich weil er mich für eine Schlampe hält, die seinem Cousin übel mitgespielt hat.

Aber mein Handgelenk brennt immer noch in Erinnerung an seine Berührung. Der Druck seiner Finger, die die Schrift meines Tattoos nachfahren.

Ich will nicht dran denken.

Luc ist zweifellos ein heißer Typ – ich habe seine starke Ausstrahlung sofort gespürt, als er aus dem Auto seines Vaters gestiegen ist. Aber das ist doch nur Chemie, eine Reaktion auf sein düsteres gutes Aussehen. Es bedeutet nicht, dass ich ihn mag.

Fast die ganze Zeit ist er ziemlich nervig.

Nicht immer.

Ich schiebe den Gedanken fort, lasse mein Kleid einfach fallen und springe wieder ins Wasser. Jetzt genieße ich das kühle, saubere Wasser auf meiner heißen und geplagten Haut. Obwohl ich immer noch Muskelkater in den Armen habe, schwimme ich mit kräftigen

Zügen. Bahnen zu schwimmen, ist besser, als Konversation machen zu müssen.

Während ich so hin- und herschwimme, spüre ich, das jemand neben mir schwimmt. Luc. Er passt sich meinem Tempo an. Sobald ich schneller schwimme, tut er es auch, und wenn mein Unmutsausbruch nachlässt und ich langsamer werde, wird er es ebenfalls. Was ein Wettschwimmen hätte werden können, wird zu ein paar gemeinschaftlichen Runden. Bei denen man nichts erwartet. Genau das, was ich brauche.

Als meine Lunge zu zerreißen droht und meine Muskeln nach einer Pause schreien, bleibe ich im flachen Teil und mache toten Mann. Der Himmel über mir ist fast verdeckt von dem emporragenden Haus und den eindrucksvollen Palmen, die um den Pool stehen.

Mit halbem Ohr höre ich auf die Gespräche und das Lachen um mich herum, aber eigentlich treibe ich nur dahin und versuche, an nichts zu denken.

Jolie bricht als Erste auf. Sie wirft sich ein leuchtend buntes Handtuch um die Schultern und hebt ihre Sandalen auf, die am Ende ihres Liegestuhls herumliegen. »Es ist schon ziemlich spät«, sagt sie laut und ich ziehe mich am Beckenrand hoch, um ihr gute Nacht zu wünschen.

»Ich geh ins Bett wie ein braves kleines Mädchen«, fügt sie hinzu. Letzteres in Lucs Richtung, den der Sarkasmus in ihrer Stimme ungerührt lässt. Uns anderen lächelt sie zu. »Dann bis morgen, Leute.«

»Nacht«, rufe ich.

Luc vergewissert sich, dass wir alle Bescheid wissen, wie man das Haus abschließt, dann geht er ebenfalls. Ich bleibe bei dem glücklichen Paar zurück.

Gerade will ich auch die Fliege machen, als sich Cass aufrichtet und Finn zu sich winkt.

Er verliert keine Zeit, ihrer Bitte nachzukommen, und ich wende mich ab. Meine Theorie, dass er nur darauf gewartet hat, bis ich wieder normal werde, sieht ein bisschen wackelig aus.

Vielleicht liebt er Cass ja wirklich.

Cass steht auf und stützt sich auf dem Weg nach drinnen auf Finn. Ich glaube kaum, dass sie mit ihrem Knöchel so schlimm dran ist, aber er scheint ganz glücklich zu sein, dass er gebraucht wird. In diesem Moment zumindest.

Wo war er, als mein Leben in die Brüche ging?

An der riesigen Tür dreht sich Cass um. »Ist es okay, dass wir dich allein lassen?«

Ich sehe mich übertrieben um. »In dem Paradies hier? Keine Sorge. Und richtig, ich schließe ab.«

»Dann bis nachher in unserem Zimmer«, sagt sie.

Ich versuche, nicht überrascht auszusehen über ihre spitze Bemerkung. Und ich sehe Finn nicht an. Ich habe das Gefühl, der Hinweis, dass Cass und ich ein Zimmer teilen, ist eher an ihn gerichtet.

Beim Anblick der Ausmaße des Hauses und der vielen

Zimmer hatte ich überlegt, ob die beiden die Gelegenheit ergreifen würden, sich ein bisschen Privatsphäre zu gönnen, aber wenn Finn darauf gehofft hat, dann wird er wohl enttäuscht. Ich weiß jedoch, dass er ihr keinen Druck machen wird.

Nicht, dass ich nach Einzelheiten ihrer Beziehung gefragt habe. Ich habe keine Ahnung, ob sie miteinander schlafen. Um ehrlich zu sein, ich habe mich in letzter Zeit überhaupt nicht richtig mit Cass unterhalten. Dass ich Finn zurückhaben will, macht unsere Treffen immer ziemlich ungemütlich.

Beide sehen mich an und warten auf eine Reaktion.

Ich ziehe mich aus dem Wasser, drücke mein Haar aus und tue so, als ob ich nichts Unterschwelliges gehört habe. »Bis nachher im Zimmer.«

Ich atme erst wieder, als sie fort sind. Es ist spät, aber der Ort hier ist magisch und ich habe noch keine Lust, mich meinen Albträumen zu stellen. Vor einiger Zeit hätte ich zu Chemie gegriffen, um die Angst zu betäuben. Heute Nacht versuche ich es lieber mal mit ein paar weiteren Bahnen. Ich gleite wieder ins Wasser.

Die Luft ist noch warm und die einzigen Geräusche sind das leise Plätschern des Wasserspiels am Ende des Beckens und meine Hände, die durchs Wasser gleiten. Als ich die Arme nicht mehr über den Kopf heben kann und meine Haut mehr als schrumpelig ist, steige ich aus dem Wasser und hole mein Handtuch.

»Fertig?« Die Frage kommt von Jolie.

Ich strecke die Arme. Autsch. »Ich glaube schon. Wie lange sitzt du denn schon hier?«

»Ein paar Minuten. Ich bin quasi in Tarnkleidung.«

Sie hat sich auf einem der Liegestühle zusammengerollt und trägt einen gestreiften Hausanzug. Die schwarz-weißen Streifen verschmelzen mit dem Muster des Liegestuhls, weswegen ich sie bisher nicht bemerkt habe. Eigentlich sieht der Anzug kindisch aus, aber an ihr ist er niedlich.

»Das Ding schützt dich vor herumstreifenden Löwen.«

Sie lächelt müde. »Ich konnte nicht schlafen.«

»Kenn ich.«

Ich rubble mir die Haare trocken und lege mich auf die Liege neben Jolie. Ich verspüre eine angenehme Schwere von der vielen Bewegung, aber ich weiß, wenn ich reingehe, dann knipst sich mein Gedankenstrom wieder an und ich kann von Glück reden, wenn ich dann überhaupt irgendwann schlafen kann. Hier draußen, angesichts der spärlichen Sterne, die nicht vom Pool-Scheinwerfer überblendet werden, kann ich vorgeben, dass alles in Ordnung ist.

Ich hoffe, wenn ich lange genug so tue, dann glaube ich allmählich selbst daran.

»Das mit deinem Bruder tut mir leid«, sagt Jolie.

Ich schlucke den Klumpen im Hals runter. Wer hat es ihr gesagt? Luc? Finn? Ist ja eigentlich egal. Ich blicke in ihre Richtung, doch sie liegt ausgestreckt auf dem Rücken und starrt in den Himmel. Ich lege mich ebenfalls wieder zurück und lasse die restlichen Tropfen auf meiner Haut von der Brise trocknen. »Danke. Mir auch.«

»Er fehlt dir.«

Das ist keine Frage. »Wie verrückt.«

Eine Weile sagt sie gar nichts und ich glaube, dass sie vielleicht eingeschlafen ist. Sie hat müde gewirkt, aber nicht so, als ob sie wieder einen Ohnmachtsanfall bekommt. Ich habe gesehen, dass sie beim Essen ganz gut zugelangt hat – ich muss jetzt einfach immer drauf achten, nachdem sie mir in der Dusche einen solchen Schrecken eingejagt hat.

Aber als ich hinübersehe, sind ihre Augen geöffnet. »Glaubst du –« Sie zögert. »Glaubst du, wenn du es auf dich hättest zukommen sehen, wäre es besser gewesen?«

»Besser? Er ist tot.« Der scharfe Ton in meiner Stimme tut mir leid, kaum dass ich es gesagt habe. Jolie ist nett. Sie ist wahrscheinlich einfach nur wissbegierig und merkt nicht, wie sehr es schmerzt, darüber zu reden.

»Es tut mir leid.« Ihre Stimme zittert. »Du kannst mir sagen, dass ich den Mund halten soll, aber glaubst du, wenn du die Chance gehabt hättest, dich zu verabschieden …« Jetzt sieht sie mich mit eindringlichem Blick an. »Wenn er eine Krankheit gehabt hätte oder so was.«

Ich schließe kurz die Augen. »Ich weiß es nicht.«

Als ich die Augen wieder öffne, hat sie den Blick

abgewandt. Das ist eindeutig nicht die Antwort, die sie hören wollte. Wahrscheinlich ist es überhaupt keine Antwort.

Um ihretwillen, weil sie immer so freundlich und zugewandt ist, versuche ich es. Ich versuche mir Dan vorzustellen, wie er monatelang bettlägerig ist. Dahinsiechend und wissend, dass er sterben muss. Wäre es besser gewesen, Abschied nehmen und ihm alles sagen zu können – ihm zu sagen, wie lieb ich ihn habe? Ihm zu sagen, was für eine wichtige Rolle er in meinem Leben spielt? Und zu versprechen, dass ich ihn nie vergessen werde?

Ich möchte mir eigentlich vorstellen, dass er all das sowieso wusste. Es ist das Einzige, woran ich mich in dem Dunstschleier nach seinem Tod festhalten konnte. Dass wir uns immer nahestanden, trotz Streitereien und Auseinandersetzungen. Wir waren sowohl Freunde als auch Geschwister, und wir hatten keine Angst, das zuzugeben.

»Ich glaube«, sage ich langsam und versuche, die richtigen Worte zu finden, »der Verlust von Dan hat so einen tiefen Abgrund in meine Welt gerissen, dass ich so oder so aus der Bahn geworfen worden wäre.« Ich hole Luft, um mich zu beruhigen. »Aber wenn ich es hätte kommen sehen, wäre die Landung vielleicht nicht ganz so hart gewesen.«

You're here cos you're with me,
wherever I go.
It's enough that I know
you're at the end of the road.

»The Road« – GRAY

Kapitel neun

Mit den ersten Strahlen der aufgehenden Sonne wache ich auf. Auf meinem Gesicht liegt ein Lächeln, als ich meine schmerzenden Muskeln recke. Ich bin allein. Jolie hat mir Gesellschaft geleistet, bis ich eingeschlafen bin, aber danach ist sie wohl ins Haus gegangen.

Und ich habe nicht geträumt. Zum zweiten Mal auf dieser Fahrt ein herrlicher, traumloser Schlaf.

Zuerst im Van mit Luc und jetzt mit Jolie. Die Familie wirkt wie ein verdammtes Schlafmittel auf mich.

Der blaue Himmel über mir ist rosa gestreift und der Pool ruft nach mir. Ich nehme mir einen Augenblick Zeit, um die frische, salzgeschwängerte Luft einzuatmen, dann springe ich hinein.

Unter Wasser schwimme ich so weit ich kann mit geöffneten Augen. Ich tauche immer tiefer, bis meine Lunge nach Luft schreit. Ich bin Arielle und das ist mein Revier.

Das Verlangen nach Luft lässt mein albernes Hirngespinst zerschellen und ich tauche kurz auf. Atme und tauche wieder unter.

Erst als ich am anderen Ende des Beckens hochkomme, merke ich, dass ich nicht allein bin.

Luc steht am flachen Ende, mit verschlafenen Augen und nackter Brust. Angestrahlt vom morgendlichen Licht ist sein Körper schwer zu übersehen. Ich werde rot und tauche das Gesicht in das kühle Wasser. Aber als ich den Kopf wieder hebe, ist er noch da, und sein Ausdruck fällt mir auf. Nicht unähnlich meiner Neugier, die ich einfach nicht abschütteln kann. Ich will mehr über ihn wissen. Was er denkt, wie er schmeckt.

Ich schlucke und ziehe mich aus dem Wasser, hin- und hergerissen, ob ich nachsehen soll, ob er mich noch beobachtet, oder ob ich lieber davonlaufen soll, ehe ich etwas tue, das ich nicht vorhatte. Jungen wie Luc sind nicht der Richtige für die neue Zoey. Ich darf den Kopf nicht wieder verlieren.

»Ich wollte dich nicht verscheuchen«, sagt er.

Ich wende mich ihm zu, ohne ihn anzusehen, und wickle mich in mein Handtuch. »Hast du nicht. Ich will nur vor dem Frühstück noch duschen. Ein langer Tag mit Felsbesichtigung liegt vor uns.«

Lucs Mund verzieht sich zu einem Lächeln. »Beeil dich lieber. Jolie hat Croissants gekauft. Welche zum Aufbacken.«

»Du backst sie nicht selber?« Die heikle Stimmung von gestern Abend – erst unser Gespräch auf dem Spielfeld, dann Finn, der mich in den Pool geworfen hat – hat sich in der aufsteigenden Sonne mehr oder weniger aufgelöst.

Wasser tropft ihm aus den Haaren, als er den Kopf schüttelt. »Nein. Zum Glück hat sie mich nicht darum gebeten.«

Fast trocken und mit meinem Sommerkleid in Händen habe ich keine Entschuldigung mehr, noch länger zu bleiben. »Dann bis zum Frühstück.«

Er nickt und ich muss mich zwingen, umzudrehen und hineinzugehen. Es ist jedoch nicht so einfach, nicht weiter über ihn nachzudenken, und als ich das Zimmer, das ich eigentlich mit Cass teilen sollte, betrete, bin ich in Gedanken. Es ist noch früh und Cass schläft noch, daher bewege ich mich so leise wie möglich über die

Holzdielen. Meine Sachen liegen am Fußende des Bettes. Behutsam ziehe ich heraus, was ich brauche, immer ein Auge darauf, ob sich im anderen Bett was rührt.

»Ich hab dich gehört.«

Mit einer Hand an meinem Beutel mit Toilettensachen bleibe ich stocksteif stehen, während sich Cass umdreht. »Entschuldige«, sage ich. »Ich wollte dich nicht wecken.«

Sie setzt sich auf. Ihr Haar ist völlig zerzaust und ihre Augen noch verklebt vom Schlafen. »Du warst draußen mit Luc.«

Liegt da ein Vorwurf in ihrer Stimme? Ich runzle die Stirn. »Ich glaube, er wollte ein frühes Bad nehmen.«

Sie zieht die Brauen zusammen, sodass ihre vom Schlaf zerfurchte Stirn noch faltiger wird. »Ach ja? So sagt man das also? Ich dachte, wir wären Freundinnen.«

Mein Magen zieht sich zusammen. »Wie?«

»Nicht, dass es mich was angeht, was du machst, ich kann nur einfach die Lügerei nicht ausstehen. Du bist die ganze Nacht fortgeblieben.«

Ich brauche ein paar Sekunden, um die Worte herauszubringen. »Du glaubst … Luc?«

Albernerweise steigen mir Tränen in die Augen, während ich mich mit ein paar Atemzügen zu beruhigen versuche. Ich kenne Cass fast mein ganzes Leben, und sie glaubt, dass ich die Nacht mit Luc verbracht habe, mit einem Jungen, den ich erst seit zwei Tagen kenne?

Innerlich zucke ich zurück und ich glaube, dass ich

sogar tatsächlich einen Schritt nach hinten mache. Am liebsten würde ich hinauslaufen und Cass nie wieder sehen. Aber ich bleibe unter der Tür des Zimmers stehen und warte auf ihr Urteil. Verzweifelt hoffe ich, dass sie sagt, sie sei noch vom Schlaf verwirrt und wisse doch, dass ich nicht so mir nichts, dir nichts mit ihm schlafen würde. Okay, eine Weile bin ich ja tatsächlich aus der Spur gewesen, aber muss sie mich deshalb gleich aburteilen? Ich habe mich so bemüht, zu meinem alten Ich zurückzukehren.

Können wir nicht einfach vergessen, dass es zwischenzeitlich diese andere Zoey gab?

Mit zuckenden Lidern schließt sie die Augen, als ob sie mich nicht ansehen will. »Was hast du dann da draußen gemacht, wenn du nicht mit ihm zusammen warst?«

»Du fragst mich ernsthaft?« Ich warte nicht auf ihre Antwort. »Ich war Schwimmen, dann hab ich geschlafen, dann wieder geschwommen. Die meiste Zeit allein. Wobei dich das gar nichts angeht.« Ich zittere vor Ärger. Wie kann sie sich anmaßen, mich zu verurteilen? »Und was, wenn ich mit ihm zusammen gewesen wäre – würde mich das gleich zu einem Flittchen machen?«

»Natürlich nicht.« Ihre Antwort kommt zu schnell – und es ist ohnehin zu spät.

»Ich möchte einen Jungen gerne kennenlernen, ehe ich mit ihm schlafe. Und Luc mag ich nicht mal besonders.«

Überwiegend.

Schuldbewusstsein zeichnet ihre Züge. »Du hast dich so verändert. Ich hab dich die letzten paar Monate kaum gesehen oder mit dir gesprochen. Woher soll ich wissen, was du machen oder lassen würdest?«

»Du könntest nachfragen. Und mir dann vielleicht glauben.« Ich schüttle den Kopf, raffe meine Sachen zusammen und gehe zum Badezimmer, um sie nicht meine Tränen sehen zu lassen. »Das ist doch nicht so schwierig.«

+

Cass und ich reden nicht bei den Croissants, die nach Sand schmecken. Danach packen wir unsere Sachen und es ist einfach, ihr dabei aus dem Weg zu gehen. Während ich einen letzten Blick auf das Haus werfe, versuche ich, nicht zu sehr an das Basketball-Spielfeld oder den Pool oder an alles zu denken, was hier geschehen ist.

Als Luc im Van auf den Sitz neben mir rutscht, kann ich nicht anders, als erleichtert aufzuseufzen.

»Schlimme Nacht?«, fragt er.

»Schlimmer Morgen.«

Er sieht mich fragend an, aber ich stecke meine Ohrstecker rein und entfliehe in meine Musik während unserer Fahrt nach Bay of Islands, unserem ersten Halt heute Vormittag. Während die Musik spielt und die Landschaft vorbeifliegt, versuche ich, mich nicht damit zu befassen, wie ungerecht alles ist.

Mehr noch, ich versuche die heimtückische Stimme auszublenden, die sagt, das Cass vielleicht gar nicht so falschliegt.

Wenn Luc mich im Pool geküsst hätte, hätte ich ihn zurückgestoßen?

Als Finn den Van einparkt, stolpern wir alle hinaus, als seien wir unter Wasser gewesen und würden dringend Luft brauchen. Während wir anderen zum Aussichtspunkt gehen, bleiben Cass und Finn noch am Van und stecken die Köpfe zusammen.

Eifersucht schießt mir in den Magen und ich bemerke Lucs Blick, ehe ich schnell wegsehe. Mist, dass er bemerkt hat, dass es mir aufgefallen ist.

Ich bin es so leid, ständig Schuldgefühle zu haben. Finn und Cass gegenüber ist schlimm genug, aber jetzt macht auch er mir noch ein schlechtes Gewissen.

Ich starre aufs Meer hinaus, ohne etwas zu sehen. Was ist los mit mir, dass es mir so verdammt schwerfällt, mit anderen umzugehen? Alle anderen machen scheinbar nur den Mund auf und legen los. Als ob es so einfach ist. Sie scheinen nicht jeden Moment zu analysieren und durchzuspielen. Verbringen nicht das halbe Leben damit, sich abzuringen, etwas – irgendwas – zu sagen.

Kein anderer scheint so große Schwierigkeiten mit Schweigen zu haben.

Jolie bleibt neben mir stehen.

Ich werfe ihr einen Blick zu. Ihr ganzes Gesicht

erstrahlt, als sie auf die Felsen und das Meer blickt. Die Morgensonne steht hinter ihr, aber sie leuchtet vor Glück. Etwas wie Neid funkt in mir auf.

Sie sieht mich an. »Unglaublich, findest du nicht?«

»Ja«, antworte ich. Es klingt etwas lahm und ich spüre, wie sie mich ansieht. Ich ahne die Frage in ihrem Blick. Genau wie ihr Bruder. Merken sie nicht, dass ich zu verkorkst bin, um es auch nur ansatzweise erklären zu können?

Bitte stell keine Fragen.

Anders schaffe ich es heute nicht, mich im Griff zu haben. Wenn sie bohrt und stochert und mich drängt, fürchte ich, dass ich durchdrehe. Und ich bin nicht sicher, ob es mir diesmal gelingen würde, die Scherben aufzulesen.

Aber sie stellt keine Frage.

Und langsam atme ich wieder und fange an, mich zu entspannen. Ich schaue, sehe richtig hin, hinaus zu den Felsgebilden. In echt sind sie ja so viel unglaublicher als auf den Fotos, die ich gesehen habe.

Als ich mich umdrehe, um mit ihr zu reden, mich zu entschuldigen oder etwas Richtiges zu dem Ausblick zu sagen, ist sie verschwunden. Zu spät.

Ich schließe die Augen, lasse die salzige Gischt meine Haut kitzeln und hoffe, dass meine miese Stimmung ihr nicht den Tag verdorben hat. Hauptsächlich, weil es um Jolie geht und sie immer nur lustig und nett war. Ich bin in letzter Zeit ja vielleicht zickig, aber selbst ich kenne meine Grenzen.

Als ich die Augen wieder öffne, steht Finn neben mir. Finn, der inzwischen anscheinend so nahe bei mir stehen kann, dass ich ihn atmen höre, ohne dass mein Körper reagiert oder mein Herz schneller schlägt. Das nennt man wohl Vertrautheit.

Keiner sonst ist in der Nähe.

Er sieht mich an, als ob er eine Menge loswerden will, und ich bin drauf und dran, davonzulaufen. Auf den Moment habe ich gewartet und mir hat gleichzeitig davor gegraut.

Es ist meine erste Gelegenheit, richtig mit Finn zu reden, seit wir Schluss gemacht haben und ich ausgerastet bin und geschrien habe, er würde mich nicht verstehen. Damals war ich nicht in der Lage, mir Gedanken darüber zu machen, was für einen Schmerz ich ihm zugefügt hatte. Ich war von oben bis unten von Kummer erfüllt, der sich auf hässliche Weise entlud.

»Es tut mir leid«, sage ich unvermittelt. Mehr fällt mir nicht ein.

Er hebt den Kopf und lächelt erleichtert – er weiß, worüber ich rede. »Du hast eine schlimme Zeit durchgemacht.«

Ich nicke und drehe mich ein wenig, damit mir der Seewind die Haare aus dem Gesicht weht. »Untertreibung des Jahres.«

Er streicht mir leicht über den Handrücken. »Ich hätte mir gewünscht, dass du damit zu mir kommst, statt mich wegzuschieben.«

Ich schlucke. »Ich hätte mir gewünscht, du hättest dir eine andere als Cass gesucht, mit der du deinen Kummer teilen konntest.«

Die Worte werden von der Brise erfasst und sind sofort verweht, aber ihr Echo hängt in der Luft. Ich schlucke heftig. Die Verbitterung hängt wie eine Wolke zwischen uns. Eigentlich wollte ich mich doch entschuldigen und jetzt mache ich zickige Bemerkungen. Ich hatte nicht vor, Cass ins Spiel zu bringen, aber dass er sich mit meiner besten Freundin zusammengetan hat, war ziemlich beschissen, auch wenn ich weiß, dass ich es in gewisser Weise verdient hatte.

Er blinzelt verwirrt und ein Teil der Wärme verschwindet aus seinem Gesicht. »*Ich* hab *dich* niemals hintergangen.«

Will er 'ne Tapferkeitsmedaille? Ich unterdrücke die bissige Bemerkung, die mir auf der Zunge liegt, und versuche es mit sanfterem Ton. »Ich weiß.«

Und das tu ich auch. Cass hat mir erzählt, wie sie beieinander Rat gesucht hatten in ihrer Sorge um mich und wie sich die Situation zwischen ihnen änderte, nachdem ich mit Finn Schluss gemacht hatte. Damals hatte ich behauptet, es zu verstehen. Das dachte ich wenigstens, aber jetzt bin ich nicht mehr so sicher.

Oder vielleicht bin ich auch nur sauer auf Cass wegen heute Morgen und habe Selbstmitleid.

Es ist alles Lucs Schuld. Seine Fragerei von gestern nagt an mir. Habe ich die spitzen Bemerkungen und Unterstellungen verdient? Sicher, ich habe einen Fehler gemacht. Einen riesigen, aber angeblich sind sie doch meine Freunde. Meine engsten Freunde, die wussten, wir sehr ich mich im letzten Jahr durch jeden Tag kämpfen musste, ganz zu schweigen davon, irgendeine Art von Beziehung am Laufen zu halten.

Vielleicht hätten sie ja auch für mich da sein können, statt für einander.

Ich schiebe die Gedanken fort. Luc und seine Fragen sollen mir das hier nicht vermasseln. Finn ist alles, was ich jemals wollte. In meinen Träumen von diesem Augenblick – Finn und ich allein und wieder vereint – war nicht vorgesehen, ihn bei unserem Gespräch dafür anzumachen, dass er sich mit Cass zusammengetan hatte.

»Die Reise läuft doch super«, sagt er.

»Ja.« Geht's noch lahmer, Zoey? Früher war es nicht so schwer, mit Finn zu reden. Es liegt wahrscheinlich nur an der unguten Situation mit Cass.

Beim Gedanken an sie und an das, was heute Morgen war, beiße ich die Zähne zusammen. Wir waren so lange befreundet, und immer noch trifft sie voreilige Urteile.

»Schön, dich wieder lächeln zu sehen«, sagt er.

Lächeln? Dieser Typ scheint mich überhaupt nicht

mehr zu durchschauen. Vielleicht hat er das nie getan, nur, dass ich damals nicht so kompliziert war.

Er redet weiter und meine Gedanken schweifen ab. Ich zwinge mich, seinen Worten zu folgen – irgendwas mit Strand?

»Und ich kann es kaum erwarten, bis wir irgendwo hinkommen, wo es eine anständige Brandung gibt«, endet er.

»Ich hab noch gar nicht darauf geachtet«, gebe ich zu. »Haben wir denn Stellen mit Brandung vor uns?«

Mit leuchtenden Augen zählt er eine ganze Menge von Stellen auf, wo wir halten könnten, sobald wir die Great Ocean Road hinter uns haben und ehe wir in Richtung Melbourne fahren.

Ich versuche, an den richtigen Stellen zu nicken, merke aber, wie ich wieder abschweife.

Ich warte die ganze Zeit darauf, dass er mit seinem ausführlichen Wellenbericht fürs Surfen aufhört und mit mir redet. Richtig mit mir redet. Mich fragt, wie es mir geht oder zumindest Dans Namen fallen lässt. Irgendwas Persönlicheres als den Wellenreport.

Es gab eine Zeit, da verbrachte Finn, wenn er nicht gerade schlief, mehr Zeit bei uns als bei sich zu Hause. Er spielte Basketball mit uns im Garten. Dan verdonnerte ihn sogar zu einem *Star-Wars*-Marathon bei uns. Mum und Dad versicherten ihm, er sei jederzeit willkommen, und er passte echt gut zu meiner Familie.

Als ich nach dem Tod von Dan die Geschichte mit Finn vermasselt hatte, ging ich stattdessen mehr aus und blieb länger weg. Es war nicht schwierig, Leute zu finden, die mir nur zu gern halfen, zu vergessen. Einmal kam ich schwankend und stolpernd, nach Erbrochenem und Alkohol stinkend, frühmorgens nach Hause und da saß Mum am Tisch. Wartend.

Zum ersten Mal schrie sie mich nicht an wie sonst, wenn ich auf ihre Anrufe nicht reagierte oder mich nicht an die vereinbarten Zeiten hielt. Stattdessen wischte sie sich nur die Tränen aus den übermüdeten Augen und schüttelte den Kopf. »Wie konntest du jetzt auch noch Finn verlieren?«

Ich weiß nicht, woher sie wusste, dass wir Schluss gemacht hatten. Vielleicht, weil er aufgehört hatte, bei uns vorbeizukommen. Aber die Worte taten weh. Es kam mir fast vor, als ob er wichtiger war als ich.

Und er hatte sich nicht nur von mir getrennt, er war auch geflohen vor dem Scherbenhaufen, der meine Familie jetzt war.

Danach ist Mum nie mehr aufgeblieben, bis ich kam.

Ich dachte, das alles hätte Finn was bedeutet, doch jetzt redet er über die Schule nächste Woche und hat sich immer noch nicht ein Mal nach mir oder meiner Familie erkundigt.

Ich schaffe es, der Unterhaltung zu folgen. Ich mache einen flachen Witz über zusätzliche Schularbeit, was ihn zu freuen scheint. Wahrscheinlich kann er mit so etwas leichter umgehen als mit dem schluchzenden Häufchen Elend, das ich war. Mit der trauernden Zoey war man nicht gerne zusammen.

Ich nehme an, deshalb ist er nicht mehr gekommen.

Deswegen oder wegen der geringfügigen Tatsache, dass ich ihm das Herz gebrochen habe.

+

In Port Campbell machen wir Halt und essen, dann fahren wir weiter in Richtung Zwölf Apostel. Wir sehen uns schnell in Loch Ard Gorge um, dann geht's zu den Aposteln. Im Van herrscht Vorfreude, als wir losfahren. Hauptsächlich bei Jolie, die geradezu bebt vor Begeisterung. Sie hat die Nase so fest an die Scheibe gedrückt, dass sie kleine Nebelwolken macht. Ich bin überrascht, dass sie nicht ständig fragt: »Wann sind wir endlich da?«

Immer noch im Unreinen mit der Welt, setze ich die Kopfhörer auf und frage sie nicht, warum denn so ein paar Felsen im Meer so aufregend sein sollen. Ich war zwar noch nie hier, aber was kann schon dran sein? Nachdem ich festgestellt hatte, dass ich auf diesem Abschnitt der Fahrt neben Cass sitzen musste, zog ich mein Notizbuch und einen Stift aus der Tasche – irgendwas, um nur nicht reden zu müssen –, aber bisher habe ich nur an dem Stift gekaut.

Früher habe ich mein Notizbuch überall dabeigehabt. In meiner Schultasche, in meiner Handtasche. Ich notierte kurze Beschreibungen oder Bilder, die mir in den Sinn kamen. Ich habe mit niemandem darüber gesprochen, weil es mir peinlich war, aber ich hatte angefangen, selbst ein paar Lieder zu schreiben.

Aber das war vor Dans Tod.

Heute habe ich das Notizbuch zum ersten Mal seit Monaten wieder rausgeholt. Ich hatte es nur als Teil meines Planes eingepackt, wieder zum Normalzustand zurückzukehren. Ich denke, wenn ich die Dinge wieder aufnehme, die ich früher gemacht habe, dann erinnere ich mich vielleicht daran, wieder wie jene Zoey zu sein. Die Zoey, die sich so sorglos durchs Leben tanzte und sang. So habe ich sie jedenfalls in Erinnerung, aus meiner bohrenden Düsternis voll Kummer.

Aber ich schreibe kein Wort. Stattdessen lese ich die Songtexte und Fragmente, die ich auf die Seiten gekritzelt habe, eines zuckersüßer als das andere. Schließlich klappe ich das Notizbuch zu und starre mit trockenen, gereizten Augen aus dem Fenster.

Was würde ich nicht alles darum geben, um wieder das Mädchen zu sein.

Hinter einem Minivan halten wir an und Jolie ist als Erste aus dem Wagen. In ihrer Eile klettert sie praktisch über mich weg.

Ihre Begeisterung verjagt meine dunklen Gedanken. Selbst Luc muss über ihre Aufregung lächeln.

»Macht schnell«, schreit sie und hüpft aufgeregt herum.

»Sie ist ja ganz scharf auf die Apostel«, sage ich. Ich habe keine bestimmte Person angesprochen, aber Luc nickt.

»Sie sind ihr Traum«, sagt er, dann wendet er sich abrupt ab. Ein Schatten fliegt über sein Gesicht.

Wir folgen den anderen Touristen – einer siebenköpfigen Familie, die alle so erschöpft aussehen, wie ich mich fühle – zu der Aussichtsplatte und gehen herum, um Fotos zu machen. Jolie hat ihr Handy und einen guten Fotoapparat; sie lässt den Auslöser nicht los und strahlt, als ob sie einen zusätzlichen Geburtstag gewonnen hat.

Obwohl die Sonne so knallt, weht eine kühle Brise vom Wasser her, das an die pfeilerartigen Felsen schlägt und Gischt aufsprühen lässt. Ich stelle mir vor, sehen zu können, wie das Meer mit Macht auf sie einschlägt und den Fels ausmergelt, bis er irgendwann ins Wasser bröckelt.

Ohne nachzudenken, greife ich nach meinen Handy, dann zögere ich. Will ich tatsächlich neue Erinnerungen einfangen?

»Ich kann eines von dir vor den Felsen machen, wenn du möchtest«, sagt Jolie lächelnd.

Das ist jetzt meine Chance, wiedergutzumachen, dass ich sie vorhin so habe links liegen lassen. Ich lasse mein Handy in die Tasche gleiten. »Vielleicht nachher, aber ich kann eines von dir machen.«

Ihr Lachen wird breiter. »Ich dachte schon, du fragst überhaupt nicht.«

Sie erklärt mir kurz den Apparat und ich trete etwas zurück und mache ein Dutzend Fotos von ihr mit den Aposteln im Hintergrund.

»Danke«, sagt sie und mustert das Ergebnis. Sie lässt den Apparat um den Hals baumeln und liest von ihrem Handy ab. »Früher hat man sie die Sau mit den Schweinchen genannt.«

Ich versuche die gestaffelten Kalksteinpfeiler, die sich majestätisch an der Küste entlangstrecken, mit dem anderen Namen in Einklang zu bringen. Es gelingt mir nicht. »Aha«, sage ich lahm.

Sie greift nach meiner Hand. Ihre ist klein und mager, aber in ihrem Händedruck liegt Kraft. »Mir scheint, das ist nicht so dein Ding.«

»Das ist es nicht«, sage ich schnell. Wer kann sich einer schönen Aussicht schon entziehen? Aber nachdem ich angefangen habe, wartet sie auf eine weitere Erklärung. »Sie sind schön, aber nichts ist mehr so wie es mal war. Dinge, die mir was bedeutet haben, kommen mir auf einmal …«

»Unbedeutend vor?«

»Genau.«

Sie deutet auf die Wellen, die die Felsen nach und nach auswaschen. »Das hat angefangen, ehe wir geboren wurden, und es wird weiter so gehen, lange nachdem wir tot sind. Es ist nicht unbedeutend.«

»Ich kann anscheinend nicht darin sehen, was du siehst.«

»Nein.« Sie klingt traurig, fast enttäuscht. »Ich weiß.«

»Tut mir leid.«

Sie stößt die Luft aus, und es klingt wie etwas zwischen einem leisen Lachen und einem Schluchzen. »Das muss es nicht.«

Tränen hängen ihr in den Wimpern. Ich weiß nicht, was ich sagen soll. Ich weiß nicht, was ich machen soll.

»Sind eben irgendwelche Felsen.« Die Bemerkung kommt trotziger heraus, als ich beabsichtige, und sie zuckt zusammen.

»Für mich nicht.«

»Warum?« Die Frage hat vom ersten Tag an in mir gebrodelt. Es gibt zwar nicht viel, wovon Jolie nicht begeistert ist, aber der Umweg über die Küstenstraße Great Ocean Road war eindeutig ihre Idee. Und als Luc sagte, es sei ihr Traum, war das mehr als eine hingeworfene Bemerkung.

Sie zögert.

»Bitte, es interessiert mich.«

Ihr Blick schweift zum Horizont. »Ich habe eine Tante«, sagt sie leise. »So lange ich zurückdenken kann, reist sie durch die ganze Welt und bringt mir immer kleine Geschenke mit. Magneten für den Kühlschrank oder bedruckte Geschirrtücher oder gravierte Teelöffel. Klingt vielleicht spießig, aber ich hab angefangen, die Souvenirs zu sammeln. Jedes hatte eine Geschichte. Zum Beispiel über eine große Liebe in Paris oder einen

Zusammenstoß mit Gangstern in Mexico City. Ich habe davon geträumt, eines Tages in ihre Fußstapfen zu treten und selbst die Welt kennenzulernen.«

Ich bekomme eine Gänsehaut, so ehrfürchtig klingt sie. »Das hier war eine ihrer Reisen?«

Ihre Augen glänzen vor Tränen, aber sie lächelt. »Es war ihre erste Reise.«

It won't be long now,
I can let myself rest.
You'll be beside me,
your hand in my grasp.

»The Road« – GRAY

Kapitel zehn

Nicht weit von den Zwölf Aposteln machen wir in einer kleinen Küstenstadt Mittagspause. In der Bäckerei, die gleichzeitig ein Minimarkt ist, wähle ich eine Blätterteigtasche mit Spinat und Feta und sage mir, dass da zumindest ein bisschen Grünzeug drin ist.

Wir essen draußen im Sonnenschein bei überwiegend höflichem Schweigen. Ich sitze so weit wie möglich von Cass entfernt, aber es scheint ihr nicht aufzufallen.

Obwohl mein Ärger zum Teil verflogen ist, bin ich noch nicht scharf auf ein Gespräch. Sie ist sowieso viel zu sehr mit ihrem Handy beschäftigt und textet wie verrückt, während sie gedankenverloren ihre Pastete isst.

So war sie früher nicht. Kann mich zumindest nicht dran erinnern. Sie war immer bei der Sache und wir hatten so viele Themen – wir waren immer mitten in ein Gespräch vertieft. Ich dachte, uns würden die Themen nie ausgehen.

An den umliegenden Tischen sind ein paar andere Touristen, und ein paar Kids genießen die letzten Tage der Sommerferien auf Skateboards und Bikes.

Luc steht etwas abseits und telefoniert. Er redet so konzentriert, dass er nicht reagiert, als eines der Skateboards außer Kontrolle gerät und ihm an den Knöchel fährt. Er kickt es zu dem betretenen Kind zurück, ohne sich zu unterbrechen. Ich weigere mich, darüber nachzudenken, wer das ist, der oder die ihn so in Bann hält. Weil es mir egal ist.

Ich wische mir Blätterteigkrümel vom Kinn und hoffe, dass keiner bemerkt hat, was für eine Sauerei ich mit der buttertriefenden Leckerei gemacht habe. Ausnahmsweise fällt Luc meine Verlegenheit nicht auf. Er hat jetzt aufgehört zu telefonieren, aber er hat den Blick aufs Wasser gerichtet. Sein Gesicht ist fast ganz von seiner Piloten-Sonnenbrille verdeckt.

»Das sieht lecker aus«, sagt Finn mit einem Nicken zu meinem Lunch.

»Schmeckt auch so«, erwidere ich und hoffe, dass mir kein Spinat zwischen den Zähnen klebt.

»Die Pasteten sind auch gut«, sagt er. »Du solltest mal –«

Cass packt seinen Arm und wedelt mit ihrem Handy vor seinem Gesicht herum. »Du glaubst ja nicht, was mir da jemand auf meine Seite gepostet hat.«

Pflichtschuldigst blickt er auf ihr Display.

Aber mir fällt auf, dass sie ihn, sobald sie Finns Aufmerksamkeit hat und er nicht mehr mit mir redet, ausblendet und sich wieder ihrem Handy widmet.

Schmerz überzieht meine Handflächen, in die sich meine Nägel gebohrt haben. Schmerz, der guttut. Er hält mich davon ab, sie anzuschreien, und lässt mich stattdessen so tun, als ob das normal ist, was da abläuft. Ich schaffe es aber nur mit Mühe, denn sie hat alles. Alles, was ich will, ist da vor ihrer Nase, und sie widmet sich ihrem blöden Handy.

In unserer langen Freundschaft war nie auch nur eine Spur von solchen Spannungen zwischen uns. Wie können wir die unsichtbaren Fronten nur einreißen, die sich zwischen uns aufgebaut haben?

Sie wird meinen Rat nicht wollen – Finn in den Arm zu nehmen und sich an ihm zu freuen und niemals etwas zu tun, was die Sache vermasseln könnte –, und ich bin auch nicht in der Verfassung, ihr diesen Rat zu geben. Ich sollte mich freuen. Schließlich habe ich durch ihr Verhalten eine Chance bei ihm. Aber ich freue mich nicht.

Als Cass und ich neun waren, beschlossen wir, uns eines Tages Zwillingsbrüder anzulachen, uns unbändig zu verlieben und eine Doppelhochzeit mit zehn Blumenmädchen zu feiern. Wir planten jedes Detail bis hin zur lila-silbernen Farbausstattung, aber dass wir denselben Bräutigam wollten, war in unserem Plan nicht vorgesehen gewesen.

Als Finn und ich anfingen, miteinander auszugehen, beschwerte sich Cass ausführlich und laut, dass er eitel und langweilig sei. Offensichtlich vergaß sie seine Schwächen ganz schnell, als ich ihm das Herz brach und sie beschloss, ihn zu trösten.

Ich esse weiter.

Der dümmliche Unsinn meines vorigen Gesprächs mit Finn geht mir durch den Kopf. Nicht, dass er oberflächlich ist. Die Unterhaltung war eher so wie in bestimmten Unterrichtsstunden, in denen die Stimme des Lehrers zu einem beliebigen Gemurmel wird, bei dem man einfach notgedrungen abschweift.

Als ich alles Fett von meinen Fingern geleckt habe, gehe ich zum Van hinüber und tue so, als müsste ich mein Handy checken, auch wenn es ja nicht gerade so ist, dass mich jemand dringend erreichen will. Die anderen lassen sich Zeit mit dem Essen und fangen zu reden an, kaum dass ich gegangen bin. Das könnte ein Zufall sein, aber ich seufze trotzdem. Finn lacht laut über etwas, das Jolie gesagt hat, dann geht er noch mal in den Laden.

Ich lehne mich an den Van und atme die Seeluft ein und den leichten Kellergeruch, der aus dem Inneren der alten Karre dringt. Warm scheint mir die Sonne aufs Gesicht und meine Arme strahlen Hitze ab. Ich versuche mich zu erinnern, ob ich sie mit Sonnenmilch eingerieben habe, als ich aus der Dusche kam, oder ob ich zu sehr damit beschäftigt war, mich über die Unterstellungen von Cass zu ärgern.

»Zoey?« Ich öffne die Augen und Finn steht vor mir. »Ich habe für alle Eis gekauft.«

Ich kann die anderen etwas hinter ihm sehen. Alle haben ein Eis in der Hand. »Ah.«

»Keine Sorge, ich hab dich nicht vergessen.« Er grinst mit seinem üblichen anbetungswürdigen Grinsen, aber weder geht mein Puls schneller noch dreht mein Magen Saltos. Ich weiß nicht recht, warum nicht. Seine Großzügigkeit ist etwas, das ich immer an ihm mochte.

»Danke«, fange ich an, doch dann sehe ich auf die Eistüte, die er mir hinhält, und mir bleiben die Worte im Hals stecken.

»Pfefferminzeis mit Schokochips«, sagte er. »Deine Lieblingssorte.«

Die Erinnerungen an die grünliche Pfütze auf den Fliesen bei unserer Haustür überfallen mich, das Gesicht meines Vaters, der sagt: »Es ist was mit Daniel.« Noch Wochen später habe ich einen Bogen um die Stelle gemacht, wenn ich durch die Haustür kam.

Finn hält mir die Eistüte hin. »Schnell, ehe es alles volltropft.«

Ich hab sie in der Hand, ehe ich denken kann, und mein Magen dreht sich um bei dem Geruch nach Pfefferminz. Finn sieht zu und wartet, dass ich zu schlecken anfange.

Und jetzt sind die anderen auch da und Cass sieht angepisst aus, wahrscheinlich weil ihr Freund mir ein Eis gekauft hat, obwohl sie mich doch für ein Flittchen hält – oder vielleicht auch gerade deswegen. Und Luc sieht durch seine Sonnenbrille zu und bestimmt hat er nicht vergessen, was ich ihm gestern Abend erzählt habe. Keine Chance.

Jetzt starren mich alle an und ein dünnes Rinnsal Eis läuft mir über die Hand und tropft auf den Boden unter mir. Ich wende den Blick ab.

Fang einfach zu essen an.

Ich beuge mich darüber. Der Geruch ist aus der Nähe noch stärker und auf einmal habe ich Angst, dass mir schlecht wird, wenn ich davon esse. Andererseits weiß ich, dass es Finns Gefühle verletzt, wenn ich nichts esse.

Ich schließe die Augen. Ist doch nur ein Eis. Vielleicht schaffe ich es, dass mir nicht schlecht wird.

»Vorsicht.« Der Ausruf kommt von Luc. Ich nehme eine Bewegung wahr, und als ich die Augen öffne, taumelt er vor und prallt mir direkt an den Arm. Den Arm mit dem Eis. Ich zucke zurück, verdrehe den Arm und … *platsch*. Die Eiskugel fliegt aus der Tüte wie eine leuchtend grüne Kanonenkugel, klatscht an den Van und fällt in einen Laubhaufen im Rinnstein. Ich kann wieder atmen.

Lucs Besorgnis ist augenfällig, obwohl sein Gesicht halb von seiner Sonnenbrille verdeckt wird. »Tut mir leid. Alles okay?«

Ich blinzle. Bringe kein Wort heraus.

Jolie versetzt ihm einen Stoß. »Natürlich ist sie nicht okay. Du hast ihr Eis runtergeschmissen.«

»Gut gemacht, Blödmann«, setzt Finn hinzu.

Ich muss so verblüfft aussehen, wie ich mich fühle, als Luc eilig zu einer Erklärung ansetzt. »Sorry, ein Junge auf einem BMX ist von dem Weg abgekommen und fast in mich reingefahren.« Er deutet mit dem Daumen auf die Straßenecke. »Der kleine Balg hat nicht mal einen Helm getragen. Keine Sorge, ich hol dir ein neues Eis.«

Er meint es aufrichtig.

Ich finde meine Stimme wieder. »Vergiss es.« Ich sehe die Straße entlang, aber da ist kein Kind, und ich bin ziemlich sicher, dass ich es sonst bemerkt hätte. Mein Herz schlägt immer noch unregelmäßig und die Übelkeit ist noch nicht ganz vorbei, während die anderen, nachdem der Vorfall schnell vergessen ist, ihr Eis aufessen und in den Van steigen.

+

Eine Stunde später denke ich immer noch über Lucs »zufälligen« Zusammenstoß mit mir nach. Warum hat er sich die Mühe gemacht – und was bedeutet es? Warum habe ich Finn nicht einfach die Wahrheit gesagt?

Ich erinnere mich nicht, ob ich ihm die Geschichte von dem Nachmittag damals je erzählt habe. Er muss mich doch danach gefragt haben. Das muss ihn doch auch mitgenommen haben.

Wenn ich es ihm erzählt hätte, hätte er mich verstanden?

Luc fährt und Cass sitzt hinten neben mir, macht aber keine Anstalten, sich zu unterhalten. Ist mir nur recht. Hinter uns hat sich Jolie breitgemacht und nimmt für so ein schmales Wesen unheimlich viel Platz in Anspruch. Als ich das letzte Mal zurückgeschaut habe, schlief sie, ein breites Lächeln auf dem Gesicht und eine Postkarte der Zwölf Apostel fest an die Brust gedrückt.

Ich versuche, dem Album von Gray zuzuhören. Mich in seinen Texten zu verlieren, bringt mir gewöhnlich etwas Frieden, aber inzwischen muss ich ständig an mich halten, um nicht auf einen House-Song zu wechseln. Und zwar auf einen von denen, die Luc auf seinem Handy hatte. Und wenn ich dann an ihn denke, vertue ich lange

Minuten damit, mir ins Gedächtnis zu rufen, wie es sich anfühlte, als sich sein Körper auf dem Basketball-Court an meinen drückte, und ich denke an das Verständnis in seiner Stimme, als ich ihm von Daniel erzählte.

Gray. Ich sollte mich auf meinen Lieblingssänger konzentrieren – morgen hören wir ihn live. Seine raue Stimme mit ihrem ganzen Schmerz dringt mir durch die Kopfhörer in die Seele.

It's late (so late),

We're here together.

Stars burn distant fire.

And flames are dancing in your eyes.

Ich fröstle. Der Text von »First Kiss« zerrt an meinem Innersten, das sich nach Liebe sehnt. Der unvernünftige Teil von mir, den ich zu ignorieren versuche.

Aber im Kopf singe ich mit. Dabei starre ich auf die kantigen Umrisse von Lucs Kinn und die weichen Linien seiner Lippen. Ich wette, sein Kuss würde brennen.

Was mache ich?

Ich reiße mich von dem Anblick los, aber nicht lange. Nachdem ich nun mal den Fehler begangen habe, ihn zu beobachten, ist es fast unmöglich, damit aufzuhören. Seine Haut ist gebräunt. In der leichten Vertiefung, wo sein Schlüsselbein hervortritt, ehe es von seinem T-Shirt verdeckt wird, liegt ein Hauch von Sand.

Irgendwas hat er. Das merke ich. Ich bin sicher, dass er noch mürrischer ist als sonst.

Wie aufs Stichwort drückt er zwei Finger an die Schläfe. Das hab ich schon mehrmals an ihm beobachtet – wenn ich etwas besonders Fieses gesagt habe oder wenn ihn Jolie auf die Palme treibt.

Ich zwinge mich, die Landschaft zu betrachten statt des Fahrers. Eigentlich sollte ich Finn beobachten, aber ich kann nur seinen Hinterkopf sehen. Er wackelt auf und ab, denn er lacht über irgendeinen Witz, den er gemacht hat, und ich versuche mich daran zu erinnern, was das für ein Gefühl war, wenn Finn lachte.

Luc übergeht das, was Finn gesagt hat, und fährt an den Straßenrand.

Rumpelnd hält der Van an und Luc legt einen Arm über die Sitzlehne und dreht sich uns zu. »Ich finde, wir sollten durchfahren und heute Abend nicht zelten.«

»Zelten?«, frage ich. Ich war der Ansicht, wir hätten etwas in Apollo Beach gebucht. Nicht, dass es mich irgendwie kümmert, aber es wäre doch nett zu wissen, was auf uns zukommt.

Sein Blick huscht in meine Richtung, aber er sieht mich nicht an. »Wir haben beim Frühstück darüber geredet. Jolie ist ganz versessen darauf, in Apollo Beach direkt am Strand zu campen.«

»Da muss ich wohl schon weg gewesen sein.« Ich hatte mich so schnell wie möglich verdrückt, um Cass aus dem Weg zu gehen.

Er zuckt die Schultern. »Wie auch immer, Dad meinte, für heute Abend sei schlechtes Wetter angesagt.«

Jetzt begreife ich. Die leise Unterhaltung am Handy vor dem Supermarkt, als wir Mittagspause machten.

Jolie runzelt die Stirn. »Du hast mit Dad gesprochen?«

»Er hat angerufen«, gibt er unwirsch zurück. »Hätte ich etwa nicht drangehen sollen?«

»Von dir hab ich erwartet, dass du auf meiner Seite bist.«

Er zögert, und als ich seinen Ausdruck bemerke, fühle ich mit ihm. »Ich versuche nicht, dir den Spaß zu verderben.«

Jolie lächelt nicht wie üblicherweise. Stattdessen ist sie den Tränen nahe. »Ich möchte da wirklich unbedingt hin, Lucien.«

Sie sehen sich wieder mit diesem Bruder-Schwester-Blick an, in dem so viel Vorgeschichte und Gemütsbewegung liegt, dass ich kaum hinsehen mag.

»Wen kümmert's? Entscheidet euch halt endlich. Es ist doch nur eine Nacht«, sagt Cass; dabei sieht sie nicht mal von ihrem Handy auf.

Ich muss an mich halten, um sie nicht anzustoßen. Wie kann sie so blind sein?

Selbst Finn, der sonst meistens so einfühlsam wie ein Stein ist, runzelt die Stirn. »Jolie, du weißt doch, dass Luc es nur gut meint.«

Seine Worte gehen über den üblichen Konversationston hinaus. Was immer hier abläuft, er weiß darüber

Bescheid. Mein Magen ist verkrampft. Ich habe eindeutig mehr als nur eine Unterhaltung verpasst. »Mir ist es egal, was wir machen«, sage ich.

Jolie lächelt dankbar. »Bitte, Lucien. Ich schlafe auch im Zelt und schlüpfe in den Schlafsack, und wenn auch nur ein Tropfen fällt, lass ich dich mit einem Schirm neben mir gehen.«

In Lucs Wange zuckt ein Muskel. Er blickt in den blauen Himmel und die vereinzelten flauschigen weißen Wolken über dem Horizont. Die milde Brise weht durch sein runtergelassenes Fenster und bläst ihm die Haare in die Augen. Er scheint hin- und hergerissen vor Unentschlossenheit.

»Bitte«, bettelt Jolie noch mal.

Er seufzt. »Aber wenn ich sage, wir brechen auf, dann brechen wir auf. Ohne weitere Diskussion, egal, wie viel Uhr es ist.«

»Versprochen«, quietscht sie.

Luc sieht nicht gerade beruhigt aus, als er den Van anlässt und auf die Straße zurückfährt. »Wir sind bald da.«

Er hat recht. Ungefähr eine Viertelstunde später sind wir auf dem kostenlosen Beach-Zeltplatz. Überraschenderweise ist er nicht überfüllt. Jolie ist zwar der Ansicht, dass es zu diesem Erlebnis gehört, möglichst einfach zu campen, aber wir wählen eine Stelle aus, die nahe bei den primitiven sanitären Anlagen liegt. Es gibt keinen Strom hier, daher müssen wir mit dem Ladestand unserer Handys sparsam umgehen.

Nur falls sich das Wetter tatsächlich ändert, helfen wir alle, das größere Zelt aufzubauen, das Luc und Jolie mitgebracht haben. Oder so gut wie alle. Cass behauptet, unbedingt ihre Mutter anrufen zu müssen. Ich verkneife mir die Bemerkung, dass sie sich das günstig ausgesucht hat. Während wir bei der Arbeit sind, blickt Luc besorgt zum Horizont, wo sich weitere Wolken zusammenballen, verliert jedoch kein Wort darüber.

Jolie versucht seine schlechte Laune durch Scherze aufzuheitern, aber er antwortet nur mit einem Grunzen und daher lässt sie es schnell sein.

»Ich geh baden«, verkünde ich, als das Zelt steht und ich mir meine Ecke darin ausgesucht habe. Ich warte nicht auf eine Antwort, schnappe mein Handtuch und gehe zum Strand.

Ich brauche ein bisschen Zeit für mich.

In Filmen sieht es immer so aus, als ob Road-Trips ein Riesenspaß sind. Was nicht darin vorkommt, ist, dass man oft stundenlang zusammengepfercht ist. Ich hatte mir vorgestellt, besondere Augenblicke mit Finn zu teilen, damit er sich an die schönen Zeiten erinnern konnte, als wir zusammen waren. Mit der Zickigkeit von Cass hatte ich nicht gerechnet, oder damit, dass mir Jolie ein schlechtes Gewissen machen könnte oder dass Luc – na ja, eben Luc sein könnte.

Ich atme schon leichter, als ich außer Sicht bin.

»Warte auf mich.«

Ich werfe einen Blick zurück und meine Schultern verspannen sich wieder, als ich Finn hinter mir den Weg entlangkommen sehe, mit nacktem Oberkörper und dem Surfbrett unter dem Arm.

»Hey«, sage ich.

Sein Lächeln ist breit und unbekümmert. »Die Brandung hier soll sagenhaft sein.«

Mein Kopf setzt aus. Reden kann doch nicht so schwierig sein. *Denk nach, Zoey. Was Witziges, Interessantes oder Normales.*

»Ich hoffe einfach, dass man schön schwimmen kann.«

Er hat mich eingeholt. »Hab ich dir nicht mal irgendwann eine Surf-Stunde versprochen?«

Ist das …? Ich werfe ihm einen versteckten Seitenblick zu, aber seine Augen sind hinter seiner Sonnenbrille nicht zu sehen und ich kann nicht sagen, ob seine Worte mehr als nur ein freundliches Angebot sind. Ich merke, dass ich gar nicht weiß, ob ich das will. »Und das willst du jetzt einlösen?«

Er antwortet nicht sofort und ich sterbe tausend Tode. Hab ich das Falsche gesagt? Natürlich will er seiner Ex keine Surf-Stunde geben, nicht, solange seine derzeitige Freundin jeden Moment zum Strand kommen könnte. Außerdem ist Surfen nicht so meins – ich schau da lieber zu.

Er hat immer noch nichts gesagt. Bin ich erleichtert oder macht sich eher Traurigkeit in mir breit?

Er schiebt das Brett unter den anderen Arm, als wir hintereinander die Stufen zum Strand hinuntersteigen. Er geht voran, mit sicherem Schritt und geradem, kräftigem Rücken. Er strahlt das Selbstbewusstsein eines Jungen aus, der glaubt, dass alles irgendwie schon klappen wird.

Diesen Glauben habe ich an dem Tag verloren, als Daniel starb.

Der Strand erstreckt sich vor uns, das Wasser blinkt im Sonnenlicht, perfekt zum Schwimmen oder Surfen. Eine ruhige, geschützte Bucht mit kleinen, jedoch gleichmäßigen Wellen, die sich weiter draußen an den Felsen brechen.

Ein paar Familien planschen im flachen Wasser herum. Ein kleiner Junge wirbelt begeistert mit den stämmigen Ärmchen und Beinchen wie mit Propellern. Ein mageres Kind lässt einen regenbogenfarbenen Drachen hoch am Himmel steigen, und ein paar Teenager werfen unter lautem Gelächter eine Frisbeescheibe hin und her. Doch der Strand ist weitläufig genug, dass jeder im Sand oder im Wasser irgendwie Platz für sich hat.

Finn, der schon auf dem Sand steht, hält mir die Hand hin, um mir die letzten beiden Stufen herunterzuhelfen. Stufen, die ich auch leicht alleine schaffen würde. Aber ich lasse ihn helfen und bemühe mich, nicht zurückzublicken und nachzusehen, ob uns jemand beobachtet.

Seine Hand fühlt sich warm und vertraut an. Ich springe in den Sand und er lacht, als ich ungeschickt auf der heißen Oberfläche herumhüpfe.

»Vorsichtig«, zieht er mich auf. Aber er lässt meine Hand nicht sofort los und auch ich lache ein bisschen über meine Ungeschicklichkeit. »Dein Lachen hat mir immer so gut gefallen«, sagt er.

Und immer noch halten wir uns bei den Händen.

Lass ihn los.

Ich kann mich nicht entschließen und stehe herum wie so eine Qualle, die angespült worden ist – ein bisschen wabbelig und unfähig, sich zu bewegen.

Er streicht mir das Haar von der Wange. »Wir wär's denn jetzt mit 'ner Surf-Stunde?«

Ach so, ja. Eine Surf-Stunde.

Er presst die Lippen zusammen und lässt meine Hand los. »Außer du willst nicht.«

Wir reden doch über eine Surf-Stunde, oder? »Schon, aber …«

Die Gründe, warum ich zögere, sind ein wirres Durcheinander aus Cass und meiner lahmen Unterhaltung mit Finn bei den Aposteln und vielleicht auch aus Luc.

Er sieht an mir vorbei zum Zeltplatz. »Cass wollte nicht zum Strand mitkommen. Sie hat angeblich Kopfweh.«

»Aha«, sage ich. Und dann »ach so«. Denn er sagt mir praktisch, dass wir nicht erwischt werden. Oder vielleicht meint er auch, dass es nichts zu erwischen gibt.

Wie auch immer, ich muss die Ungewissheit loswerden. Der Grund, warum ich auf diese Reise mitgekommen bin, ist, dass ich Finn zurückholen wollte. Und das ist jetzt meine Chance.

Ich zwinge mich zu einem breiten Lachen. »Na, dann los.«

There's rain upon the window, baby,
but I'm coming home to you.
I've left her far behind us now
and the sun is coming through.

»Home« – GRAY

Kapitel elf

Da ich noch nie eine Surf-Stunde hatte und auch kein Interesse daran, um ehrlich zu sein, bin ich nicht sicher, was ich erwarten soll. Auf jeden Fall ein paar Körperkontakte, lange Blicke und heiße Momente. Eine Strandfilm-Fantasie.

Was ich bekomme, ist ein bisschen anders.

»Sieh mir zu«, ruft er über die Schulter, als er aufs Wasser zu rennt, das Brett in den Händen.

Ich stehe mit hängenden Armen da und komme mir wie ein Wasserball vor, aus dem man die Luft gelassen hat. »Okay.«

Ihm fällt meine mangelnde Begeisterung gar nicht auf, während er durch das seichte Wasser sprintet und sich dann mit einer eleganten Bewegung auf das Brett gleiten lässt.

Ich breite mein Handtuch aus und mache es mir bequem. Das hab ich schon früher so gemacht. Als wir damals etwas miteinander anfingen, sah ich ihm immer beim Surfen zu, was mich dann ziemlich schnell tödlich langweilte. Da ich ihn nicht völlig enttäuschen wollte – schließlich waren wir ja *verliiiebt* –, textete ich heimlich an Cass, damit sie mir Gesellschaft leisten kam. Sobald sie da war, hatte ich Finn praktisch ganz vergessen, während Cass und ich badeten und uns in der Sonne aalten. Wir besprachen unsere Pläne für die nächsten Musical-Aufführungen und hörten uns beim Proben ab.

Tja, das geht ja jetzt wohl nicht.

Aber im Sand zu sitzen und zuzuschauen, wird sehr schnell langweilig. Um nicht zu sagen, heiß. Obwohl ich sicher bin, dass ich mich vorhin mit Sonnencreme eingerieben habe, nehmen meine Schultern einen beängstigenden Rotton an.

Ich krame in meiner Tasche und suche nach einer Tube, die ich meiner Meinung nach eingesteckt habe. Sie ist fast leer, aber ich kann noch einen schönen Klecks in die Hand drücken. Ich klappe eine Puderdose auf und blicke in das verzerrte Spiegelbild auf dem kleinen Spiegel. Ich bin es so gewohnt, ein Mädchen mit verschmierten Make-up-Resten und traurigem Blick zu sehen, dass ich ein paar Sekunden brauche, um das gebräunte und fröhliche Gesicht vor mir zu erkennen.

Das Mädchen im Spiegel sieht sehr nach meinem alten Ich aus.

Krieg den Hintern hoch und mach was. Die Sonne scheint, das Wasser funkelt, hör auf, so lahm rumzuhängen.

Es ist die Stimme meines Bruders, die ich im Kopf höre. Er konnte Fangirls nie leiden, diese albernen Idiotinnen, die lieber nur gut aussehen wollen, statt Spaß zu haben. Er hat Shivani kennengelernt, als sie ihn bei einem Event auf einem dieser matschigen Hindernisparcours geschlagen hatte.

Aber Finn steht auf solche Fangirls.

Und ich stehe auf Finn.

Ich weiche meinem Blick im Spiegel aus und reibe etwas Sonnencreme auf die Haut. Ich versuche keine Stelle auszulassen. Ich will nicht mit roter Nase auf das Gray-Konzert. Es ist nicht das erste Mal, dass ich es vermeide, das Mädchen im Spiegel anzusehen. Wer möchte schon gerne eine käsige Tussi mit Make-up-Resten vom Vorabend und Jammermiene sehen?

»Brauchst du Hilfe?«

Ich hebe den Kopf, als ob ich nachsehen will, wer

mich da anspricht, auch wenn ich Lucs gelassene Stimme sofort erkenne. Er trägt nichts als schwarze Surfshorts und seine Sonnenbrille und hat ein Surfbrett unter dem Arm. Ich könnte schwören, dass die Temperatur mindestens um fünf Grad steigt.

Und ich sitze da und habe lauter weiße Tupfer im Gesicht. Ich stecke die Puderdose weg und reibe die Sonnencreme schnell ein. Ich denke an seine Frage und seine gefährlichen Berührungen und dass ich mich nach Dingen sehne, die ich besser sein lassen sollte. Ich zwinge mich zu einer abschlägigen Antwort. »Ich glaube, ich komme allein zurecht.«

Er antwortet nicht sofort. Jolie geht vorüber, ohne zu uns herüberzusehen, und gesellt sich zu den Frisbee-Spielern.

Es ist zwar wegen seiner Sonnenbrille nicht zu erkennen, aber mich überläuft ein Schauer, als ob Luc den Blick über meinen ganzen Körper gleiten lässt. Mit dem Daumen streicht er mir über die Wange, sodass ich erschrocken die Luft einziehe. *Sonnencreme,* sage ich mir. Er reibt nur ein bisschen Sonnencreme ein. Aus keinem anderen Grund die Berührung. Auch wenn mir bestimmt anzusehen ist, dass ich mir nichts sehnlicher wünsche.

»Dein Gesicht ist jetzt gut eingecremt, aber ich glaube, dein Rücken braucht noch etwas Zuwendung.«

Mein Rücken? Ich lecke mir über die Lippen, die

plötzlich wie ausgetrocknet sind, und schmecke Sonnencreme. Ich sollte ablehnen. Aus Selbstschutz zumindest.

Aber ich öffne den Mund und flüstere: »Ähm, okay. Also, das wäre nett.«

Innerlich verfluche ich mich. *Sehr geistreich, Zoey.* Ich weiß gar nicht, wie es dieser Kerl schafft, mich gleichzeitig in eine stotternde Idiotin zu verwandeln und mich dazu zu verleiten, dass ich ihm Dinge erzähle, von denen ich nie angenommen hätte, dass ich sie aussprechen kann.

Er legt sein Brett ab, dann nimmt er die Tube und drückt sich etwas Sonnencreme in die Hand. Mit rasendem Puls wende ich mich um und raffe mir das Haar von den Schultern. Jeder Nerv kribbelt, während ich auf seine Berührung warte. Alles, was ich hören kann, sind meine eigenen unregelmäßigen Atemzüge, während ich warte.

Nun mach schon.

Ich sollte mich jetzt abwenden, ihm sagen, dass es nicht nötig ist, stattdessen versuchen, Finns Aufmerksamkeit auf mich zu lenken. Er ist derjenige, der das machen sollte. Vielleicht habe ich mich kein bisschen verändert. Vielleicht suche ich nur nach einer neuen Gelegenheit, um alles zu vergessen. Vielleicht bin ich ja gar nicht so anders als das, was Cass mir vorwirft: ein Flittchen.

Zu spät.

Kühl und sanft berühren seine Hände meine Schultern. Ich beiße mir auf die Lippe, um den aufkommenden Seufzer zu unterdrücken. Die Nervosität sickert mir aus dem Körper, als er die Creme über meine Haut verteilt und ich mich unter seiner Berührung entspanne.

»Vorsicht!«

Ich öffne die Augen und sehe gerade noch, wie Jolie vorbeiflitzt. Sand spritzt auf, als sie in ihren Bruder rasselt. Ich drehe mich um. Beide liegen auf dem Boden. Die Frisbee-Scheibe, der sie nachgelaufen ist, liegt ein Stück weiter.

Ich blinzle. Ehrlich gesagt liegt sie eher ein paar Meter weiter.

Luc fällt das im selben Moment auf. Er kneift die Augen zu Schlitzen zusammen, springt auf und hebt seine zierliche Schwester hoch. Sie lacht und kreischt mit Unschuldsmiene, aber er achtet nicht darauf.

»Du willst baden?«, fragt er und pirscht aufs Wasser zu. Er trägt sie mühelos, obwohl sie mit den Fäusten auf seinen Rücken trommelt. Alle Rippen treten an ihrer schlanken Figur hervor.

»Lass mich runter«, schreit sie.

Er verzieht den Mund zu einem Grinsen. »Aber gerne.«

Sie hängt jetzt über dem Wasser und versucht verzweifelt, nicht lachen zu müssen. »Doch nicht hier!«

Ich folge ihnen ans Wasser. Obwohl ich mitlache,

beneide ich sie unbändig, dass sie einander haben. Ich will ihnen sagen, dass sie sich glücklich schätzen können, aber ich verkneife es mir. Ich will nicht die sein, die ihnen den Spaß verdirbt.

Luc hält Jolie über die Wellen. »Entschuldigst du dich?«

»Es tut mir leid«, sagt sie, dann grinst sie. »Dass du so ein Loser bist.«

Er macht eine Bewegung, als ob er sie gleich fallen lässt, und sie kreischt wieder. »Letzte Chance«, knurrt er.

»Das wagst du nicht«, sagt sie, aber ihre Augen blitzen, und zwar nicht nur, weil sie Spaß haben.

Er tut so, als ob er es sich überlegt, dann nickt er. »Ich glaube schon.«

»Es tut mir nicht leid«, ruft sie. »Es tut mir nicht leid. Es tut – *Hilfe …«*

Sie landet im knietiefen Wasser, lächelt weiter und versucht, seine Beine zu umklammern und ihn mit sich hineinzuziehen. Aber er ist zu schnell und watet außer Reichweite, dann taucht er ins klare blaue Wasser. Er kommt wieder hoch und schüttelt sich die Haare aus den Augen.

»Kommst du rein?«, fragt er.

Aber die Frage gilt nicht Jolie. Sie ist schon wieder auf dem Weg zum Strand, wo sie sich abtrocknet.

Ich bin ein Stück hineingewatet und das Wasser reicht mir bis an die Waden. Trotz der langen Hitzeperiode in diesem Sommer ist es kühl und einladend. So frisch, dass es die Hitze, die beim Anblick des lächelnden und tropfenden Luc in mir aufsteigt, kühlt.

Ich tauche ein und bleibe unter Wasser, so lange ich den Atem anhalten kann.

Luc ist da, als ich schließlich auftauche.

Sein Gesicht ist von der Sonne abgewandt. »Hast du deine Nixenschwestern gesehen, als du da unten warst, Arielle?«

»Sie sind viel zu sehr damit beschäftigt, Vaters großen Auftritt vorzubereiten. Es ist Triton, vor dem ich auf der Hut sein muss.«

Er fröstelt vor gespieltem Schrecken. »Ich halte wohl lieber Abstand, damit der König der Meere nicht denkt, dass ich hinter seiner Lieblingstochter her bin.«

Seine Frotzelei erinnert mich an Finns ersten Besuch bei uns zu Hause. Er dachte, Dad sei derjenige, vor dem er Angst haben müsse. Schon richtig, Dad sah ihn ziemlich kritisch an – ich war ja noch sein kleines Mädchen. Aber es war Dan, der sich Finn ordentlich vornahm. Er fragte ihn doch tatsächlich, ob seine Absichten ehrenwert seien. Ich wäre fast im Boden versunken.

Was Dan wohl von Luc gehalten hätte?

Ich schüttle den Gedanken ab, spritze Luc voll und tauche schnell unter, damit er sich nicht rächen kann. Aber er ist zu schlau und steht schon bereit, als ich auftauche, um nach Luft zu schnappen.

Wir planschen und lachen und albern herum, ohne uns groß Gedanken zu machen. Ich treibe auf dem Rücken, schließe die Augen und lausche dem regelmäßigen Atmen von Luc, der es mir nachtut. So treiben wir eine Ewigkeit im Wasser, ohne zu reden. Ab und zu berühren sich unsere Fingerspitzen, aber nur flüchtig.

Ich denke an nichts.

Kein Plan, keine Absicht, einfach nur Treiben im Sonnenschein. Eine Brise kräuselt das Wasser zu winzigen Wellen.

Wellen. Finn.

Ich fahre hoch, sehe mich auf der Wasseroberfläche nach seiner vertrauten Gestalt um und versuche, das schlechte Gewissen abzuschütteln, dass ich ihn total vergessen habe. Schließlich bin ich ja nicht mehr mit ihm zusammen oder so.

Ich wende mich wieder dem Strand zu. Luc sieht mich fragend an. »Gefunden, wen du gesucht hast?«

Ich will sagen, dass es nicht so ist, wie er denkt, aber die mühelose Lügerei, die ich mir nach Daniels Tod angewöhnt hatte, funktioniert nicht mehr so. Außerdem wäre es sinnlos. Er weiß es sowieso.

Die Sonne brennt herunter, aber sie ist nicht der Grund für die Röte in meinem Gesicht.

Luc macht eine Kopfbewegung. »Ich glaube, er hat nach dir gerufen.«

Ich folge seiner Bewegung und sehe Finn, der hinauspaddelt und gar nicht in unsere Richtung blickt, dann sehe ich Luc stirnrunzelnd an. »Echt?«

»Nein.«

Er schüttelt den Kopf, dann pflügt er durch das Wasser davon. Seine Muskeln, mühelos kraftvoll und gebräunt, schimmern im Sonnenlicht.

Er sieht sich nicht einmal um.

Ich versuche wieder auf dem Rücken zu treiben, aber das friedliche Gefühl ist vorbei. Im Gegenteil, die Sonne brennt zu sehr und die Wellen schwappen mir in den Mund. Ich spucke das Salzwasser aus und überlege, ob ich zu Finn und der versprochenen Surf-Stunde hinausschwimmen soll.

»Zoey?« Jolie winkt mir vom Strand zu. »Willst du helfen?«

Luc ist bei ihr, aber er ruft nicht nach mir. Er sieht so ostentativ auf den Boden, dass ich merke, er ist nicht begeistert von der Aufforderung seiner Schwester.

»Bei was?«

»Wirst du schon sehen.«

Ich wate aus dem Wasser und nehme mein Handtuch, dann gehe ich auf die beiden zu. Jolie hebt den Kopf, als ich mich nähere, und grinst. Sie ist fast ganz bedeckt von feuchtem Sand. »Wir bauen eine Sandburg.«

»Eine Sandskulptur«, verbessert Luc sie, ohne aufzusehen.

Ein Schmerz durchzuckt mich. Heißt das, er ist eifersüchtig wegen mir und Finn? Oder hält er mich für den letzten Dreck, weil ich Interesse am Freund meiner besten Freundin zeige?

Seine Meinung von mir kann wohl kaum schlimmer sein als die der anderen.

Wenn ich hierbleibe, wird er nur sauer auf mich, und dann fühle ich mich noch schlechter. Ich sollte zum Zeltplatz zurückgehen und lesen oder so. Andererseits hat das, was sie da machen, meine Kindheitserinnerungen geweckt. »Ich habe seit meiner Kindheit keine Sandburg mehr gebaut.«

»Keine Sorge«, sagt Jolie und klopft auf den Sandhügel neben sich. »Luc ist ein Meister. Was du wissen möchtest, kannst du ihn fragen. Aber pass auf, dass er dich nicht mit der historischen Bedeutung des Bauwerks langweilt, dem wir hier die Ehre geben.« Sie verdreht die Augen.

Ich lasse mich im Sand auf die Knie fallen und lache, obwohl ich weiß, dass es mich nicht langweilen würde. Nicht, weil ich mich plötzlich für Architektur interessiere. Aber wenn jemand mit echter Leidenschaft über etwas redet, ist das so anregend, dass man nicht anders kann, als gespannt zuzuhören.

Doch Luc sagt kein Wort und ich folge den Anweisungen von Jolie. Sie beschreibt ihre Pläne für die rückwärtige Mauer einer Konstruktion aus mehreren

Burggräben. Das auflaufende Wasser nagt an den Rändern der Gräben, die sie ausbuddelt und mit denen sie das Wasser in unsere Richtung leitet.

Ich lerne die Handgriffe. Schaufle den nassen Sand aus dem Loch, das näher am Wasser ist, klatsche ihn auf den Wall, glätte ihn. Dann wieder ausschaufeln.

Daniel und ich haben uns eigentlich nie für Sandburgen interessiert. Wahrscheinlich waren wir altersmäßig zu weit auseinander. Als er davon begeistert war, war ich noch ein Kleinkind, das alles kaputt machte, und als ich dann etwas Beeindruckendes bauen wollte, war er schon damit beschäftigt, sich als cooler Hecht den bikinibekleideten Strandmiezen zu präsentieren, die jedoch geflissentlich an ihm vorbeisahen.

Aber es macht Spaß, so zu tun, als ob. Nett, mir vorzustellen, ich hätte mitkommen können, wenn er und Shivani mit dem kleinen Danny zum Strand fuhren. Dass ich nicht so von meinen Teenager-Dramen vereinnahmt gewesen wäre und ein paar glückliche Erlebnisse mit meinem kleinen Neffen hätte haben können.

Es trifft mich mit der Macht der riesigen Brecher, die an der Landzunge an die Felsen krachen, dass ich nicht weiß, wann ich den kleinen Danny das letzte Mal gesehen habe. Ich lasse mich auf die Fersen gleiten.

Ich weiß nicht mal, wie mein Neffe aussieht.

Ich schließe die Augen und krampfe die Hände zusammen.

»So doch nicht«, sagt Luc.

Ich öffne die Augen und sehe, dass ich den Teil, den ich gebaut habe, wieder eingerissen habe. Ich sehe Luc an.

»Ich war mit den Gedanken gar nicht beim Bauen«, sage ich. »Nicht, dass es mir keinen Spaß macht«, setze ich hinzu, aber er ist gar nicht beleidigt.

Stattdessen beugt er sich zu mir. Er legte eine Hand über meine und zeigt mir, wie ich den Sand formen muss, damit eine Mauer daraus wird und kein klumpiger Hügel. Und als er sich wieder abwendet, ist sie wahrscheinlich besser, aber um ehrlich zu sein, mir ist eher seine sandige Hand aufgefallen und dass sein Ärger von vorhin verflogen ist.

Ich folge seinem Beispiel, sammle die Muschelhälften in unserem Umkreis, die nicht kaputt sind, und lege sie als Abschluss auf die Mauer. Zumindest die meisten sind nicht kaputt.

»Was ist das denn?«, fragt er lächelnd und deutet auf eine hübsche rosafarbene Muschel, die in der Mitte einen Riss hat.

Ich zucke mit den Schultern. »Sie ist doch hübsch.«

Er sieht mich lang und eindringlich an, sagt jedoch nichts.

Ich merke, dass ich ihn anstarre, und deute auf eine Stelle unterhalb seines Wangenknochens. »Du hast da Sand an der Wange.«

»Hier?« Er wischt sich mit dem Handrücken übers Gesicht und hinterlässt noch mehr Sand als vorher.

Ich muss unwillkürlich grinsen. »Überall.«

Ich beuge mich vor – ob um zu helfen oder noch mehr Sand zu verschmieren, weiß ich nicht – da wird der Augenblick von Jolies Gelächter gestört.

Sie kommt durch den Sand auf uns zu gerannt, verfolgt von einem Schwall Wasser, und klatscht in die Hände, als der Tunnel, den sie ausgebuddelt hat, den Burggraben füllt. Das erste Wasser benetzt den Sand um unser Bauwerk, dann versickert es wieder.

»Es klappt!«, ruft sie.

Luc ist aufgestanden und sie klatschen sich ab.

Ich stehe ebenfalls auf und Jolie packt mich am Arm, und als die nächsten Wellen anschwappen und den Graben füllen, lasse ich mich in ihren Freudentanz ziehen. Es ist, als ob wir ein Wunderwerk gebaut hätten, und es ist egal, dass es morgen fortgespült sein wird, weil es in unserer Erinnerung bleibt.

+

Es wird schon spät, als wir den Strand verlassen. Da wir die Süßigkeiten und Müsliriegel leid sind, beschließen wir gemeinsam, zum Abendessen in den angrenzenden Ort zu fahren. Trotz Lucs Voraussage von vorhin ist es noch warm und der Himmel ist überwiegend blau.

Ich binde die Haare zurück und wechsle in einen

langen Rock mit Blumenmuster und ein schwarzes ärmelloses Top und nehme mir Zeit, Lipgloss und Eyeliner aufzulegen. Ich kann mich nicht erinnern, wann ich das letzte Mal so viele Tage hintereinander so wenig Make-up aufgelegt hatte, aber nach diesem Nachmittag, nachdem Finn nicht mal bemerkt hatte, dass ich ihn nicht beachtete, erscheint es mir kaum nötig, zu versuchen, meine gerötete Nase und meine müden Augen zu schminken.

Und Luc ist wohl sowieso nicht der Make-up-Typ.

Ich schiebe den Gedanken beiseite, aber es ist schwierig, an Luc vorbeizusehen. Er sitzt neben mir im Van. Er hat sich auch umgezogen. Er hat schon am Strand heiß ausgesehen, aber jetzt ist er umwerfend. Er hat nichts Besonderes an. Auf seinem weißen T-Shirt ist ein Schwarzweißbild von einer Kamera und seine Jeans sind ziemlich ausgewaschen blau. Aber in Kombination mit seinem Haar, das vom letzten Bad noch feucht ist, und mit dem Drei-Tage-Bart fällt er einem einfach auf.

Er sieht mich an und ich merke, dass ich ihn wieder angestarrt habe.

»Müssen wir da abbiegen?«, frage ich und deute an ihm vorbei auf einen Wegweiser an der nächsten Ecke.

»Ja«, sagt er. Er beugt sich etwas näher. Sein amüsierter Blick bestätigt mir, dass er mich erwischt hat. »Du kannst mich jederzeit ansehen, weißt du. Du brauchst keine Ausrede.«

Danach achte ich darauf, nur noch geradeaus zu sehen.

Als wir den Ort erreichen, parken wir in der Hauptstraße und schlendern los.

»Entweder entscheiden wir uns für einen Pub oder wir müssen ein Organ spenden, um uns ein Essen leisten zu können«, verkündet Finn, nachdem wir jede Speisekarte studiert haben, an der wir vorbeikommen.

Er hat recht. Die Cafés und Restaurants sind wohl für besser betuchte Reisende ausgerichtet.

»Dann also den Pub«, sagt Jolie vergnügt.

Luc scheint nicht glücklich darüber, aber er wendet nichts ein, als wir das alte Steingebäude betreten und in den Speiseraum durchgehen. Ich nehme an, dass dies einmal der örtliche Treffpunkt war, in dem Rauchschwaden die niedrige Decke umhüllten und angetrunkene Kerle die Theke bevölkerten. Dann hat man es trendy gemacht und die Touristen kamen.

Es wirkt rundumerneuert, entkernt und aufgehübscht, aber es hat noch etwas von seinem alten Charme. Ein abgewetzter Barhocker hier, ein paar Aschenbecher dort – völlig unnötig, weil überall Nichtraucherschilder hängen.

Das Lokal ist voll, doch wir finden einen Tisch, an dem wir zu fünft Platz haben. Wir setzen uns und mustern die Speisekarte. Keine Abzockpreise oder übertrieben ausgefallene Gerichte. Mir knurrt der Magen.

Wir bestellen an der Theke und holen uns dort unsere

Getränke. Ich stürze meinen Softdrink runter und bemühe mich mal wieder, höflich Konversation zu machen.

»Ich hole uns noch 'ne Runde«, sage ich. »Für alle noch mal das Gleiche?«

Ohne auf eine Antwort zu warten, gehe ich zur Theke. Während ich darauf warte, meine Bestellung zu machen, taucht Luc neben mir auf, wie die große Überraschung in einem schlechten Zaubertrick.

»Jolie hat mich geschickt, um zu helfen – hier verkauft dir nämlich keiner was Alkoholisches«, erklärt er mir und zieht seinen Ausweis heraus.

Ich sehe zu Jolie hinüber und sie winkt mir zu und grinst breit. Ich glaube, sie zieht sogar anzüglich die Brauen hoch, was ich auf die Entfernung jedoch nicht genau erkennen kann. *Na super,* denke ich, *sie will mich verkuppeln*. Vielleicht will sie wiedergutmachen, was sie am Strand vermasselt hat.

Ich drehe mich zu Luc zurück. »Und du tust immer brav, was man dir sagt?« Ich weiß nicht, wo ich die stichelnde Frage hergenommen habe, aber da hängt sie nun zwischen uns im abgestandenen Bierdunst und zwischen den Echos Hunderter von Anmachsprüchen, wie sie genau an diesem Ort wohl üblich sind.

Ich bemerke das Zucken seiner Lippen, ehe ich den Blick abwende, aber seine Frage verfolgt mich.

»Flirtest du etwa mit mir, Zoey?«

»Wait up for me, my love,
there's so much still to say.
I've remembered you mean everything,
I never meant to stray.«

»Home« – GRAY

Kapitel zwölf

Ich zwinge mich, nicht rot zu werden bei Lucs Beschuldigung. »Flirten? Das war doch nur eine Frage.«

»In dem Fall wäre es nur höflich, zu antworten.« Er beugt sich etwas näher. »Manchmal schon.«

Sein Atem weht mir eine Strähne ins Gesicht und ich streiche sie hinters Ohr. Ich ärgere mich darüber, dass seine Stimme mir durch den ganzen Körper rieselt.

Mit fast perfektem Timing wendet sich uns der

Barkeeper zu – na ja, perfekt, wenn ich das lange, ungemütliche Schweigen außer Acht lasse, das seiner Frage vorausgegangen ist. Und ich bin ziemlich gut darin, Dinge außer Acht zu lassen, die ich nicht akzeptieren will. Darin habe ich schließlich Übung.

Wir bestellen und ich trete etwas zurück und warte. Hoffentlich ist Luc nicht in Plauderlaune. Aber natürlich ist mir das Glück nicht beschieden.

»Keinen Drink?«, fragt er.

»Ich hab doch bestellt.«

»Aber nichts Alkoholisches. Wenn Finn und Cass andeuten, dass du ein Party-Girl bist, wehrst du dich nicht, aber du hast nicht ein Mal versucht, dir einen Drink zu besorgen.«

»Ich bin noch keine achtzehn. Was interessiert es dich?«

Er schweigt so lange, dass ich nicht anders kann und ihn heimlich ansehe. Großer Fehler. Sobald ich ihn ansehe, ist es schwer, den Blick abzuwenden.

»Es interessiert mich, weil *du* mich interessierst«, sagt er schließlich.

Mein Magen schlägt einen Salto, so aufrichtig klingt sein Ton. »Warum?«

Er schüttelt den Kopf. »Ich habe keine Ahnung. Aber so ist es nun mal. Vielleicht so 'ne Art von Stockholm-Syndrom.«

»Ich bin doch nicht dein Kidnapper.«

Sein Mund verzieht sich belustigt. »Nein, aber diese

Reise ist doch ein bisschen wie eine Entführung. Wir müssen stundenlang zusammen sein, ohne Hoffnung auf Entkommen. Einfache Unterkünfte und Essen.«

»Das Haus nennst du einfach?«

Er übergeht meinen Einwurf. »Die schrecklichen Entbehrungen müssen mir zugesetzt haben.«

»Ich weiß nicht so recht, ob du mich gerade beleidigt hast.«

»Wenn du es nicht genau weißt, dann ist es vielleicht sicherer anzunehmen, dass es nicht so war.«

»Sicherer? Für wen?«

Jetzt grinst er spöttisch. »Für mich.«

Der Barkeeper stellt zwei *Cola light,* eine Limo und Wasser für Jolie vor uns, dann geht er und zapft ein Bier für Finn. Ich sehe vielsagend auf die Limonade. »Du trinkst ja auch nicht.«

»Nein, weil ich ja zum Fahrdienst eingeteilt bin.«

»Auf der ganzen Reise?«

»Ich habe meinem Vater versprochen, auf Jolie aufzupassen – dazu gehört nicht, sich einen anzutrinken. So, das ist jetzt meine Erklärung. Und deine?«

»Das ist doch kein Schulhof hier. Ich muss dir gar nichts sagen, nur weil du mir was gesagt hast«, halte ich ihm automatisch entgegen.

»Stimmt«, pflichtet er mir bei. »Aber wenn du nichts erzählst, wird die Sache nur noch interessanter. Und ich kann ziemlich hartnäckig sein.«

Ich fröstle. »Ist keine besondere Sache. Alkohol hat den Schmerz nach Dans Tod betäubt. Aber mit der Zeit habe ich jedes Mal mehr gebraucht.« Sicher, meine alkoholischen Aussetzer waren gnädiges Vergessen, aber so einfach ist die Sache ja nicht. »Ich will nicht so sein. Jetzt nicht mehr.«

»Wer möchtest du jetzt sein?«

Seine Frage klingt aufrichtig, aber ich gehe nicht darauf ein. »Ist das auch so ein Anmacherspruch?«

»Nein.«

Die Wahrheit, dass ich keine Ahnung mehr habe, wer ich sein will, kommt mir nicht über die Lippen. Ich dachte, ich wollte so sein wie früher, aber dies alte Ich würde nicht hier stehen und mit Luc reden. Es würde an Finns Seite sein. Und selbst wenn der Platz jetzt nicht von Cass besetzt wäre, frage ich mich allmählich, ob ich noch dahin passen würde.

»Soll ich das Bier nehmen?« Lucs Frage erspart mir die Antwort und ich nehme den Themenwechsel dankbar an.

»Das wäre super.«

Unser Essen kommt kurz nachdem wir wieder am Tisch sind und ich bin froh, dass ich jetzt essen kann. Ich weiß nicht, ob es daran liegt, dass sich Luc nicht mit oberflächlichen Antworten zufriedengibt, oder an dem öffentlichen Zurschaustellen von Zuneigung zwischen Cass und Finn, aber ständig so zu tun, als ob alles okay ist, fordert wohl seinen Preis. Ich bin ziemlich fertig.

Das Essen mundgerecht aufzuschneiden und zu kauen, verlangt mir mehr Kraft ab, als ich heute Abend habe. Ich bin versucht, Kopfschmerzen vorzutäuschen und mich in den Van zu verkrümeln, doch dann fragt mich womöglich jemand, was mit mir los ist.

Und zu diesem Gespräch bin ich gerade nicht in der Lage.

Stattdessen schneide und kaue ich, ohne viel zu schmecken, und sehe mich im Raum um. Ich starre einfach in die Gegend, da fällt mir ein vertrauter Rücken mit einem schwarz-rot-karierten Hemd auf. Der schlanke Körperbau, die krumme Haltung, der halb geneigte Kopf, während er der Person, mit der er redet, zuhört.

Dan.

Der Anblick saugt mir die Luft aus der Lunge. Mein Herz krampft sich zusammen.

Doch dann blinzle ich und aus Dan in seinem geliebten karierten Hemd wird ein Unbekannter, der meinem Bruder kein bisschen ähnelt. Na super. Jetzt seh ich schon Gespenster.

Ich lasse den Blick sinken und blicke auf mein Essen. Beim Geruch der cremigen Salatsauce dreht sich mir der Magen um. Ich schiebe den Teller fort, versuche, den Anschluss an die Unterhaltung zu bekommen, und blende die schmerzlichen Erinnerungen aus.

Eine Frau bleibt an unserem Tisch stehen. Sie räuspert sich, bis wir sie alle ansehen. Sie hat etwas von einem

Schwatzvogel. Genauso grau und nervig, mit sehr spitzem Schnabel. »Hier am Tisch sitzt jemand, der singt. Ich spüre es.« Sie lässt ihre Vogelaugen über uns gleiten und bleibt bei Cass hängen, die nicht verhehlen kann, dass sie interessiert ist. »Du hast etwas Besonderes an dir und könntest heute Abend unser Karaoke-Champion werden. Teilnahme zwanzig Dollar, die Gesamtsumme wird von der Bar verdoppelt. Bisher haben wir sechzehn Teilnehmer. Ganz schönes Sümmchen.«

»Ich bin eigentlich nicht vorbereitet«, sagt Cass.

Die Frau muss spüren, dass sie eine Kandidatin an der Angel hat, denn sie holt zum entscheidenden Schlag aus. »Wir haben eine ziemlich gute Auswahl an Tracks in unserer CD-Sammlung. Du würdest da etwas finden, ganz bestimmt.« Sie beugt sich vor. »Ich habe ein paar von den anderen gehört. Unter uns gesagt, sind das eher jaulende Katzen als Sänger.«

»Ich mach mit«, sagt Cass und grinst. »Du auch?«

Eine Sekunde lang denke ich, dass sie mich fragt, und habe schon halb abgelehnt, da merke ich, dass sie Finn ansieht. Dass sie Finn angesprochen hat. Natürlich.

Er wirft einen Blick auf das Mikro auf der kleinen Bühne, dann auf die Zuschauer, die sich für die Vorführung eingefunden haben, dann räuspert er sich. »Nö, heute lieber nicht. Ich glaube, ich krieg 'ne Erkältung.«

Cass wirkt überrascht, ich jedoch nicht. Finn mag nicht gerne spontan singen. Er will vorbereitet sein und auch gut ausgeleuchtet. Ich schiebe den Gedanken von mir. Er ist nicht direkt eitel, nur etwas pedantisch. Und ich, die ich mein Leben lang von einem Spontaneinfall zum nächsten gehüpft bin, bewundere das an ihm.

»Zoey singt bestimmt auch.« Ganz unaufgefordert bringt mich Jolie ins Spiel und deutet mit ihrem rosa lackierten Finger auf mich.

Die Frau dreht sich nach mir um, obwohl ich die ganze Zeit versuche, möglichst unsichtbar zu bleiben.

Singen? Ich singe nicht … Nicht in der Öffentlichkeit, nicht mehr. Ich spüre, wie sie mich ansehen, neugierig und mitleidig. Alle außer Luc, der seiner kleinen Schwester einen finsteren Blick zuwirft.

Wie üblich bekommt sie das nicht mit. »Komm schon, Arielle«, sagt sie. »Du bist doch total umwerfend.«

Ausgerechnet Cass kommt mir zu Hilfe. »Zoey singt eigentlich gar nicht mehr.«

Ich lächle ihr dankbar zu, aber ich bin mir sicher, sie ist ganz froh, dass ich nicht mit einsteige. Mir fällt ihre Unterstellung von heute Morgen ein und ich denke plötzlich, dass sie mich eigentlich erst mal hätte fragen können, statt einfach davon auszugehen.

Und der Gedanke gewinnt die Oberhand.

Ich greife in meine Tasche und taste nach meinem Geld. »Ach, ich glaube, ich versuch's mal. Macht doch vielleicht Spaß.«

Die Frau sieht begeistert aus, ganz im Gegensatz zu

Cass, die sauer wirkt, als ich die Teilnahmegebühr bezahle.

»Das wird ein Spaß«, sagt Jolie.

»Super«, stimmt ihr Finn zu. Er sieht mich taxierend an, und ich wende mich ab, ehe er zu einem Ergebnis kommt.

Ich starre in mein Glas. Der Adrenalinstoß bei meiner spontanen Zusage und meinem Entschluss, Cass zu zeigen, dass sie nicht alles weiß, ist verebbt, und mir wird jetzt erst richtig bewusst, dass ich gleich singen muss. Jemand legt mir die Hand aufs Bein. Luc. Ich drehe mich um. Die Musik für die erste Teilnehmerin, eine ältere Dame mit bestechender Bühnenpräsenz, übertönt die Gespräche im Lokal.

»Bist du sicher?« Seine geflüsterte Frage dringt nicht bis zu den anderen. Sie beobachten die Frau, die auf der kleinen Bühne einen Country-Klassiker im R&B-Stil plärrt.

Wenn ich nicht das Maul aufgerissen und behauptet hätte, dass ich nicht mehr singe, dann würde er mich jetzt nicht so ansehen, mit so besorgter Miene. Völlig zu Recht. Denn die Vorstellung, singen zu müssen, lässt mich wünschen, einen ordentlichen Schuss Bourbon in meinem Glas zu haben.

»Ich sollte bei Dans Beisetzung singen«, erzähle ich ihm leise. Dann stütze ich den Kopf in die Hände. »Das ist alles ein Mega-Fehler.«

Er legt seine Hand auf meine, drückt sie sanft, dann zieht er sie weg und ich blicke auf.

»Vielleicht ist es an der Zeit, dass du wieder singst. Für Dan.«

»Danke, Sigmund Freud.« Ich will nicht sauer klingen – schließlich bin ich nicht auf ihn sauer. Wie oft muss ich eigentlich noch Mist bauen, ehe ich meine Lektion gelernt habe?

Ich erwarte eine bissige Antwort, freue mich fast darauf. Mit Luc zu streiten, heißt, nicht denken zu müssen. An die Beerdigung oder an Singen oder an sonst was.

Er neigt den Kopf und kommt näher. »Erzähl mir davon.«

Er ist so sanft, dass ich nicht wütend werden kann. Blödmann. »Hier?«

»Warum nicht? Hört doch keiner zu.«

Er hat recht. Sie hören nicht zu. Der Schutz seiner breiten Schultern und die Musik, die von der Bühne plärrt, bedeuten, dass wir einen Mord planen könnten, ohne dass es jemand mitbekäme.

Obwohl ich ihn nicht so gut kenne, kann ich anscheinend nicht anders, als mein Herz auszuschütten. Was echt lästig wäre, wenn ich mich danach komischerweise nicht jedes Mal besser fühlen würde.

Der Schmerz nach Dans Tod ließ mich damals praktisch explodieren und ich zerstörte damit auch alle um mich herum. Deswegen dachte ich, es sei besser, den Schmerz wegzusperren. Aber ihn Luc anzuvertrauen, hält ihn in Schach. Ich breite meine schlimmsten Seiten vor Luc aus, das dämlichste, echt jämmerlichste Zeug, und er wendet sich nicht ab von mir.

Ich bin schließlich nicht an einer Beziehung zu ihm interessiert, das lässt mir eine eigene Art von Freiraum.

Ich starre auf die eingekerbte Tischkante und lasse mir die Musik von der Bühne durch den Körper rieseln. »Er hatte ein Lieblingslied, das wir zu Hause oft sangen – er immer total falsch. Einmal sagte er im Scherz, ich solle es bei seiner Beisetzung singen. Mum konnte sich später daran erinnern, und plötzlich gingen alle davon aus, dass ich das machen würde.« Ich fasse es nicht, dass ich das sagen kann, ohne zu weinen. Ich erinnere mich daran, wie enttäuscht Mum war, und dass Dad mich beschwor, es für Dan zu tun. »Es war nicht meine Absicht, die anderen zu enttäuschen.« Jetzt zieht sich meine Kehle zusammen. »Aber ich konnte nicht. Es ging einfach nicht.«

Er schließt seine Hand um meine. »Glaubst du, Dan wäre traurig darüber gewesen?«

Luc ist der Erste, der das fragt. Die meisten sagten, ich hätte meinen Bruder enttäuscht, das sei doch das Mindeste, was ich hätte tun können. Nur meine Tante meinte, Dan hätte es verstanden. Als ob sie das wissen konnte. Aber gefragt, was ich glaube, hat keiner.

»Ich glaube … ich glaube, er hätte mich gerne singen

gehört.« Dan mochte mein Singen, auch wenn er seine Komplimente immer tarnte, mit Sprüchen wie: »Du singst besser als du aussiehst«, oder »Lieber höre ich dich, als dich riechen zu müssen«. Liebevoll sagte er das und dann zwickte er mich manchmal in das weiche Fleisch am Oberarm.

Die Woge der Liebe in meiner Brust lässt meine Augen brennen.

Luc drückt meine Hand. »Dann singe.«

Es hört sich so einfach an. Ich werfe Cass einen Blick zu. Sie nuckelt an ihrer Cola, ganz entspannt, lacht über etwas, das ihr Finn ins Ohr flüstert. Ich weiß, dass sie auch ihre Probleme hat, hat doch jeder, aber im Moment würde ich alles geben, um so gelassen zu wirken wie sie.

Es kommen noch vier Lieder, dann folgt eine Pause, damit die nächsten Teilnehmer ihre Lieder aussuchen können.

Wir zum Beispiel.

Zusammen gehen wir an den Stapel mit CDs auf dem Tisch neben der Bühne. Wir stehen dicht beieinander in der engen Lücke zwischen den Tischen, aber genauso gut könnte uns ein brodelnder Ozean trennen. Der scharfe Grat, den wir zu überbrücken versucht haben, seit sich Cass mit Finn zusammengetan hat, zeigt sich in seiner ganzen Härte, und ich bin nicht sicher, ob er je wieder verschwindet.

Natürlich greifen wir nach derselben CD.

Ihr dünnlippiges Lächeln ist unecht. »Nimm du sie.«

Ich schiebe sie ihr zu. »Nein, du.«

Unsere Höflichkeit grenzt an Todfeindschaft.

Plötzlich will ich nicht nur singen, sondern sogar gewinnen. Triumphieren, statt bemitleidet oder ängstlich umsorgt zu werden. Ich will Cass schlagen. Das ist schrecklich und kleinlich und vielleicht ein bisschen gemein, aber genau in dieser Sekunde will ich meine beste Freundin doch tatsächlich besiegen.

Die CD-Hülle verbiegt sich, so fest habe ich sie gepackt, und schnell lockere ich meinen Griff und bin froh, dass die Scheibe nicht zerbrochen ist. Ich merke, wie mich Cass ansieht, und zwinge mich zu einem Lächeln. Sie macht sich nicht die Mühe zurückzulächeln.

Ich bin wohl nicht die Einzige, die gewinnen will. Es ist nicht schwer zu erraten, woher das kommt. Ich war Finns erste Wahl. Als wir im Musical Camp waren, bekam ich die Hauptrolle. Sie hat bestimmt die Nase voll davon, immer nur die Zweite zu sein.

Ich verkneife mir den Anflug von Mitgefühl.

Ich brauche das jetzt.

Ich gehe den Stapel CDs durch. Ganz im Gegensatz zu meiner Unentschlossenheit hat Cass anscheinend schon gewählt. Ich kann den Titel lesen, als sie ihn der Organisatorin gibt: »Musical-Klassiker«. Logisch. Das können wir am besten, und ich weiß, dass sie jeden Song darauf hinkriegt. Ich habe es ernst gemeint, als ich vor ein paar Tagen sagte, sie solle sich nicht immer so schlecht machen. Sie ist gut.

Heute Abend muss ich besser sein.

Ich habe den gesamten Stapel durch, als ich sie sehe. Ich bin ziemlich sicher, dass ich die CD schon in der Hand gehalten habe, aber ich hatte sie wohl einfach nicht wahrnehmen wollen. Jetzt leuchtet sie mich an wie eine Neonreklame.

Dans Beisetzungslied.

Ich kann nicht … Aber als ich an den Tisch trete, ist es genau die CD, die ich in Händen halte, und genau der Song, auf den ich deute.

Auf wackeligen Beinen kehre ich an unseren Tisch zurück und hoffe inständig, dass keiner merkt, wie schlecht mir ist. Kann ich Dans Song tatsächlich hier vor diesen Leuten singen?

Andererseits … etwas anderes kommt nicht infrage, nachdem dieser Song so übermächtig in mir geworden ist. Ich schulde meinem Bruder etwas und ich kann nicht weitermachen, wenn die Schuld nicht getilgt ist.

»Was singst du?«, fragt Finn, ehe ich mich setzen kann.

Ich kann mich nicht überwinden, es zu sagen, sonst kommen mir die Tränen, die schon brennen und aufsteigen. »Wart's ab.« Mein Versuch, geheimnisvoll zu tun, wirkt wohl eher gequält, aber alle kehren zu ihren Drinks zurück und fragen nicht weiter.

Alle außer Cass zumindest, die mich über ihrem Glas

mit zusammengekniffenen Augen ansieht. »Du hast doch nicht denselben Song gewählt wie ich, oder?«

Wow. Es sind die ersten Worte, die sie heute an mich richtet, und sie fragt, ob ich ihren Song geklaut habe. Ich schüttle langsam den Kopf. »Ich glaube kaum.«

»Gut.«

Sie beugt sich zu Finn und flüstert ihm etwas ins Ohr und ihre Finger umklammern sein Handgelenk. Ihre gepflegten weißen Fingernägel wirken auf mich wie blutrote Klauen. Sie macht ihre Ansprüche geltend.

Ich bin froh, dass ich meine bissigen Bemerkungen für mich behalten kann, als ich mich neben Luc setze.

Ich blicke zur Bühne und versuche, mich auf die Interpreten zu konzentrieren. Einige sind ganz anständig, andere schrecklich, aber richtig zuhören kann ich nicht.

Vielleicht sollte ich doch einen Rückzieher machen.

Cass würde das freuen, und ich würde nicht riskieren, mich vor all diesen Leuten lächerlich zu machen.

Aber Cass würde es freuen.

Und ich bin nicht in der Stimmung, ihr einen leichten Sieg zu verschaffen.

Plötzlich sind nur noch drei Leute dran. Cass ist die Nächste.

Finn klatscht, als sie auf die Bühne tritt. Luc und Jolie machen mit. Ich hoffe, dass ich aussehe, als ob auch ich sie unterstütze. Sie lächelt ganz natürlich und auch charmant in die Menge.

»Guten Abend, Leute«, sagt sie. »Danke, dass ich hier singen darf.« Sie nickt dem Typ am CD-Player zu und er drückt auf *Play*.

Noch vor zwei Jahren musste sie sich, als wir im Musical Camp waren, vor jedem Auftritt übergeben. Unzählige Male musste ich ihr die Haare aus dem Gesicht halten, wenn sie von Nervosität gepackt wurde und kotzte. Danach richtete ich ihr das Make-up, weil ihre Hände zu sehr zitterten, um es selbst zu machen.

Jetzt fängt sie ohne das leiseste Beben an und ihre Stimme schwingt sich über die Menge. Die Zuhörer gehen sofort darauf ein, nicken mit den Köpfen und klopfen zu der bekannten Musical-Melodie an ihre Gläser. Sie hat sie auf ihrer Seite und sie weiß es.

Ich bin nicht die Einzige, die sich verändert hat.

Ich würde gern etwas auszusetzen haben, aber ich bin genauso mitgerissen wie die restliche Menge. Dreieinhalb Minuten lang sehe ich das kleine Mädchen vor mir, das Mädchen, das mir einmal ein Stück von meinem Haar abrasierte und ihres passend dazu abschnitt, und jetzt singt sie wie ein Star. Trotz allem werde ich von Stolz ergriffen und stehe mit den anderen auf, um ihr zu applaudieren.

Aber das bedeutet nicht, dass ich nicht gewinnen will.

Der Applaus versiegt und ich werde auf die Bühne gerufen.

Ich stehe auf.

Mein Magen ist mir in die Kniekehlen gerutscht. Ich halte den Blick auf die vorderste Reihe gerichtet. Ich kann die anderen nicht ansehen, vor allem Luc nicht. Wenn ich ihm doch nur nie von der Beisetzung erzählt hätte.

Er ahnt bestimmt, dass es Dans Song ist, den ich singe. Und wenn ich die nächsten fünf Minuten überstehen will, darf ich jetzt kein Mitleid in seinen Augen sehen.

Es ist heiß hier drin. Das Publikum hat allen Sauerstoff aus der Luft gesaugt und keinen für mich übrig gelassen. Jeder Schlag meines Herzens pocht schmerzend an meine Rippen und die Umrisse des Raumes verschwimmen.

Your mouth, my mouth,
let me feel you close.
I want this most
and your lips are shining in the night.

»First Kiss« – GRAY

Kapitel dreizehn

Der Raum dreht sich vor meinen Augen; eine Hand packt meine und legt sie auf die Stuhllehne, sodass ich den Halt finde, den ich brauche. Lucs Hand. Aber nicht wegen Luc halte ich den Atem an.

Reiß dich zusammen.

Wieder Dans Stimme in meinem Kopf. Mein Bruder hatte seine eigene, besondere ruppige Art, mir seine Zuneigung zu zeigen. Sie half mir durch mein erstes

Musical-Vorsingen, als ich acht war. Ich wurde aufgerufen und war starr vor Angst, dass ich umkippen oder mich übergeben oder den Text vergessen würde. Mum warf der Frau, die dort wartete, um die Tür hinter mir zu schließen, einen entschuldigenden Blick zu und ging in die Hocke.

»Du schaffst das«, sagte sie und machte mir liebevoll Mut, den dunklen Raum mit den hellen Scheinwerfern und der Bühne und all den fremden Leuten zu betreten.

Aber ich rührte mich nicht vom Fleck.

Dann kam Dan – wahrscheinlich weil er die Warterei leid war – und schubste mich einfach hinein. Wortwörtlich.

Ich muss da jetzt durch.

Ich atme tief und wage nicht, Luc auch nur eines Blickes zu würdigen, damit ich nicht schwach werde, und marschiere los. Cass kommt mir entgegen. Unsere Schultern berühren sich. Könnte sogar ein Rempler sein. Keine von uns bemüht sich besonders, der anderen auszuweichen. Ich bin jetzt entschlossen; ich will Cass zeigen, dass ich meine Fähigkeit zu singen nicht verloren habe. Ich will gewinnen, ja – aber eigentlich will ich nicht wirklich, dass sie verliert. Ich drehe mich um und sehe sie an. »Das war gut.«

Sie mustert mich. Sucht sie nach Anzeichen von Sarkasmus?

»Wirklich gut«, setze ich hinzu.

Sie nickt mir zu. »Danke.« Und dann noch: »Viel Glück.«

Weiter sagt sie nichts, aber meine Nervosität lässt nach. Cass war bei Dans Beisetzung dabei. Sie saß direkt hinter mir – neben Finn, aber nicht als seine Freundin, damals noch nicht. Das weiß ich ganz sicher. An jenem Tag war sie nur für mich dabei.

Ich steige auf die Bühne. Zwei Stufen – ein Berg. Das Publikum wird still. Das Licht hier oben blendet. Ich blinzle und versuche die Leute durch die hellen weißen Punkte vor meinen Augen zu sehen.

Mit einem Ohr höre ich, wie der Song angesagt wird. »Forever Young« von Youth Group.

Aber immer noch suche ich die Menge ab. Da ist er, so wie ich es irgendwie erwartet habe. Sein Blick ist auf mich gerichtet. Er beugt sich auf seinem Stuhl vor und scheint die trinkenden und redenden Leute um sich vergessen zu haben.

Luc. Er lächelt.

Ich sehe mich weiter um. Jolie beobachtet mich mit eindringlichem Ausdruck und verschränkten Fingern. Finn und Cass sind ganz auf mich konzentriert, nicht aufeinander. Ich spüre ihren Rückhalt.

Dann sehe ich wieder Luc an.

Ich nicke dem älteren Typ an der Anlage zu. Ich bin jetzt absolut bereit. Ich packe das Mikro, um meine zitternden Hände in den Griff zu bekommen, und er beugt sich vor und drückt auf *Play*.

Es folgen zwei Sekunden Stille, dann setzt die Leadgitarre ein und die kleinen Härchen auf meiner Haut stellen sich vor Anspannung auf.

Ich kann Dan fast in mir hören, kann ihn sehen, wie er auf dem Sofa steht und Luftgitarre spielt.

»Dum, dum, da-dum … gleich kommt dein Einsatz, Zoey«, ruft er mitten im Spielen. Mein Einsatz für den Gesang, meint er natürlich, denn er war ja mit der Leadgitarre beschäftigt – »was die Ladys begeistert«, wie er es ausdrückte.

Nicht immer legte ich auf sein Kommando los. Dann sang er den Text selbst aus voller Lunge und richtete die Melodie so schlimm zu, dass ich in den Refrain einfiel, um ihn zum Schweigen zu bringen.

Aber heute gibt es nur mich.

Mein Puls rast, als sich das Gitarrensolo dem Ende nähert … Und ich singe. Die Worte strömen aus einem tieferen Teil als meiner Lunge. Worte, die ich so gut kenne, in meiner Erinnerung so falsch begleitet von jemandem, der nie mehr singen wird.

Ich lächle und singe für Dan.

Ich überlasse mich meinen Erinnerungen, unterdrücke den Schmerz und genieße die Freude daran.

Meine Stimme ist klar und kräftig und bebt nicht. Ich sehe in die Augen der Fremden vor mir und lasse sie in meine Seele blicken, die ich auf der Bühne nicht verstecken kann. Aber gleichzeitig sehe ich das lachende

Gesicht meines Bruders über allem anderen, auch wenn es unerreichbar bleibt.

Jedes Wort reißt etwas auf und heilt etwas und schließlich kann ich Luc wieder sehen. Jolie ist neben ihm, den Kopf an seine Schulter gelegt, aber beide haben den Blick auf mich gerichtet. Es sieht aus, als ob sie weint.

Die letzten Worte kommen von meinen Lippen. Die Gitarre verklingt.

Es folgt ein Moment der Stille.

Und dann Beifall, lang und laut, der mir in den Ohren widerhallt. Tränen brennen mir in den Augen, aber ich lächle, als ich durch die Zuschauer zurückgehe. Luc springt auf, als ich an unseren Tisch komme. »Du hast es geschafft!«

Er hebt mich hoch und wirbelt mich herum, bis mir schwindelig wird und ich lachen muss.

»Ich hab's geschafft«, sage ich, als er mich absetzt. Ich bin außer Atem, aber das ist mir egal. Ich hab's geschafft.

Er lässt die Hände sinken und ich muss an mich halten, um nicht danach zu greifen. Wir sehen uns an und ich erkenne Verständnis in seinem Blick. Er weiß, wie wichtig das für mich war.

»Gut gemacht«, sagt Finn vom anderen Ende des Tisches, wo er beim zweiten Bier ist.

»Danke«, sage ich.

Ich sehe Cass an. Ihre Augen sind rot und ihr Make-up ist verschmiert und hat schwarze Ringe unter den Augen gebildet. »Er wäre ja so stolz auf dich gewesen«, sagt sie nur. Ich merke, dass etwas von den Spannungen zwischen uns nachlässt.

Jolie sagt nichts, aber es reicht, wie sie meinen Arm anstößt.

Es stellt sich heraus, dass ich nicht Erste werden musste, um glücklich zu sein. Als angesagt wird, dass ich die Zweite geworden bin, fühlt sich das verdammt gut an. Die Siegerin, ein zehnjähriges Mädchen mit den größten blauen Augen, die ich je gesehen habe, hat alle umgehauen.

»Gut gemacht«, sagt Cass leise.

Ich kenne sie schon zu lange, um nicht herauszuhören, dass sie es ehrlich meint, und ich merke, dass es kein Triumph ist, sie geschlagen zu haben. »Danke«, erwidere ich. »Waren wir mit zehn auch so gut?«

Sie grinst. »Wir wären nie da hinaufgegangen – zumindest ich wäre dazu viel zu nervös gewesen.«

Ich grinse ebenfalls. »Jep, wir wären auf dem Klo gewesen und ich hätte dir die Haare zurückgehalten.«

Sie greift nach meiner Hand und drückt sie, und dann ist Jolie wieder da und wedelt mit einem Umschlag, auf dem mein Name steht, und der Augenblick verfliegt.

»Das gibt's doch nicht, dass man dir das anvertraut hat«, sagt Luc zu Jolie.

Sie macht ein beleidigtes Gesicht. »Ich bin total vertrauenswürdig.«

Mit dem Preisgeld spendiere ich allen Nachtisch und wir machen uns zum Zeltplatz auf, die Bäuche voll mit labberigem Schokoladepudding und Schlagsahne.

Es ist erst elf Uhr nachts, als wir auf die gut beleuchtete Straße treten, aber das Singen hat mich so ergriffen, dass ich erschöpft bin. Und während die Liege am Pool gestern Abend wie Magie gewirkt hat, bin ich darauf eingestellt, heute wieder mit meinen Albträumen zu kämpfen. Eine kräftige Brise fährt mir in den Rock und ich kämpfe gegen ein Frösteln an, obwohl es eigentlich nicht kalt ist.

Finn und Cass gehen voraus, und ich stelle fest, dass sie nicht Händchen halten. Jolie ist stehen geblieben, um ihr Handy zu checken, daher gehe ich neben Luc.

»Ich wollte dir was sagen.« Er sieht mich kurz an.

Mein Herz schlägt Saltos, aber ich bemühe mich, ruhig zu bleiben. »Was?«

Er blickt zu den dicken Wolken am Himmel auf. »Es wäre vielleicht angeraten, heute Nacht drin zu bleiben.«

»Ist mir recht«, sage ich und hoffe, dass er meine Enttäuschung nicht heraushört. Ich weiß nicht, was ich zu hören gehofft hatte, aber einen Sicherheitshinweis hatte ich nicht erwartet.

»Du warst ja so gut auf der Bühne«, sagt Jolie, die uns eingeholt hat. Verwundert schüttelt sie den Kopf und ihre Locken hüpfen.

»Danke.« Ihre Worte wärmen mich innerlich, aber so

ganz kann ich den Augenblick nicht genießen. So weit war ich schon mal, fast glücklich, doch dann kam die Traurigkeit mit Macht zurück und verschlang mich. Schließlich dachte ich, es würde mich glücklich machen, wieder mit Finn zusammenzukommen, aber jetzt bin ich nicht mehr sicher, ob es das ist – und was genau es sein könnte, was mich wieder glücklich macht.

»Das war sogar noch besser als deine Arielle«, fährt Jolie fort. Ihre Lippen zucken. »Auch wenn mir irgendwie gefehlt hat, dass du keine Inliner anhattest – wie bei der Aufführung damals.«

»Und ich hab den Nixen-Schwanz vermisst«, pflichtet ihr Luc bei.

Es ist immer noch so unwirklich, mir vorzustellen, dass sie in jener Nacht unter den Zuschauern waren. Was wohl passiert wäre, wenn ich Luc damals kennengelernt hätte, als die Sache mit Finn gerade erst anfing?

»Ihr könnt euch ja gar nicht vorstellen, wie schwierig es war, das Kostüm zu tragen. Ich hab noch nie im Leben auf Inlinern gestanden, und man hat von mir erwartet, über die Bühne zu gleiten, mit dem Schwanz, der mir vom Hintern baumelte … und dazu zu singen!«

»Es war genial!«, beharrt Jolie. »Es hat genau so ausgesehen, als ob du schwimmst.«

»Wirklich?«

Lucs Gelächter vertreibt den kalten Wind. »Meine Schwester, die Expertin für Nixen.«

Während er lacht, berühren sich unsere Finger und mein Arm prickelt. Beim nächsten Schritt passiert es wieder. Zufall? Ich werfe ihm einen heimlichen Seitenblick zu, kann aber nichts erkennen. Ich bin so damit beschäftigt, herauszufinden, ob er das mit Absicht macht, dass mir komplett entgeht, was Jolie zu ihrer Nixenkenntnis zu sagen hat.

»Alle Prinzessinnen, um genau zu sein«, schließt sie.

»Gib's auf«, sage ich zu Luc. »Du kannst nicht gewinnen.«

»Sei dir da nicht so sicher«, erwidert er, und als sich unsere Finger diesmal berühren, weiß ich, dass es kein Zufall ist.

+

Ich wache mit pochendem Herzen auf. Wo bin ich?

Luc! Ich muss … Ich blinzle. Die Zeltwand nimmt mein Sichtfeld ein und ich drehe mich um. Ich versuche so wenig wie möglich mit dem Schlafsack zu rascheln, während ich nach den Umrissen der anderen Ausschau halte. Es war natürlich ein Traum, wieder mal ein Albtraum. Aber ich kann das Bild von Lucs Gesicht, bleich und blau, nicht abschütteln. Jedes Mal, wenn ich die Augen schließe, ist es da, versinkt in den Wellen, während ich verzweifelt versuche, ihn an die Oberfläche zurückzuziehen. Unmöglich, jetzt wieder einzuschlafen.

Der Wind ist stärker geworden und wirft sich an die Zeltwand wie ein übermütiger kleiner Hund, der unbedingt hereinwill. Es regnet jedoch nur leicht und von einem Gewitter mit Blitz und Donner gibt es keine Anzeichen.

Ich sehe hinüber, wo Luc friedlich schläft. Meine Sicht gewöhnt sich an das Dämmerlicht. Sein Mund ist leicht geöffnet, sein Haar noch zerzauster, als wenn er wach ist.

Und dann blinzle ich und seine Haut wird wieder wächsern, seine Lippen sind bläulich gefärbt.

Ich reibe mir die Augen. Die Hochstimmung nach dem Auftritt mit Dans Song ist schon längst wieder verflogen. Ich muss etwas machen, um das hier aus dem Kopf zu bekommen.

Ich denke an Lucs Warnung in Bezug auf das Wetter, aber es regnet nicht mal mehr. Nicht richtig. Höchstens ein leises Nieseln, das ich wahrscheinlich gar nicht spüre, sobald ich mich bewege. Ich *muss* mich bewegen.

Ich greife in meine Reisetasche, um eine Jacke zu holen, doch was ich herausziehe, lässt mich innehalten. Das graue Hoodie mit dem zerfledderten roten Surf-Logo wärmt meine Haut auf wie die Glut in einem verglimmenden Feuer. Die Wärme strömt mir durch den Körper.

Dans Sweatshirt. Das ich am Tag nach seinem Tod aus dem Wäschekorb gezogen habe. Ich weiß nicht, warum es dort war – er wohnte damals schon lange nicht mehr zu Hause. Er hatte es bei einem Wochenendbesuch wahrscheinlich liegen lassen und Mum, in typischer Art, hatte es in den Wäschekorb gesteckt, um es zu waschen und sauber zurückzugeben.

Ich habe es bisher nur getragen, wenn mich keiner sah. Ich wollte nicht riskieren, es zurückgeben zu müssen. Shivani hat doch alles andere, was ihm gehört hat. Das hier ist meins.

Ich erinnere mich nicht mal, es für diese Reise eingepackt zu haben, aber jetzt ziehe ich den warmen, rau gewordenen Stoff über den Kopf und lege die Kapuze über den Rücken. Einige Zeit roch es noch nach Dan. Jetzt müffelt es nur noch. Ist mir egal. Ich wasche es nicht.

Ich schlüpfe aus dem Zelt, bemüht, kein Geräusch zu machen. Ich sehe noch einmal zurück, dann schließe ich die Klappe. Keiner hat sich bewegt oder gedreht. Sie schlafen den Schlaf der Gerechten.

Die haben es gut.

Ich durchquere den Campingbereich und klettere einen Abhang hinunter, auf Händen und Füßen, um das Gleichgewicht zu halten. Einmal rutsche ich aus. Unten am Strand schlinge ich die Arme gegen die Kälte um mich. Die scharfen Böen der salzigen Luft und die Stiche des piksenden Sandes sind wie Peitschenhiebe auf meiner nackten Haut, aber ich gehe nicht zurück.

Ich fange an zu zittern, als ich mich den Gedanken überlasse.

Ich werde Dan nie wiedersehen.

Draußen in der Nacht, wo mir die Regentropfen ins Gesicht schneiden, verlässt mich jede Taktik, mit der ich die Dunkelheit sonst verbannen konnte.

Wie kann ich weitermachen, nachdem ich Dan verloren und alles vermasselt habe?

Ich weiß, dass ich langsam mal damit fertigwerden sollte. Zuerst waren alle lieb und verständnisvoll, doch irgendwann begann mein Gejammer allen zunehmend auf die Nerven zu gehen. Als ob es für den Schmerz ein Verfallsdatum gäbe. Alle meinten, ich müsse doch jetzt mal wieder normal werden. Was immer das heißen soll.

Ich dachte, dass ich das auch wollte. Ist ja auch kein Wunder, wenn ich nur das tue, was alle anderen wollen.

Hier draußen, wo der Boden unter meinen Füßen wegsackt und rutscht, gibt es kein Versteck. Ich bin allein mit meinem Kummer und meiner Hilflosigkeit und meiner Wut. Ich werfe den Kopf zurück und heule in den Wind. Die Haare wehen mir in die Augen und den Mund. Ich weine, bis meine Kehle wund und das Geräusch nur noch ein Wimmern ist.

Nicht, weil ich meine, dass es mir hilft – ich weiß, dass es das nicht tut –, sondern weil ich nicht anders kann.

»Zoey.«

Das ist Luc. Plötzlich steht er im Regen vor mir, mit nichts als seinen Surfshorts und seinem Verständnis. Sein Körper schimmert nass vom Regen. Ich weiß nicht, wie ich mich in diesem Moment zu jemandem hingezogen fühlen kann, aber ich möchte ihn berühren. Ganz dringend. Ich möchte spüren, dass ich lebendig bin.

Ich lege die Hände auf seine Brust und drücke ihn heftig weg.

»Du hast geschlafen«, rufe ich.

»Jetzt bin ich ja hier.« Er streicht sich die Haare aus den Augen, aber der Wind und der Regen wehen sie ihm wieder ins Gesicht.

»Geh weg«, sage ich. Aber so sehr ich will, dass er mich alleinlässt – ich will noch mehr, dass er bleibt. Das kann ich jedoch nicht sagen. Ich habe zu viel Unheil angerichtet, als dass ich jemanden verdient habe. »Lass mich allein.«

Er macht einen Schritt auf mich zu. Meine Tränen fließen jetzt stetig, aber ich glaube, sie werden vom Regen überdeckt, denn er macht keine besorgte Bemerkung dazu, und jetzt ist er so nahe, dass ich trotz Wind und Regen seinen männlichen Duft riechen kann.

Er senkt den Kopf. Langsam, als ob er etwas fragen will. Das Ende der Frage, die ihm auf der Zunge lag, als wir bei dem Haus waren, als wir nebeneinanderherschwammen, als mir seine Hände Sonnencreme in die Haut massierten. Seine Augen sind dunkle Schatten und meine brennen vor Tränen.

Ich hebe den Mund zu ihm.

Ich schließe die Augen, als sich unsere Lippen aufeinanderlegen, und einen Augenblick gibt es nichts auf der Welt außer Luc. Ich verschmelze mit seinem Kuss. Mit ihm. Nur unsere Lippen berühren sich, aber ich spüre die Hitze im ganzen Körper. Sie dringt bis an die dunklen, kalten Stellen in meinem Inneren. Brennt sich durch den Schmerz und durch die Mauern, die ich errichtet habe, damit ich nicht komplett durchdrehe. Ich komme ihm näher.

Ich brauche das.

Ich brauche ihn.

Er legt die Hand um meine Wange. Streicht meine nassen Haare über die Schulter, und seine Zunge berührt meine Unterlippe Meine Lippen öffnen sich und ich lege den Kopf zurück, um den Kuss zu vertiefen.

Meine Hände umfassen seinen bloßen Nacken und wühlen durch die Locken seiner Haare. Ich kann nicht aufhören, sie zu berühren. Ich lechze danach, ihm näherzukommen, um mehr von seiner wunderbaren Nähe zu spüren, von diesem süßen Vergessen. Ich bin so gefangen vom Moment, dass der Rest der Welt mitsamt dem Gewittersturm über uns fortgeblasen wird.

Er rückt etwas ab und legt seine Stirn an meine. »Du bist so –«

Ich drücke meine Lippen auf seine und ersticke seine Worte. Worte habe ich hinter mir gelassen, und das scheint er zu verstehen. Er antwortet stattdessen mit seinen Händen, streicht mir fast andächtig über den

Nacken und durch mein wirres Haar. Nie habe ich mich schöner gefühlt als hier im Regen, in dem alten Hoodie meines Bruders.

Luc drängt seinen Körper an meinen und ich erhebe mich auf die Zehenspitzen und ziehe ihn fester an mich.

Voller Mut erkunden meine Hände nun seine Brust, ertasten das Klopfen seines Herzens und die Konturen seiner Muskeln. Sein Mund ist hungrig und sanft. Ich könnte ihn die ganze Nacht küssen und müsste dann nie mehr schlafen oder träumen. Noch nie habe ich so einen Jungen geküsst.

Der Gedanke an andere Jungen zerstört den Moment, als sei er aus Glas. Finn ... Mein Plan, mir mein altes Leben zurückzuholen ... Ich bin nicht mal mehr sicher, ob das überhaupt das Richtige ist, aber andererseits bin ich noch nicht bereit, mich auf Luc einzulassen.

Irgendwie finde ich die Kraft, ihn von mir zu schieben. »Nein. Hör auf. Ich will das nicht.«

Seine weichen Lippen werden zu einer harten Linie, sein Frust wird mit jedem unregelmäßigen Atemholen deutlich. Er hat die Hände zu Fäusten geballt, als ob er mich sowohl packen als auch vor mir davonlaufen möchte. Als ob er keine Entscheidung treffen kann.

»Ich hatte das Gefühl, dass du es sehr wohl willst«, sagt er.

Und das kann ich verstehen. »Du hast recht«, sage ich.

Der Regen ist heftiger geworden. Ich weiß nicht, ob er mich überhaupt hören kann. »Das habe ich auch nicht gemeint.«

Er lacht, aber es klingt verbittert. »Na gut, dass wir das geklärt hätten. Wunderbar.«

»Es ist nur … das hier ist nicht, was ich will. Du bist nicht derjenige, den ich will.«

Wenn das überhaupt möglich ist, verschließt sich sein Gesicht noch mehr, und ich würde meine Worte gerne zurücknehmen, es besser formulieren, aber im Moment ist das einfach die Wahrheit. Mit Luc rumzumachen, das ist doch genau das, was alle von mir erwarten. Es ist das, was die Version des Ichs, die ich hasse, getan haben würde, und dass ich diesem Instinkt gefolgt bin, hat alles kaputt gemacht.

Ich atme tief durch, versuche die Worte zu finden, mit denen ich es ihm verständlich machen kann. Trotz allem kann ich den Kuss nicht rückgängig machen. Ich wische mir die Tränen mit Dans Ärmel vom Gesicht. Dans Ärmel. Ich bin verrückt und kaputt und hasse es, ihn in mein kaputtes Leben hineinzuziehen, aber es ist nicht allein meine Schuld. »Du hättest das wissen müssen«, rufe ich. »Du bist derjenige, der gesagt hat, dass ich Finn das Herz gebrochen habe. Warum hast du dich nicht zurückgehalten?«

»Du glaubst, dass ich das nicht versucht habe?«

Das versetzt mir jetzt einen unangenehmen Stich,

den ich aber nicht weiter beachte. »Tja, jetzt weißt du, warum mich jeder für einen so schlimmen Fall hält.«

»Ich nicht.«

Ich darf mich nicht verunsichern lassen. Mit Luc zusammen zu sein, ist nicht Teil meines Planes. Das bringt mich nicht zurück zu der Zeit, als ich noch glücklich war.

Ich sage das nicht laut, aber er muss es meinem Gesicht angesehen haben. Er schüttelt den Kopf, und in seinem Blick ist jetzt nicht mehr nur Frust, sondern Enttäuschung. Ich verschränke die Arme und spüre die Kälte bis in die Knochen. Tja, er kann sich in die lange Schlange von Leuten einreihen, die enttäuscht von mir sind. Meine Eltern, meine Freunde, Finn. Ich kann nicht mehr zulassen, dass es mich berührt. Ich habe die Schmerzen satt.

Luc packt mich bei den Schultern, sodass ich mich nicht abwenden kann. »Du hast Angst«, sagt er.

»Angst?« Ich lache gezwungen.

»Du hast Angst, weil das hier«, er deutet von sich auf mich, »echt ist, und dass du verletzt werden könntest, wenn wir es zulassen und es doch nicht klappt. Finn ist doch ungefährlich, weil du gar nicht mehr auf ihn stehst.«

»Und du meinst, ich steh auf dich?«

»Da bin ich mir sicher.«

»Ganz schön eingebildet, was?«

»Nein. Ich weiß nur eins, dass es nicht allein von mir kommt. Du magst Finn wahrscheinlich gar nicht mal, und lieben tust du ihn schon erst recht nicht.« Er schreit, um im Sturm gehört zu werden, aber mir entgeht kein einziges Wort.

»Das stimmt nicht.«

»Du denkst, er ist ungefährlich und einfach und dass du glücklich mit ihm bist, weil du glücklich mit ihm warst. Aber du bist nicht mehr die selbe Person, genauso wenig wie er. Echtes Glück ist, wenn man sich auf irgendwas einlässt, selbst wenn es einen womöglich brechen könnte. Das sich aber so verdammt gut anfühlt, dass man das Risiko eingeht.« Seine Stimme bricht und ich habe den Eindruck, dass seine Augen glitzern, doch als er mich wieder ansieht, beschließe ich, dass es wohl nur der Regen war. »Ich glaube, dass ich dich glücklich machen könnte.«

Ich weiche zurück, bin längst zerbrochen. »Du täuschst dich. Ich glaube, das kann niemand.«

Als ich jetzt über den Strand davonlaufe, folgt mir Luc nicht.

It's cold outside
but soon your touch will warm my aching soul.
All I need is your forgiveness
and I will again be whole.

»Home« – GRAY

Kapitel vierzehn

Ich bin hellwach, als die ersten Strahlen der Morgensonne durch die Zeltwand dringen. Und denke natürlich an Luc. An seinen Mund, seine Berührung und an alles, was er am Strand gesagt hat – oder geschrien, um genauer zu sein.

Bei der Erinnerung daran bekomme ich eine Gänsehaut und kuschle mich tiefer in den weichen Schlafsack, wild entschlossen, nicht zu Luc hinüberzusehen.

Nachdem ich abgehauen war, bin ich gelaufen, bis mir die Beine wehtaten, und auch dann noch ein Stück weiter. Als ich schließlich ins Zelt stolperte, rührte er sich nicht, und ich widerstand dem Drang, ihn zu wecken.

In erster Linie, weil ich nicht weiß, was ich zu ihm sagen soll. *Du hast recht? Du hast ja keine Ahnung? Sorry, dass ich mal wieder alles vermasselt habe?*

Das wäre vielleicht ein Anfang, aber was dann? Ich weiß, dass Finn niemals solche Gefühle in mir hervorgerufen hat wie Luc. Und es stimmte natürlich nicht, als ich sagte, ich wolle ihn nicht küssen.

Am anderen Ende des Zeltes höre ich einen Schnarcher. Ich schaue hinüber und sehe, wie Finn, noch im Schlaf, einen Arm ausstreckt und ihn neben Cass' Kopf legt. Wie so oft in den vergangenen Tagen starre ich meinen Ex an und versuche wieder einmal die Liebe zu finden, die ich früher verspürte, wenn ich in sein markantes Gesicht sah. Vor Dans Tod, als ich noch glücklich und ganz bei mir war und alles unter Kontrolle hatte.

Aber da ist nichts. Kein Funke, kein Interesse und auf keinen Fall das Gefühl der Liebe, an das ich mich erinnere.

Aber er kannte Daniel.

Was man nicht denken würde, so wie er sich verhält.

Unwillkürlich muss ich ihn einfach mit Luc vergleichen und dabei kommt Finn schlecht weg. Wenn Luc mich ansieht, erfasst er alles, das Gute und das Schlechte, nichts entgeht ihm. Ich kenne ihn erst ein paar Tage, und doch habe ich ihm mehr anvertraut als sonst jemandem.

Luc fordert mich heraus, glücklich zu sein. Ich weiß nur einfach nicht mehr, was das ist.

»Raus aus den Feder, ihr Schlafmützen«, trällert Jolie. »Oder uns bleibt keine Zeit für ein morgendliches Bad im Meer.«

Ich mache den Fehler und wende mich ihr zu, da trifft mich Lucs dunkler Blick. Ich halte den Atem an und erwarte, dass er mich unwirsch ansieht. Er war gestern Abend so frustriert – was ich ihm eigentlich auch nicht verdenken kann. Ich war so widersprüchlich.

Aber statt verärgert auszusehen, lächelt er, und ich vergesse zu atmen.

Was, wenn ich doch nicht alles versaut habe?

Dann landet ein Kissen auf seinem Kopf, geworfen von seiner Schwester. »Nun mach schon«, sagt sie. »Wir müssen einpacken und an den Strand gehen, und dann dachte ich, wir könnten Halt machen und uns einen der Wasserfälle in den Otways anschauen, auf dem Weg nach Melbourne. Und haben dann noch genug Zeit, um uns vor dem Konzert auszuruhen.«

Ich muss einfach lachen über ihren aufgeregten Wortschwall. Sie hat recht, es gibt noch viel zu tun vor dem Konzert heute Abend.

Wobei am wichtigsten ist, dass ich mit Luc reden

kann. Nicht, dass ich wüsste, was ich sagen soll. Zumindest nicht genau.

Wie sich rausstellt, habe ich dann während des Zeltabbaus genug Zeit, nachzudenken. Ich schiebe mir dabei Pfirsichstücke unsres Obstfrühstücks in den Mund und beobachte Luc, den unsere Begegnung heute Nacht anscheinend völlig unbeeindruckt gelassen hat. Immer wieder sehe ich heimlich zu ihm hin, während ich die Heringe aus dem Boden ziehe, aber er ist damit beschäftigt, mit Finn herumzualbern und seine Schwester aufzuziehen und mehr oder weniger so zu tun, als ob ich gar nicht da bin.

Was mir logisch erschiene, wenn er sauer wäre, aber ich kann das Lächeln nicht vergessen.

Nachdem das Zelt verpackt und hinten im Van verstaut ist, macht er sich auf, um die sanitären Einrichtungen zu benutzen. Aber so verzweifelt bin ich nicht, dass ich ihm zu den Toiletten folge.

Kurz darauf wünsche ich, ich hätte es doch gemacht. Anders als an den übrigen Tagen unserer Reise ist es nicht leicht, Luc allein zu erwischen. Ich warte eine Ewigkeit alleine am Van auf ihn. Die Zeit läuft, und wenn ich nicht schnell mache, reicht es mir nicht mehr zum Schwimmen. Luc ist wahrscheinlich über einen anderen Weg zum Strand gegangen – dort werde ich ihn schon finden.

Neben den Toiletten sehe ich einen Wasserhahn und

putze mir die Zähne mit Regenwasser. Ich spritze mir Wasser ins Gesicht, das nicht hilft, das sandige Gefühl aus den Augen zu bekommen, aber ich fahre ein paarmal mit der Bürste durch meine zerzausten Haare und werde den Sand und das Salz darin los.

Als ich zurückgehe, um meine Toilettensachen im Van zu lassen, stoße ich mit Cass zusammen. Wortwörtlich.

»Entschuldige«, sage ich. Von unserem heftigen Zusammenprall treten mir die Tränen in die Augen. »Ich war in Gedanken.«

Sie hat ihr Handy in der einen Hand und reibt sich mit der anderen den Kopf. »Nein, das war meine Schuld, ich hab nicht aufgepasst, wo ich hingehe.«

Ein höfliches Gespräch, aber der Nachhall unseres gestrigen Streits überdeckt alles. Ihr Vorwurf, ich würde mit Luc schlafen, wirkt auf einmal wie Ironie, wenn man bedenkt, dass ich gerade auf der Suche nach ihm bin, um etwas … anzufangen.

Ich versuche ihren Ausdruck zu deuten, aber ihre weiß geränderte Sonnenbrille, die ihr halbes Gesicht bedeckt, macht es unmöglich, zu erraten, was sie denkt. Wartet sie, dass ich ihr ausweiche? Oder wartet sie darauf, dass ich was sage?

Gestern Abend, nachdem uns das kleine Mädchen beide von der Bühne gefegt hatte, dachte ich, wir hätten wieder etwas gemein. Einen Moment des Einverständnisses. Jetzt, im hellen Morgenlicht, bin ich nicht mehr so sicher. Doch sie rührt sich nicht und ich gehe auch nicht weiter.

»Was ist los mit dir?« Meine Frage überrascht uns beide. Wenn man dabei ist, der besten Freundin den Freund auszuspannen, ist jede tiefergehende Unterhaltung irgendwie unangenehm. Deshalb bin ich jedem ernsthaften Gespräch aus dem Weg gegangen, aber auf einmal merke ich, dass ich da nicht die Einzige bin.

Doch Cass lässt den Kopf sinken und wendet sich halb ab. »Nichts.«

»Ernsthaft?«

Sie hebt den Kopf wieder und runzelt die Stirn. »Was meinst du?«

»Ich kenne dich seit Ewigkeiten. Wenn du nicht reden willst, zwinge ich dich nicht dazu, aber du musst mir nichts vormachen.« Ich schubse sie leicht und lächle ihr – wie ich hoffe – verständnisvoll zu. »Ich weiß, dass Reden nicht immer die Antwort ist.«

Sie stößt einen tiefen Seufzer aus, und als sie die Sonnenbrille hochschiebt, schimmern ihre Augen. »Ich weiß nicht, ob ich es dir sagen kann. Wir waren ja in letzter Zeit nicht so –«

»Nun spuck's schon aus.«

Sie zögert.

Ich warte. Das ist vertrauter Boden. Obwohl sie so aufgeschlossen wirkt, hat Cass immer Schwierigkeiten gehabt, mit etwas herauszurücken, selbst wenn sie es loswerden will. Da sie mir bis jetzt noch nicht gesagt hat, ich soll Leine ziehen, muss sie wirklich was auf dem Herzen haben.

Sie nimmt die Sonnenbrille ab. Dann setzt sie sie wieder auf und stöhnt. »Ich hab jemanden kennengelernt.«

Mein Magen zieht sich zusammen. *Das* habe ich nicht erwartet. »Jemanden?«

»Einen Typ.«

Ich blinzle. Das ändert ja alles. »Du hintergehst Finn?«

»Nein. Natürlich nicht. Das würde ich Finn nicht antun.« Etwas von meinen Gefühlen muss sich auf meinem Gesicht spiegeln, denn sie setzt schnell hinzu: »Ich wollte nicht sagen …«

»Wolltest *was* nicht sagen? Dass du kein Flittchen bist wie ich, der es nichts ausmacht, jemandem wehzutun?« Ich versuche ruhig zu bleiben.

»Das habe ich nicht gemeint.«

Ich zucke mit den Schultern. Es wäre ja so einfach, beleidigt zu spielen und davonzustürmen. Schließlich hat sie gestern Morgen so was in der Art zu mir gesagt. Nur, dass ich weiß, dass sie es diesmal tatsächlich nicht so gemeint hat.

Und sie braucht mich.

Ich versuche es mit Freundlichkeit. »Du hast also jemanden kennengelernt, aber es ist noch nichts passiert?«

Sie nickt. »Wir haben über die Freundin einer Freundin

Kontakt gekriegt und uns online kennengelernt. Er ist unglaublich. Also wir haben bisher nur gechattet, aber … ich weiß nicht. Ich bin ganz durcheinander.«

Online … Das erklärt, warum sie ständig an ihrem Handy klebt. »Dann hast du die ganze Reise über mit ihm gechattet?«

Rote Flecken bilden sich auf ihren Wangen. »Nicht die ganze Zeit.«

Ich weise sie nicht auf die Albernheit ihrer Antwort hin. Muss ich nicht. »Du magst ihn?«

»Als Freund. Glaube ich. Wir haben uns keine anzüglichen Fotos geschickt oder so was.«

Sie blockt und ich kann es ihr nicht vorwerfen. Cass ist nicht der Typ, der jemanden hintergeht. Andererseits war ich das auch nicht. Man kann einfach nie wissen, was passiert. »Er ist also nur ein Kumpel. Was ist das Problem?«

»Er will sich mit mir treffen, wenn ich von der Reise zurück bin.« Die letzten Worte kommen ganz leise.

»Als Kumpel?«

»Na ja …« Sie holt tief Luft und das Rot breitet sich über ihren Hals aus. »Ich hab ihm nicht direkt von Finn erzählt.«

Ich versuche meinen Ausdruck neutral zu halten – denn wer bin ich, um ein Urteil über sie zu fällen? Trotzdem, Finn tut mir leid. »Was hast du diesem Typ von der Reise hier erzählt?«

»Was ich auch Mum erzählt habe. Dass du mich brauchst.«

»Aha.«

Sie bedeckt das Gesicht mit den Händen. »Ich weiß, ich weiß. Ich hätte ihm sagen sollen, dass ich mit jemandem zusammen bin, aber du verstehst das nicht. Er ist so süß und lustig und mag dieselben Dinge wie ich.«

»Also so wie Finn?«

Das scheint sie nicht gehört zu haben. »Wie er mit mir redet … es ist nett, dass ich zur Abwechslung mal jemandem interessant vorkomme. Er mag mich. Er will mich.« Da sie die Sonnenbrille jetzt ins Haar zurückgeschoben hat, entgeht mir ihr vielsagender Blick in meine Richtung nicht. »Du weißt doch, als Finn damals die Wahl hatte, hat er sich für dich entschieden. Ich bin immer zweite Wahl.«

»Das ist doch lächerlich«, sage ich schnell, aber das hätte ich mir sparen können. Wir wissen beide, dass es stimmt, was sie gesagt hat. Mehr noch, ich war bis gerade eben noch froh darüber, denn ich wollte ihn ja zurückhaben. Dass ich nicht mehr sicher bin, ob ich das noch will, ist unerheblich. Auf jeden Fall bin ich die falsche Person, um Cass in dieser Angelegenheit Rat zu geben.

Ihr Blick lässt mich nicht los. »Es ist überhaupt nicht lächerlich. Warum hätte er denn wohl sonst kürzlich *Pflicht* gewählt?«

»Vielleicht fand er es einfach sicherer, auf intime Kuss-

Enthüllungen zu verzichten und so keine von uns beiden zu verletzen.«

»Schon möglich. Aber man würde doch annehmen, dass er es ruhig sagen könnte, wenn der beste Kuss von seiner Freundin und nicht von seiner Ex kam.«

Genau das dachte ich an dem Abend nämlich auch. »Hör mal, wenn du diesen anderen Kerl magst, dann musst du es Finn fairerweise sagen – vor allem nach dem, was ihm schon mal passiert ist.«

Ihre Augen funkeln. »Denn da kennst du dich aus.«

»Tja, leider.« Ich nicke und übergehe die Verbitterung in ihrer Stimme. Ich bin nicht stolz darauf, dass ich Finn verletzt habe. Es wäre schlimm, wenn es ihm noch mal passieren würde.

+

Ich treffe bei den Resten unserer gestrigen Sandburg auf Luc und Jolie. Wie üblich streiten sie sich.

Während ich näher komme, stößt Jolie Luc in die Brust. »Hör auf.«

Er taumelt zurück von dem Stoß, obwohl ich glaube, dass er übertreibt. Er streckt die Hände aus, Handflächen nach oben, ein Bild der Unschuld. »Womit soll ich aufhören?«

Jolie stemmt die Hände in die schmalen Hüften und richtet sich höher auf, als ich sie je gesehen habe. »Du bist genauso schlimm wie Dad. Ja, es hat geregnet, und dank der Tatsache, dass wir Sommer haben und ich die ganze Zeit im Zelt war, habe ich keinen einzigen Tropfen abgekriegt und nicht mal gefröstelt. Nicht zu vergessen, dass ich die ganze Nacht zusammengerollt fest in meinem arktistauglichen Schlafsack lag, im Gegensatz zu gewissen anderen.« Sie sieht lang und bedeutungsvoll von Luc zu mir, und ich bin nur froh, dass Cass und Finn außer Hörweite sind.

»Und trotz all dieser Punkte beobachtest du mich und lauerst auf das erste Anzeichen von Husten oder einem Schniefen.« Sie tritt näher an ihn heran und stupst ihn. »Dir geht's gut, Zoey geht's gut. Und ihr wart im Regen. Ich bin die Gesundheit in Person. Lass uns aufhören und den letzten Tag richtig genießen, okay?«

Er antwortet nicht gleich und sie verschränkt die Arme.

»Ich finde, das klingt vernünftig«, sage ich schnell, da ich nicht in Lucs überbehütende Masche gezogen werden will, so anbetungswürdig das auch sein mag. Ich trete zwischen sie, packe Luc am Handgelenk und ziehe ihn zum Wasser, das viel weiter draußen ist als gestern. »Habt ihr nicht gesagt, ihr wollt ein letztes Mal schwimmen?«

Sein Blick schweift von mir zu ihr und er seufzt. »Ich glaube, es gefällt mir nicht, wie ihr zwei euch gegen mich verbündet.«

Jolie grinst, denn es ist ihr eindeutig nicht entgangen,

dass ich Luc nicht losgelassen habe. »Wie's aussieht, wirst du dich dran gewöhnen müssen.«

»Ich glaube nicht, dass ich damit umgehen kann.«

Sie kickt Sand nach ihm, dann macht sie kehrt und geht den Weg hinauf und ist eine Minute später nicht mehr zu sehen.

Endlich sind Luc und ich allein.

Na gut, abgesehen von den anderen Frühaufstehern, die schwimmen und surfen und joggen. Das Unwetter heute Nacht ist über den Strand gefegt und hat Seetang auf den Sand gespült und alles etwas unordentlicher hinterlassen, als es gestern noch war.

Die Brise zerzaust Lucs Haar und ich muss einfach seine Lippen anstarren, die mich geküsst haben. Dieser Kuss hat alles infrage gestellt, wovon ich annahm, dass ich es wollte, aber es tatsächlich auszusprechen, würde diese Veränderung endgültig bestätigen.

»Luc, ich –«

»Sag nichts.«

»Aber …« Diesmal muss er mich nur ansehen und meine Stimme erstirbt und verfliegt im Wind.

Er scheint gründlich nachzudenken, ehe er spricht. »Zwischen uns ist etwas. Etwas …« Er zuckt mit den Schultern, aber nicht abweisend, eher, weil dieses Etwas so überwältigend ist, dass er keine Worte dafür findet. »Ich will nicht behaupten, dass ich weiß, was du sagen willst, aber falls du vorhast, mir deine unsterbliche

Zuneigung zu erklären, will ich dir Einhalt gebieten. Denn danach würden wir uns küssen und du würdest dein Herz auf ewig an mich verlieren, und ich bin nicht sicher, dass ich dafür verantwortlich sein will.«

Sein Ton ist ernst, aber in seinem Blick liegt Belustigung. Ich blinzle verwirrt und versuche zu begreifen, was er sagt. Auch wenn ich mich bemühe, sauer zu sein, muss ich unwillkürlich grinsen. »Du bist ja wohl der eingebildetste Kerl auf Erden.«

Er legt mir die Hand um die Wange und sein Grinsen lässt mich bis zu den Zehen schmelzen. »Wenn ich recht habe – und du weißt nur zu gut, dass ich wie verrückt hoffe, dass ich recht habe –, dann will ich, dass du bereit bist, dich auf was Unglaubliches einzulassen, wenn ich dich wieder küsse.« Er lässt die Hand sinken. »Ich möchte nicht, dass wir Spielchen miteinander spielen, Zoey.«

Ich überlege, ob ich ihn küssen soll. Ob ich mich auf die Zehen stellen und seinen Mund mit meinem erobern und mit dieser Sache anfangen soll, von der er redet. Aber er hat recht. Ich muss erst mal den Kopf freibekommen. »Du schlägst also so 'ne Art Waffenruhe vor«, sage ich und vermeide es, seinen Mund anzusehen.

Er nickt. »Eine Waffenruhe. In der Art. Das heißt nicht, dass ich so tue, als ob ich dich nicht unglaublich heiß finde. Und manchmal unglaublich nervig. Zum Beispiel dein Lieblingsvergnügen, mitten in der Nacht laufen zu gehen, in der wilden Natur, ganz allein. Hallo Meuchelmörder, Zoey wartet nur auf euch!«

Ich ziehe eine Braue hoch. »Meinst du das im Ernst? Reicht es nicht, dass du Jolie mit deiner Beschützerei verrückt machst? Ich bin vollkommen in der Lage, auf mich selbst aufzupassen, vielen Dank.« Ich versuche selbstsicher zu klingen – schließlich hat er nicht ganz unrecht, aber er soll sich nicht zu toll fühlen.

Luc lacht, aber sein Lachen verklingt, als er über meine Schulter blickt.

Ich drehe mich um und sehe Finn über den Sand auf uns zulaufen, sein Surfbrett unterm Arm. Der süße, umwerfende Finn, den ich zu lieben glaubte. Ich war so sicher, dass ich ihn zurückwollte. Jetzt hatte ich ganz vergessen, dass er dazukommen könnte.

»Hey«, sage ich. Zu schnell. Zu munter.

Er sieht uns nacheinander stirnrunzelnd an. »Wollte nicht stören.«

Mein Kichern ist hoch und unnatürlich. »Tust du nicht.«

Luc sagt nichts.

Finn zuckt mit den Schultern und scheint erleichtert zu sein. Er schenkt mir ein besonders warmes Lächeln, ein bisschen so wie früher. »Hast du Cass gesehen?«

Habe ich das? Ich sehe ihren albernen, hoffnungsvollen Ausdruck vor mir, als ich sie beim Van stehen ließ, wo sie in ihr Handy textete. Ich könnte es Finn sagen und er würde sie erwischen und sie vielleicht endlich mal fragen, mit wem sie da die ganze Zeit zugange ist.

Dann sehe ich Luc an.

Ich will das nicht mehr. Ich will Finn nicht. Aber es ist nicht so leicht, die Idee aufzugeben, zu meinem alten Ich zurückzukehren. Ich zögere.

»Sie ist in die Richtung gegangen«, sagt Luc und deutet den Strand hinunter.

»Nee.« Ich finde meine Stimme wieder und deute in die entgegengesetzte Richtung. »Ich glaube, eher nach da.«

Finn folgt meinem Rat.

Luc runzelt die Stirn. »Ich dachte, das hast du hinter dir.«

»Cass braucht ein bisschen Zeit für sich.«

Er schüttelt den Kopf.

Und dafür hasse ich ihn ein bisschen. Und möchte am liebsten seine nackte Haut berühren. Denn dieser Funke zwischen uns erlischt einfach nicht. Wenn ich ihn jetzt berühre, dann hört er auf, mich so anzusehen, als ob ich Finn und Cass aus eigennützigen Gründen voneinander fernhalten will. Denn das stimmt ja nicht. Oder doch?

Ich streiche mit dem Finger über seinen nackten Bauch. Ich breche seine Regel nicht – das ist schließlich kein Kuss. Er zuckt zurück »Was machst du da?«

Ich bewege mich auf gefährlichem Boden, kann aber irgendwie nicht aufhören. Wut und Verzweiflung und der Widerstreit, Luc zu wollen und auch nicht zu wollen, haben mich leichtsinnig gemacht. »Will nur sehen, ob es sich gut anfühlt.«

Wärme steigt in seine Augen. Sein Blick senkt sich auf meine Lippen. Aber er schließt den Abstand zwischen uns nicht. Stattdessen weicht er mir mit Worten aus. »Du hast während der Reise nicht ein Mal zu Hause angerufen«, sagt er.

»Soll das ein Vorwurf sein?«

»Will nur sagen, dass du eine rücksichtslose Göre bist.«

Ich wirble herum, versuche, mit einem theatralischen Abgang den Strand hinaufzustürmen, aber er folgt mir. Und da ich nicht in ein würdeloses Rennen verfallen will, entkomme ich ihm wohl nicht. Der blaue Himmel über uns verhöhnt meine Gefühle. Ein aufkommender Sturm wäre besser.

Ich drehe mich zu ihm um. »Du glaubst also, dass du irgendwas über mich weißt?«

»Ich meine, dass deine Eltern ein Kind verloren haben und es nicht verdient haben, von dem anderen, das sie noch haben, so abgeschnitten zu sein.«

»Ich brauche keinen Vortrag von dir.«

»Ich versuche zu helfen.«

Helfen? Da wäre er der Erste. Mein Hals fühlt sich an, als ob mich jemand würgt – ich bekomme kaum Luft. »Du hast keine Ahnung. Sie haben mich schon lang aufgegeben.«

»Oder du hast sie aufgegeben.«

Ich muss die Hände zu Fäusten ballen, um mir nicht die Ohren zuzuhalten. Einerseits will ich ihn auf sein Verhalten ansprechen, fragen, warum er das jetzt macht. Wir hatten doch einen Burgfrieden vereinbart, eine Waffenruhe. Wir sind doch angeblich Freunde.

Aber ich habe Angst, dass er mir sagen wird, genau so würde sich ein Freund verhalten – was es mir nur erschweren würde, an meiner Wut festzuhalten. »Sie könnten ja mich anrufen«, sage ich stattdessen.

»Würdest du drangehen?«

Ich bin wütend auf ihn und seine vernünftigen Fragen. Sie erinnern mich an die vielen Nächte, in denen ich weggeblieben bin, und daran, dass ich jeden Anruf von Mum oder Dad oder jeder unbekannten Nummer weggedrückt habe. Sie benutzten nämlich die Handys von Kollegen, nachdem sie gemerkt hatten, dass ich ihre Anrufe nicht annahm.

Aber ich sage nichts davon. »Sicher. Aber sie rufen nicht an, sie sind viel zu beschäftigt. Sie sind in den letzten Monaten kaum mal zu Hause gewesen. Dans Witwe und sein Sohn brauchen sie. Angeblich.«

Ich hasse es, dass ich so verbittert klinge. Schließlich habe ich viele Monate Zeit gehabt, mich damit abzufinden, was bei Mum und Dad jetzt Vorrang hat.

»Du bist eifersüchtig«, sagt Luc. Er ist so verdammt selbstgewiss.

»Kann sein, dass ich das war, aber das Thema Eifersucht habe ich hinter mir. Ich bin einfach sauer.«

»Ach ja?« Er verschränkt die Arme. »Der Grund, dass du plötzlich so süß grün im Gesicht wirst, ist also nicht der, dass du eifersüchtig bist, weil Mummy und Daddy so mit der Familie deines Bruders beschäftigt sind, dass sie nicht angerufen haben?«

»Du findest mich süß?«

Er übergeht meinen Versuch, das Thema zu wechseln. »Auf wen bist du wütend?«

»Daniel.« Der Name meines Bruders kommt spontan aus mir heraus. Und ich weiß nicht, wer überraschter ist. Sicher, ich hätte zu gerne eine bisschen von der liebevollen Unterstützung gehabt, mit der sich Mum und Dad Shivani und dem kleinen Danny widmen, aber es ist mein Bruder, der mich dazu bringt, die Hände völlig nutzlos zu Fäusten zu ballen.

Und der unwillige Ausdruck in Lucs Augen verschwindet. Ich weiß nicht, durch was er ersetzt wird, denn wenn es Mitgefühl oder Verständnis ist, kann es mich umbringen.

Starke Arme umschlingen mich. »Warum?«, fragt er.

»Weil er nicht da ist. Was war so verdammt wichtig, dass er genau in dem Moment mit seinem Auto unterwegs sein musste? Seine Familie braucht ihn. Sein Sohn braucht ihn. Ich brauche ihn. Ich schaffe es nicht allein.«

»Doch, du schaffst es.« Er hat das Kinn auf meinen

Kopf gelegt und seine Stimme ist ein Rumpeln in seiner Brust. »Du schaffst es.«

Aber es ist so schwer.

Es gelingt mir, mein Wimmern zu unterdrücken. Ich bin ja nicht dämlich. Ich weiß, dass Shivani ein Kind großziehen muss und dass meine Eltern ihren Sohn verloren haben, aber ich habe diese Leere in mir, die durch nichts ausgefüllt werden kann, und ich habe schreckliche Angst, dass ich nie wieder ganz normal werde.

Aber nichts von dem sage ich zu Luc. Muss ich auch nicht. Stattdessen stehen wir zusammen im Sand, ohne auf die Leute um uns zu achten, die johlen und schwimmen und Spaß haben. Ich darf mich an ihn lehnen und er darf mich halten, bis uns Jolie zum Van ruft, und selbst dann hält er mich noch einen Moment fest.

Don't sleep yet,
though it's getting late,
I'm coming back to you.
Home is where the heart is,
has never been more true.

»Home« – GRAY

Kapitel fünfzehn

Ich habe mich immer für ein Strandmädchen gehalten. Mein ganzes Leben habe ich an der Küste gelebt, und ich habe immer geglaubt, dass es nichts Besseres geben kann als Salz in der Luft und heißen Sand zwischen den Zehen. Aber zwei Stunden nach unserer Abfahrt vom Campingplatz wandere ich auf dem Weg nach Erskine Falls durch den Regenwald und überdenke diese Vorstellung.

Es sind nicht nur die moosbedeckten Bäume, die sich über mir erheben, oder das kühle grüne Licht, das durch die Baumkronen sickert. Es ist die feuchte Luft, die sich so erfrischend auf der Haut anfühlt, und dass das Laub um mich herum jedes Geräusch dämpft. Noch lange nach Dans Tod kam mir alles so laut vor, als ob jemand die Lautstärke bis zur Schmerzgrenze aufgedreht hätte und ich niemals wieder Frieden finden würde. Auf dem Pfad zu dem Wasserfall, mit Luc neben mir, in seiner stillen und doch so präsenten Art, fühle ich Gelassenheit und lächle vor mich hin.

Cass ist im Van geblieben. Nachdem sie am Steuer dran gewesen war, behauptet sie, Kopfschmerzen zu haben, aber sie ist meinem Blick ausgewichen und ich habe gesehen, wie sie zu texten anfing, als wir gingen. Früher hätte ich sie mehr nach dem geheimnisvollen Mann ausgequetscht, nicht nur wegen Finn, sondern weil man ja auch fiese Geschichten hört, dass manche ihre Online-Identität fälschen oder so. Aber obwohl wir wieder miteinander reden, glaube ich nicht, dass sie schon bereit wäre, sich einen Vortrag von mir anzuhören.

Finn und Jolie genügte es, an dem Aussichtpunkt zu bleiben, ganz in der Nähe des Parkplatzes. Wir haben sie dort zurückgelassen, wo sie Fotos von dem Wasserfall machten und Kindheitserinnerungen von Familienferien austauschten.

Also sind nur Luc und ich übrig, um über die Stufen,

die in die Bergwand gehauen sind, zum zweiten Aussichtspunkt zu wandern. Wir sind umgeben von sportlich ausschreitenden Omis und aufgeregten Kids, die uns ständig überholen.

Ein kleines Mädchen mit wirren blonden Locken, ungefähr sechs Jahre alt, rennt an uns vorüber. Eine männliche Stimme ruft nach ihr und ermahnt sie, nicht zu schnell zu rennen, sonst würde sie fallen. Einen Augenblick später bewahrheitet sich seine Prophezeiung. Sie rutscht aus und landet in einem Farnbüschel auf ihrem Hintern.

Ihre Unterlippe bebt, ihr Gesicht verzieht sich und sie fängt leise schluchzend zu weinen an.

»Alles in Ordnung?«, fragt Luc.

Wie hocken uns beide nieder und sehen nach, ob sie verletzt ist.

»Dein Dad kommt gleich«, sage ich. Die Stimme klang nicht so weit entfernt.

Die blauen Augen des kleinen Mädchens schimmern vor Tränen. »Mitchell ist nicht mein Dad.«

»Ist er dein Sohn?«, fragt Luc mit ernstem Gesicht.

Sie blinzelt. Tränen tropfen ihr von den langen schwarzen Wimpern und ihr rosiger Mund verzieht sich zu einem Lächeln. Sie kichert. »Nein. Ich bin mit meinem Cousin hier.«

Luc nickt und bleibt ernst. »Ich auch.«

Ihr Blick dreht sich rasch zu mir. »Wieso Cousin? Er meint Cousine, oder?«

»Nein. Ich bin nicht seine Cousine.«

Sie klatscht in die Hände und die bunten Armreifen an ihrem Handgelenk klirren. »Du bist seine Freundin. Bedeutet das, dass ihr heiratet?«

Das Eintreffen eines Jungen, der nicht viel älter ist als wir, erspart mir eine Antwort auf ihre Frage.

»Sorry«, sagt er. Er lächelt dem kleinen Mädchen zu. »Alles in Ordnung? Ich hab doch gesagt, du sollst nicht rennen. Wenn du dir was getan hast, bringt mich deine Mum um.«

Sie scheint zu überlegen. »Ich *glaube,* dass alles in Ordnung ist, aber es ist besser, wenn du mich huckepack nimmst.«

Er stemmt die Hände in die Hüften. »Aber dann wollen dein Bruder und deine Schwester auch huckepack genommen werden.«

Sie klimpert mit den Wimpern. »Bitte, Mitch, mein Knie tut sooo weh.« Sie fängt wieder zu schniefen an.

Kurz darauf taucht ein Junge in einem Fußballtrikot auf. Mit einem Blick hat er die Situation erfasst. »Wenn du sie huckepack nimmst, will ich auch!«

Mitch befindet sich in einer Zwickmühle. Ich vermute mal, dass das kleine Mädchen den Sieg davonträgt.

»Schnell«, flüstert Luc. »Lass uns abhauen, ehe sie mich dazu verdonnern, ihren Bruder huckepack zu nehmen.«

Wir überlassen sie ihren Verhandlungen und gehen

weiter. Luc hält mir die Hand hin, um mir über eine besonders rutschige Stelle zu helfen, und ich beschwere mich nicht, als er mich nicht loslässt. Mein Herz pocht so laut bei der Berührung, dass ich eine Sekunde brauche, um zu merken, dass er was sagt.

»Was hast du getan?«

Es beweist, wie gut ich ihn in so kurzer Zeit kennengelernt habe, dass er mir die Frage nicht erklären muss. Sein Ton – vorsichtig und neugierig – deutet an, dass es dieselbe Frage ist wie vor ein paar Tagen. Da dachte ich allerdings, dass es meine Verärgerung über seine Neugierde war, die mich davon abhielt, ihm die Wahrheit zu sagen.

Jetzt weiß ich, dass ich mich schäme. Ich will nicht, dass er es erfährt. Ich will nicht, dass Luc, der so stark und gut und anständig ist, erfährt, wer ich nach Daniels Tod geworden bin; und was ich getan habe.

Wir bleiben stehen. Er lässt meine Hand los und wartet.

»Das ist Vergangenheit«, sage ich und tue so, als ob mich die Rinde eines Baumes in unserer Nähe interessiert. »Und so soll es auch bleiben.«

»Das behauptest du, aber es ist nicht Vergangenheit. Nicht wirklich. Es ist da, wenn du Finn und Cass ansiehst. Es steht jetzt hier zwischen uns und verhindert, dass du mich ansehen kannst. Es ist da in der Art, wie du den Kopf senkst und davon überzeugt bist, dass ich dich aburteile. Was immer du getan hast, kann nicht so schlimm sein, wie du es dir einbildest.«

»Hör auf.« Ich stoße ihn an und schlucke den Kloß in meiner Kehle hinunter.

»Was?«

»Hör auf, so nett zu sein. Sonst glaube ich noch, dass Aliens deinen Körper in Besitz genommen haben.«

Er presst die Lippen aufeinander, aber es scheint ihm ziemliche Mühe zu bereiten, nicht zu sagen, was er sagen will.

Ich seufze. »Na los, spuck's schon aus, egal, was es ist.«

»Nein, du hast gerade zugegeben, dass ich nett sein kann.« Er schüttelt den Kopf. »Ich behalte meine genialen Jokes lieber für mich.«

Ich gehe weiter und er drängt mich nicht zu einer Antwort, aber es ist nicht so leicht, seine Frage zu vergessen. Er kennt einen Teil, aber die ganze Geschichte zu erfahren, könnte das, was da vielleicht zwischen uns ist, beenden, ehe es richtig begonnen hat.

»Ich habe ihn betrogen.« Ich sprudle es hervor, ohne Luc anzusehen.

»Wann?«

Er klingt nicht abfällig, aber ich wage nicht, ihn anzusehen, um das zu überprüfen. Stattdessen gehe ich schneller. Meine Flipflops schlittern durch den Matsch. Wenn ich das hinter mich bringe, ehe wir bei dem Aussichtspunkt sind, wird vielleicht alles gut.

»Es war auf einer Party. Finn wollte nicht mitkommen, er hatte zu dem Zeitpunkt fast überhaupt keine Lust, mit mir zusammen zu sein, was ich ihm nicht vorwerfen kann.« Die Worte purzeln nur so. »Ich hab ihn angefleht mitzukommen, hab ihm x-mal getextet und ihn auch angerufen, aber er ist nicht drangegangen. Vielleicht hatte ich so eine Ahnung, was passieren würde, wenn ich allein hinging. Er sagte, er habe es satt – mich, meinte er wohl. Mich und mein Drama.« Vor Scham bricht mir der Schweiß aus und ich sehne mich nach der kühlen Brise am Strand. Es ist, als ob mich die Bäume ringsum umzingelt haben und ich jetzt klebrig und atemlos bin.

Luc sagt nichts. Jetzt verachtet er mich wahrscheinlich, nachdem er weiß, wie tief ich gesunken bin.

Aber es ist zu spät, irgendwas zu ändern, und er sollte wissen, wer ich wirklich bin. »Außerdem hatte ich angefangen, auf Partys zu trinken. Eine Menge. Es war nicht schön.«

Ich werfe einen Blick zurück, aber nur auf Lucs Füße, um sicher zu sein, dass er mir folgt, denn ich werde nicht in der Lage sein, das alles noch mal zu erzählen.

»Ich hatte angefangen, harte Sachen zu trinken, und da war so ein Junge, der sagte, ich sei schön.« O Gott, laut klingt es ja noch viel abartiger. Ich bin drauf und dran, zu versuchen, ihm die Leere zu erklären, die ich damals spürte, und wie verzweifelt einsam ich war. Wie nervtötend betrunken. Aber das sind nur Ausreden und wir sind jetzt am Wasserfall, den ich aber gar nicht richtig bemerke, weil ich zu Ende erzählen muss. »Der Junge hat mich dann in ein Zimmer abgeschleppt, und genau zu dem Zeitpunkt hatte Finn beschlossen, doch noch aufzukreuzen.«

»Das ist alles?«

Luc steht immer noch hinter mir, aber ich drehe mich nicht nach ihm um. Ich sehe nur die Vergangenheit und irgendeinen Jungen – seinen Namen kannte ich wohl damals –, der mich umschlungen hielt und wild mit mir knutschte.

Dank des Alkohols wirbelten seine Worte in meinem Kopf wie Regenbogenfarben herum und ich konnte meine Gedanken von dem abkoppeln, was ich mit dem Körper machte, und von der traurigen, leisen Stimme in meinem Kopf. Aber schön zu sein, das erschien mir echt erstrebenswert. Besser als kaputt und allein.

Dann ging die Tür auf.

Ich schützte meine Augen vor dem Licht, aber nicht schnell genug. Finns Gesicht tauchte vor mir auf.

»Das ist alles«, flüstere ich. »Es reicht.«

Luc legt mir die Hände auf die Schultern und dreht mich zu sich um, doch ich schließe die Augen, ich halte es nicht aus, die Verurteilung in seinem Blick zu sehen.

»Sieh mich an, Zoey.«

»Ich will nicht.«

»Dann lass es.« Seine Stirn berührt meine und ich spüre seinen warmen Atem auf dem Gesicht. »Du hast einen Fehler gemacht. Jeder macht Fehler.«

»Einen großen Fehler.«

Er hebt die Hände und legt sie um mein Gesicht und küsst meine Tränen fort. »Ein Fehler sagt noch lange nichts Endgültiges über dich aus.«

»Das weißt du doch nicht.«

»Ich kenne dich doch.«

»Kaum.« Ich lege die Hände auf seine Brust, entschlossen, ihn wegzuschieben, aber ich schaffe es nicht. »Doch noch nicht lange. Drei Tage.«

Er sagt nichts. Er rührt sich keinen Zentimeter. Die Geräusche von anderen, die beim Aussichtspunkt ankommen, vermischen sich mit dem Aufklatschen von Wasser auf Felsen und mit Vogelgezwitscher.

Luc schweigt.

Ich muss einfach die Augen öffnen.

Er hat Lachfältchen in den Augenwinkeln. »Ich mag dich, Zoey. Sehr. Und zwar die Art von Mögen, die mich schon überlegen lässt, *wann* ich mich zu Hause mit dir treffe, nicht *ob*. Das Mögen, das sich wie der Anfang von etwas anfühlt.«

Ich hole Luft. Meine Lungen füllen sich mit der lieblichen Waldluft und ich bin innerlich so leicht, dass ich davonschweben könnte. Nur, dass mich seine Hände nicht loslassen und mich auf dem Boden halten. »Ich mag dich auch.«

»Aber du solltest wissen, dass die Zoey, die ich mag, diejenige ist, die eben jetzt vor mir steht. Du bist nicht irgendein Moment aus deiner Vergangenheit. Ich mag die

Zoey, die lustig und witzig und heiß und die manchmal so weggetreten ist. Wahrscheinlich, wenn du an deinen Bruder denkst. Das Mädchen, das Pfefferminzeis hasst und dessen Stimme mein Innerstes berührt, wenn sie singt.«

»Aber ich bin auch die andere Zoey.« Er muss es wissen. Ich mache nicht noch einmal denselben Fehler, aber ich weiß, dass ich andere machen werde.

»Ich will ja auch nicht, dass du so tust, als gäbe es die Vergangenheit nicht. Aber ich möchte die Zoey in der Gegenwart kennen … und in der Zukunft.«

Das ist das Versprechen eines Neuanfangs, und ich glaube, er meint es ernst. Wirklich. »Ich möchte dich auch besser kennenlernen«, sage ich schüchtern. »Ich muss dir noch sagen, dass ich Finn nicht will. Ich dachte es zwar die ganze Zeit, ich hab mir eingebildet, dass es mich glücklich machen würde, wenn alles wieder so wie vorher wäre.«

»Und jetzt?«

Er will, dass ich mir sicher bin. Und das bin ich. Ich hätte es schon eher merken müssen. Nicht, dass ich keine Gelegenheit gehabt habe, Finn zurückzugewinnen. In der ersten Nacht, als wir *Wahrheit oder Pflicht* gespielt haben, hätte ich vor allen sagen können, dass mir am meisten leidtut, dass ich Finn gekränkt habe, aber das habe ich nicht geschafft.

Denn ein Teil von mir wusste es da bereits.

»Es wäre ein Fehler gewesen. Er ist ein netter Junge, aber nichts für mich.«

Luc stößt den Atem aus. Liegt da Erleichterung in seinem Blick? »Hast du einen anderen im Auge?«

»Ich weiß nicht«, ärgere ich ihn. »Ich bilde mir allmählich ein, dass ich ganz gut allein zurechtkomme.«

»Das tust du.«

»Aber das bedeutet ja nicht, dass ich keinen Spaß haben kann.«

Seine Hände um meine Taille ziehen mich näher. »Ich hab auch gern Spaß.«

»Du? Mister Brummbär?«

Er zieht spöttisch die Brauen hoch. »Ich bin nicht immer brummig.«

»Nicht immer«, pflichte ich ihm bei.

Als ich den Blick endlich lange genug von Luc abwende, um mir den Wasserfall richtig anzusehen, finde ich ihn fast genauso faszinierend wie Luc.

Das kleine Mädchen, das wir gesehen haben, bleibt nicht lange stehen, als sie endlich am Aussichtspunkt sind. Ich tue so, als würde ich nichts hören, als sie zu zwei Mädchen, die wie ihre großen Schwestern aussehen, sagt, dass Luc und ich heiraten werden.

Ein paar Minuten später sind wir in der friedlichen Ruhe allein.

»Der Ort hier ist so umwerfend, dass ich ewig bleiben könnte«, sage ich leise. Der Anblick ist ziemlich beeindruckend. Der Wasserfall wird flankiert von moosbewachsenen Bäumen und ist in ein tiefes Grün eingebettet.

Es ist kühl und frisch hier, aber in erster Linie rede ich nur, damit ich nicht daran denken muss, dass ich mit Luc allein bin. Damit ich mich nicht an den Kuss von gestern Abend erinnern muss.

Ich will ihn nämlich am liebsten wieder küssen und der Zeitpunkt kommt mir auch perfekt dafür vor, aber ich bringe irgendwie nicht den Mut dazu auf.

»Was ist mit dem Konzert?«, fragt er.

Ich zucke mit den Schultern. »Wenn Gray stattdessen Green heißen würde, käme ich vielleicht in Versuchung, aufzubrechen.«

»Weißt du, mir würde es gar nichts ausmachen, das Konzert sausen zu lassen, aber Jolie hat diesen Traum …« Er unterbricht sich. »Ich kann sie nicht enttäuschen.«

Ich setze mich auf einen feuchten Baumstamm und verschränke die Arme. »Und was willst du nun unternehmen?«

Er kommt näher und stellt sich vor mich. Ich blicke auf und er zieht mich sanft auf die Füße.

»Du machst wohl niemals selbst den ersten Schritt?« murmelt er.

»Nie.«

Er hebt die Hände und seine Absicht wird durch seine lächelnden Lippen und das Funkeln seiner Augen deutlich. *Du hast mich herausgefordert,* sagen die Signale.

Und als er näher kommt, stehe ich wie versteinert da, mit hämmerndem Herzen, und lasse es zu.

Aber gerade, als ich sicher bin, dass es zu einem Kuss kommt, hält er plötzlich inne. Ich würde fast alles verwetten, dass er mich küssen will, fast so sehr, wie ich es will. Aber er wartet darauf, dass ich den ersten Schritt tue.

Und ich kann mich irgendwie nicht dazu überwinden, den Abstand zwischen uns zu verringern. Nachdem jetzt die Sache mit Finn vorüber ist, ist es, als ob die zwischen mir und Luc alles beherrscht. Ich habe Angst, dass ich sie, wenn ich nicht vorsichtig bin, auch kaputt mache, indem ich sie vorantreibe.

Daher rühre ich mich nicht.

Ich sprühe vor Erwartung, aber ich rühre mich nicht. Da stehen wir, am Wasserfall, die Lippen geschlossen, fast zum Kuss vereint, aber nicht ganz, bis ich das Gefühl habe, auf der Stelle zu zerfließen.

Dann trete ich mit pochendem Herzen zurück. »Wir sollten lieber zu den anderen zurückgehen.«

Er erinnert mich nicht, dass ich diejenige bin, die sich keinen Schritt bewegt hat. Aber er kommt mit mir mit – Hand in Hand.

+

Lucs Dad hat die Wohnung organisiert, in der wir heute Nacht bleiben, und erst, als wir fast da sind, merke ich, dass sie sich in einem der Kultgebäude von Melbourne befindet.

Ich dachte, meinen Anteil bezahlt zu haben, aber mein

Beitrag kann unmöglich groß genug gewesen sein für eine Übernachtung an diesem Ort. Ich weiß nicht, ob ich was sagen soll. Das Haus bei Warrnambool hat zumindest Freunden gehört. Aber jemand bezahlt die Miete für heute Nacht, und zwar nicht wenig. Cass scheint es im selben Moment aufzufallen wie mir, und sie zögert nicht, die Sache anzusprechen.

»Wie zum Teufel können wir uns eine Wohnung hier drin leisten?«, sagt sie.

Luc und Finn tauschen einen Blick. Luc verschränkt die Arme. »Das geht schon klar.«

»Wieder ein Freund deines Vaters?«, frage ich. Mit etwas Sarkasmus, denn das ist ja doch ein bisschen zu gut, um wahr zu sein.

Doch er nickt schnell. »Ja. Er hat uns ein gutes Angebot gemacht.«

Das scheint Cass zufriedenzustellen und sie wendet sich wieder ihrem Handy zu. Jetzt, nachdem ich von dem anderen Jungen weiß, leuchtet es mir ein, dass sie ständig dran klebt. Aber es ist haarig. Sie sitzt direkt neben Finn. Sie mag es ja harmlose Freundschaft nennen, so lange sie will. Aber wenn sie ihrem festen Freund nicht davon erzählen kann …

Mich überzeugt Lucs Erwiderung nicht so leicht. »Was für ein Angebot?«

Er sieht jetzt Jolie an und in seinem Blick liegt eine Frage.

Mit völlig unschuldiger Miene zuckt sie die Schultern. »Es wird sich schon alles klären, wenn wir erst mal da sind, das verspreche ich.«

»Bist du sicher?«, sagt er und zieht die Brauen zusammen.

»Ja, es ist an der Zeit.« Sie sieht mich an, doch sie macht eine Kopfbewegung zu Luc hin. »Frag ihn, ob ich meine Versprechen halte.«

»Und?«, fordere ich ihn verwirrt auf und frage mich allmählich, ob ich da was losgetreten habe, was ich bereuen werde.

»Sie macht nie ein Versprechen, das sie nicht einhält. Nie«, sagt er. Aber seine Stimme ist tonlos, und es ist, als ob sich ein Schatten über den Bus senkt. Unwillkürlich suche ich wieder nach Lucs Hand. Mir kommt es vor, als müsse ich ihn trösten, ohne zu wissen, warum.

Jolies Blick huscht nach unten, wo sich unsere Finger auf dem Sitz zwischen uns berühren. Wir halten nicht direkt die Hände, eher teilen wir uns dieselbe Fläche auf dem gesprungenen Plastiksitz. Trotzdem, unter Jolies prüfendem Blick will ich die Hand wegziehen, nur, dass Luc mich nicht lässt. Ich weiß nicht so recht, ob ich schon offen zeigen will, was da zwischen uns läuft – was es auch sein mag –, aber gleichzeitig will ich ihn so gerne berühren, daher wehre ich mich nicht.

Jolies Lippen teilen sich zu einem winzigen Grinsen. »Hast du Zoey eigentlich schon von meinem Haus erzählt?«, fragt sie, dann zu mir: »Ich wette, das hat er nicht.«

»Habe ich nicht«, stimmt er zu. »Wahrscheinlich, weil ich sie beeindrucken will, und mit pinkfarbenem Gitterwerk geht das wohl schlecht.«

Jolie lacht, aber in meinem Kopf hallen die Worte *weil ich sie beeindrucken will* nach. War das nur eine dahingesagte Bemerkung? Luc scheint alles, was er sagt, ziemlich genau abzuwägen. Zumindest, wenn er nicht gerade etwas sagt, das ich nicht hören will – dann wird er angriffslustig. »Ähm. Erzählt mir von dem Haus. Pink? Hä?«

Sein Aufseufzen deutet auf lang anhaltende Frustration hin. »Sie hat so eine Idee, dass ich ihr eines Tages ihr Traumhaus baue.«

»Weil du das auch machst«, unterbricht sie ihn.

Rote Flecken bilden sich auf seinen Wangen. »Das ist so ein Spiel, das wir gespielt haben, seit wir Kinder waren.«

Jolie wirft ihm einen scharfen Blick zu. »Es ist kein Spiel. Du baust mir eines Tages das Haus.«

Er salutiert spöttelnd und sie dreht ihm den Rücken zu. »Ich hab mir den Entwurf zum ersten Mal ausgedacht, als ich sieben war, aber er hat sich seither weiterentwickelt.«

»Nicht sehr«, wirft Luc ein.

Ich muss über ihr Geplänkel lächeln. »Wie sieht das Haus aus?«

Jolie legt das Kinn auf die Arme. »Total wahnsinnig. Ich wollte es in Regenbogenfarben, aber jetzt finde ich, ein hübscher blaugrauer Verputz, weiß abgesetzt, würde stilvoll aussehen. Mit einer pinken Tür.«

Luc verdreht die Augen. »Als ob es nicht schon genug Pink auf der Welt gibt.«

Sie seufzt. »Ein bisschen bunte Farbe beleidigt sein architektonisches Empfinden.«

»Farbe ist gut«, sagt er. »Pink allerdings eher nicht.«

»Und ich will Blumentöpfe auf jeder Fensterbank und Dachfenster in jedem Raum, damit ich immer die Sterne sehen kann. Die Böden haben Holzdielen und im Wohnraum gibt's einen Kamin.«

»Und?«, sagt er.

»Und was?«, fragt sie zurück.

»Du hast noch nichts von dem Loft nach hinten raus erwähnt, mit Kletterwand und einer Rutsche als Ausgang.«

»Dazu wollte ich gerade kommen«, sagt sie grinsend. »Ich kann meine ganzen tollen Ideen, die ich mit sieben hatte, einfach nicht aufgeben. Egal, ich weiß, dass Luc es eines Tages super für mich entwerfen kann, er hat es nämlich versprochen.«

Während Jolie und Luc sich weiter in Beschreibungen des Hauses ergehen, von den Blumen davor bis zu der Art von Straße, an der es stehen soll, wird mir klar, dass es sich um mehr handelt als nur um ein Haus. Es ist etwas, das sie bereits zusammen gebaut haben. Ich hoffe, dass sie das Haus in zehn Jahren, wenn er dann ein angesehener Architekt ist, immer noch will. Denn ich sehe quasi vor mir, wie umwerfend es sein wird.

Er lächelt, aber ein Schatten liegt auf seinen Augen. »Ich bin nicht sicher, dass du mich zu einem Versprechen verpflichten kannst, das ich mit neun Jahren gegeben habe.«

»Versprochen ist versprochen«, sagt Jolie. »Findest du nicht auch, Zoey?«

Ich lache und kann der Versuchung nicht widerstehen, ihn aufzuziehen. »Ich bin ganz der Meinung von Jolie. Ich finde, das Haus klingt sagenhaft.«

Lucs Fingerspitzen drücken meine. »Du nicht auch noch.«

Jolie grinst. »Das Mädel gefällt mir. Du solltest schnell zugreifen, ehe sie dir davonläuft.« Ich werde rot. Unmöglich, dass diese Bemerkung jemandem im Van entgangen ist. Ich erwarte, dass Luc ablenkt oder das Ganze zu einem Scherz umdreht, aber als er reagiert, ist seine Stimme ernst. »Ich tu mein Bestes.«

Don't speak now, baby,
don't say a word,
or I'll head straight to you,
to the end of the road.

»The Road« – GRAY

Kapitel sechzehn

Die Wohnung ist eine Wucht. Ganz in Weiß und mit viel Glas, mit Blick auf die Skyline der Stadt aus jedem Fenster. Es gibt drei Schlafzimmer, einen Wohnraum und eine riesige Küche mit Essbereich.

Ich bin im Wohnzimmer und sehe mir aus den bodentiefen Fenstern den Sonnenuntergang an, als Luc zu mir tritt.

»Dieser Blick«, sage ich. Ich schüttle den Kopf. »Mal im Ernst, wie können wir uns das leisten?«

»Darüber wollte ich gerade mit dir reden. Aber erst mal habe ich ein Geschenk für dich.«

Ich runzle die Stirn. Wir sind die letzten paar Tage fast ständig zusammen gewesen. Ich hätte doch gemerkt, wenn er im Supermarkt oder im Tankstellen-Shop irgendwas Ungewöhnliches gekauft hätte. Denn ich bemerke alles, was Luc macht. »Was?«

Er zuckt mit den Schultern. »Ist nichts Besonderes.« Er kramt in der Tasche und zieht eine Muschel heraus. »Die rosafarbene, die dir so gefallen hat.«

Als ob ich sie nicht sofort erkennen würde. Er hält mir die Muschel hin, die ich oben auf die Sandburg gelegt hatte, aber ich habe Angst. Wenn ich sie mit meiner zitternden Hand annehme, verrät das, was sie mir bedeutet. »Wie kam das?«, frage ich.

Er lächelt und legt sie auf den Glastisch. »Bin zum Strand zurückgerannt und hab sie geholt, ehe wir zum Abendessen gegangen sind.« Er zuckt mit den Schultern. »Wie gesagt, nichts Besonderes.«

Er sieht die Muschel an, die da auf dem Teetisch liegt. Wahrscheinlich denkt er, ich finde sie albern.

Ich greife danach. »Ich liebe sie.« Ich versuche, ruhig und fest zu sprechen, als ich sie von einer Hand in die andere lege. Die Muschel fühlt sich sowohl rau als auch glatt an, heil und angeknackst. »Danke.« Jetzt ist das Beben meiner Stimme unmissverständlich. Ich lasse mich auf das weiße Ledersofa sinken.

Heul doch nicht wegen einer Muschel.

Seine Hand schließt sich um meine samt der Muschel, als er sich neben mich setzt. »Ich freue mich, dass sie dir gefällt«, sagt er. Und dann: »Nicht böse sein.«

Den Ton kenne ich; was er jetzt gleich sagt, kann nur etwas Schlimmes sein. Ich habe das schon erlebt, wenn auch nicht mit Luc. Mein Magen krampft sich zusammen. Ich könnte jetzt davonlaufen und dem, was er mir mitteilen will, ausweichen, aber meine Gedanken überschlagen sich bereits.

Vielleicht ist Grays Konzert abgesagt worden.

Oder Luc hat schon eine Freundin.

Oder diese Wohnung gehört irgendeinem Drogenboss.

Es gibt Millionen Möglichkeiten, und ich will keine davon hören. »Ich dachte, wir hätten eine Abmachung. Nett zueinander zu sein«, setze ich hinzu, als er mir einen verständnislosen Blick zuwirft.

Er nickt. »Aber hier geht es nicht um uns.«

»Ich wusste es; das Konzert ist abgesagt.« Ich entziehe ihm meine Hand. »Und sag jetzt nicht, das sei doch egal, das findest du nur, weil Gray nicht dein Ding ist.«

Er nimmt erneut meine Hand und sein Blick macht meinem Genörgel ein Ende.

Nein, nein, nein.

Es ist zu spät, davor davonzulaufen, was immer es sein mag, und außerdem bin ich es leid, davonzulaufen. Ich atme langsam aus. »Das ist was Schlimmeres als ein abgesagtes Konzert, stimmt's?«

Sein Adamsapfel bewegt sich auf und ab. »Ja.«

»Was ist es?« Und der starke Luc, den ich während der letzten paar Tage erlebt habe, sackt vor meinen Augen zusammen. »Jolie ist krank. Sehr krank.«

Ich verfolge die Bewegungen seiner Lippen. Höre ihn die Worte sagen: *Krebs*. Er geht auf Einzelheiten ein, aber ich kann kaum folgen. In meinen Ohren rauscht es und alles klingt entsetzlich.

»Wie auch immer«, sagt er. »Diese Reise ist Teil eines Wunsches, den einige liebe Menschen finanziert haben, damit sie ... damit ihr letzter Traum in Erfüllung geht. Als Finn erzählt hat, dass ihr zu dem Gray-Konzert fahrt, beschloss sie, dass es Zeit für ihren ersten Road-Trip sei, deshalb sind wir mitgekommen.«

Jolie, krank.

Es ist, als ob die Hamster, die die Räder in meinem Kopf drehen, alle Reißaus genommen haben, und egal, wie sehr ich mich anstrenge, mir fällt nicht ein, was ich sagen könnte. Schließlich hält das Schweigen zu lange an und ich platze mit dem Erstbesten heraus, das mir einfällt. »Ich will keine blöden Fragen stellen.«

»Von dir kommen nie blöde Fragen.«

Ich erröte ein bisschen, weil er mich so lobt, als wäre ich was Besonderes. Der Druck, nicht das Falsche zu sagen, wird unerträglich. »Wie schlimm ist es?«

Zögernd reibt er sich die Schläfen.

Na gut, vorbei die Hoffnung, dass ich diesen Moment wunderbar meistere. Und ich nehme mal an, das ist nur normal, denn Augenblicke wie diese kann man einfach nicht meistern und keiner geht unversehrt daraus hervor.

Ich lasse ihm Zeit. Er streichelt meine Hand, mit kreisenden Bewegungen, und es entsteht ein leises Geräusch in dem stillen Zimmer. Ich weiß nicht, ob er den anderen befohlen hat, wegzubleiben für diese Mitteilung, aber man lässt uns auf jeden Fall in Ruhe.

»Sie hat länger und mit mehr Einsatz dagegen angekämpft, als irgendjemand erwartet hat. Heute geht es ihr gut, aber morgen … wer weiß.«

Ich sitze eine Minute stumm da und er wartet, bis diese Aussage einsinkt. Meine Gespräche mit Luc laufen vor mir ab, und ich schaudere zurück, wie ich mich verhalten habe, als hätte ich Schmerz oder Verlust für mich gepachtet. Meine Wangen brennen wegen einiger meiner Bemerkungen – als ob er jemanden nötig hätte, der ihm sagt, wie sich Schmerz anfühlt. Plötzlich ergibt sein fürsorgliches Verhalten auch einen Sinn.

Die Nachricht, dass Jolie krank ist, wirft gleichzeitig ein helles Licht und einen Schatten auf alles, was sie in den letzten paar Tagen gesagt und wie sie sich verhalten hat. Jetzt verstehe ich, warum sie gleichzeitig jung und reif wirkt.

Ich muss daran denken, wie sie mich beide über Dans

Tod ausgefragt haben. Jetzt verstehe ich es: Luc hat Angst vor dem, was vor ihm liegt, und Jolie macht sich Sorgen über die Personen, die sie zurücklassen wird.

Wenn ich nur klüger geantwortet hätte. Wenn ich es gewusst hätte, hätte ich versucht, etwas zu sagen, das ihnen Hoffnung macht, aber jetzt ist es zu spät.

Eine Sache nagt an mir. »Aber eure Mutter hat euch verlassen?« Das ist sowohl eine Frage als auch eine Feststellung. Ich verstehe einfach nicht, wie das zu dem passt, was er mir von Jolie erzählt hat.

Sein langsames Nicken ist eher traurig als wütend. »Ja.«

»Wie konnte sie nur?«

»Ich weiß nicht. Sie hat gesagt, dass sie Jolies Behandlung nicht aushält.« Er schüttelt den Kopf. *»Sie* hält es nicht aus«, betont er, diesmal mit einiger Schärfe. »Eines Tages kamen wir aus der Schule und sie hatte ihre Taschen gepackt. Sie konnte nicht mehr damit umgehen. Es war merkwürdig, denn zu dem Zeitpunkt ging es Jolie gut – es war mitten in einer langen Phase des Abklingens.«

»Wie habt ihr reagiert?«

»Jolie hat ihr einen Abschiedskuss gegeben. Kannst du das fassen? Ich wollte sie zum Bleiben zwingen, sie anketten, wenn nötig, aber Jolie sagte, wir kämen besser zurecht, wenn ihre ›negative Einstellung unsere gute Stimmung nicht trüben würde‹.«

Ich sehe es fast vor mir.

Sein Lächeln ist traurig. »Das war am ersten Tag. Aber am Abend hat sie sich in den Schlaf geweint. Seither gab es Phasen, da hat sie Mum gehasst, aber sie hat sie nie gebeten zurückzukommen. Jolie glaubt, dass ihre positive Einstellung mehr dazu beigetragen hat, sie am Leben zu halten, als all die Medikamente und Therapien. Und glaub mir, wir haben alles ausprobiert.«

»Und deshalb hast du mit Kochen angefangen?«

»Jemand musste es ja tun.«

Er sagt das, als ob es keine große Sache wäre, aber ich kenne nicht viele Jungs, die das tun würden, was er für seine Familie getan hat. Nicht nur das Kochen, sondern auch diesen Ausflug. Wie er auf seine Schwester aufpasst und gleichzeitig versucht, ihr Raum zu lassen. Es muss so schwer für ihn gewesen sein, sie bei einem Unwetter zelten zu lassen, obwohl er weiß, dass eine Erkältung leicht tödlich ausgehen könnte.

»Und Basketball? Du hast gespielt wie einer, der weiß, was er tut.«

»Dad konnte Jolie nicht zu den Therapien chauffieren und mich auch noch zum Training. Ein paar der Eltern anderer Freunde halfen uns, aber es wurde zu viel.« Er schweigt einen Moment, dann setzt er hinzu: »Jolie gegenüber habe ich einfach behauptet, dass ich es nicht ins Team geschafft hätte. Sie hat so viel am Hals und soll nicht auch noch glauben, dass sie mir das

Basketballspielen vermasselt hat. Ist auch egal, ist ja nur ein Sport.«

Am liebsten würde ich ihn jetzt küssen. Worte kommen mir so unzulänglich vor, um ihm zu sagen, dass ich ihn für unglaublich halte und dass es mir so leidtut und dass alles so ungerecht ist. Ich müsste mich jetzt nur vorbeugen.

Aber das mache ich nicht.

Wenn ich Luc küsse, dann soll es um uns gehen. Hier geht es aber um seine Familie – die Familie meines Freundes. Meines neuen Freundes.

Ich begnüge mich damit, ihm einen Kuss auf die raue, unrasierte Wange zu drücken. »Es tut mir leid. Falls ich was gesagt oder gemacht habe, das unpassend war oder unsensibel. Ich wusste ja nichts davon.«

»Natürlich nicht. Und um ehrlich zu sein, dass du mir das mit Daniel erzählt hast, hat mir geholfen.« Er dreht mein Handgelenk um und das weiße Tattoo wird sichtbar. »Remember.«

Natürlich wird er sie nicht vergessen. So oft habe ich gemerkt, wie nahe sie sich stehen. Ich dachte, es sei mir nur aufgefallen, weil mir mein eigener Bruder so fehlt, aber jetzt wird mir klar, wie wichtig ihnen diese gemeinsame Zeit hier ist.

Lucs Hände auf meinen Schultern reißen mich aus meinen Gedanken. »Dass du dich jetzt Jolie gegenüber aber nicht anders verhältst!«

»Wie soll das gehen?«

»Das hier ist ihre Traumreise. Das alles ist irgendwie ...« Er schluckt und ich kann sehen, dass er sich bewusst sammelt, ehe er fortfährt: »Es ist ihr letzter Wunsch. Sie hat nie gedacht, dass sie alt genug wird, um es erleben zu können, aber dank einiger bereitwilliger Ärzte und einem Haufen beschissener Vorbereitungen ist es jetzt wahr geworden. Ich will nicht, dass ihr irgendwas den Spaß verdirbt.«

»Will ich auch nicht.«

Er küsst mich leicht auf die Stirn. »Ich weiß. Wir können sie nicht gesund machen, aber wir können ihr das hier geben.«

Er umarmt mich und ich lasse es zu und merke, dass ich wohl eigentlich die rechten Worte finden sollte, die hilfreich sind, stattdessen schlinge ich einfach als Trost die Arme um ihn.

Lucs Handy zeigt den Eingang einer Textnachricht an. Er löst sich von mir, sieht aufs Display und knirscht mit den Zähnen. »Dad«, murmelt er. Er sieht mich an. »Er schreibt, ich soll anrufen.«

Ich verstehe jetzt alles. Der vorsichtige Balanceakt von Luc und seinem Vater, die beide verzweifelt bemüht sind, für Jolie zu sorgen, und beide nicht so recht wissen, wie sie das anstellen sollen. Ich nicke, da mir die Worte fehlen.

Luc geht zur Küche, die Jolie gerade betreten hat. Sie quietscht vor Freude über einen Blumenstrauß, der für sie abgegeben worden ist.

»Ich finde, wir sollten Dad anrufen«, fängt Luc an. Was er sonst noch zu seiner Schwester sagt, entgeht mir, da die Tür hinter ihm zufällt.

Ich muss an ihren wechselnden Appetit denken, ihre schwankende Energie, den Vorfall in der Dusche. Jetzt erklärt sich alles.

Ich nehme mir einen Moment, ehe ich zu den anderen gehe. Jolie will bestimmt nicht, dass ich sie vollheule. Und sie verhält sich tatsächlich kein bisschen anders als das Mädchen, das ich bisher erlebt habe.

Nur, dass ich jetzt weiß, dass sie sterben wird.

Jetzt verstehe ich, was Luc meinte. Er hat vielleicht nicht die Weisheit gepachtet, aber ich muss zugeben, in der Sache mit meinen Eltern hat er recht: Ihnen gegenüber habe ich mich echt mies verhalten.

Sie haben immer wieder versucht, zu mir durchzudringen. Und wenn ich es mir recht überlege: Womöglich bin ich inzwischen bereit, auf sie zuzugehen.

Es ist kein bewusster Entschluss, aber plötzlich habe ich das Handy in der Hand und meine Finger tippen eine Nachricht, obwohl sich meine Augen mit Tränen füllen. Eine einfache Zeile, längst überfällig, an eine Nummer, die ich viel zu oft weggedrückt habe. *Sind gut in Melbourne angekommen.*

Ich weiß nicht mal genau, ob die Nachricht überhaupt noch erwünscht ist.

Eine Sekunde vergeht. Lang genug, dass ich es schon

bereue und wieder sicher bin, dass ich allein bin in der Welt. Wenn mir Luc bloß nicht den Floh ins Ohr gesetzt hätte, dass ich ihnen vielleicht, ganz vielleicht, doch nicht total am Arsch vorbeigehe.

Aber dann macht es *Pling!*, und es kommt eine Antwort:

Danke, dass du uns Bescheid gegeben hast.

Ich starre die Worte an. Vielleicht hat Mum ja tatsächlich darauf gewartet, dass ich mich melde, wie Luc gesagt hat. Oder war es schlicht und einfach Glück, dass ihr Handy in der Nähe lag?

Ich kann zwar keineswegs sicher sein, aber vielleicht, ganz vielleicht habe ich es mir doch noch nicht ganz mit meiner Familie verdorben.

Ich wische die Tränen auf meinen Wangen fort und hole zittrig Atem. Jolie möchte es sich hier jetzt gut gehen lassen. Glück tanken, an das sie sich erinnern kann, wenn es ihr das nächste Mal schlecht geht.

Ich stehe auf und bin an der Tür und stoße sie viel zu früh auf, aber ich weiß, dass mich auch längeres Warten nicht auf das hätte vorbereiten können, was jetzt kommt.

Die anderen sind anscheinend gegangen und Jolie ist allein. Sie lehnt sich an die Sitzbank, hält sich an der Marmortischplatte fest und wartet. Anscheinend bin nicht nur ich nervös, wie es weitergeht. »Luc hat's dir gesagt«, sagt sie.

Ich nicke. »Ich dachte, die traurige Nachricht, auf

die Luc mich vorbereiten wollte, wäre womöglich die, dass das Konzert abgesagt wird.« Ich schlucke. »Jetzt wünschte ich, es wäre einfach nur das Konzert abgesagt worden.«

Sie lacht traurig. »Ja, das wäre mir auch lieber.«

Ich gehöre nicht zu denen, die andere ständig umarmen. Nicht wirklich. Seit Dan tot ist, sind mir oberflächliche Vertraulichkeiten nicht mehr möglich. Aber als ich Jolie jetzt umarme, liegt darin nichts Oberflächliches.

»Das ist ja so was von scheiße«, murmle ich, während mir auffällt, wie zart sich ihre Schultern anfühlen. Warum ist mir das nie aufgefallen? »Es tut mir ja so wahnsinnig leid für dich.«

»Ja.«

Ich weine nicht, auch wenn meine Augen brennen und sich mein Hals anfühlt, als sei er zuzementiert. Und sie weint auch nicht. Ich nehme mal an, es ist nicht das erste Mal, dass sie in so einer Situation ist. Wie schrecklich, wenn ich mir vorstelle, dass sie es ständig jemandem erzählen muss. »Wie geht es dir? Möchtest du darüber reden?«

»Es geht mir gut. Und nein.« Sie reckt das Kinn ein wenig vor. »Lieber wäre mir, wenn du mich einfach weiter so behandelst wie bisher.«

»Mach ich.« Mir ist zwar schleierhaft, wie ich das hinkriegen soll, aber wenn sie es so haben will, tue ich mein Bestes. »Falls du es dir anders überlegst …«

»Danke.« Sie blickt zu den Schlafzimmern und gähnt. »Ich glaube, ich ruhe mich noch ein bisschen aus, wie ich schon angekündigt habe.«

»Klar.«

Ich sehe ihr nach.

+

»He, Schlafmütze.«

Ich blinzle und wische mir die Spucke vom Gesicht, ehe ich mich im Bett aufsetze und merke, dass Lucs Stimme kein unerwartet nettes Detail aus meinem Traum war. »Ich wollte gar nicht einschlafen.«

Er steht unter der Tür, immer noch in seinen Strandklamotten von vorhin. Auf seinem Bizeps liegt ein weißer Hauch – vielleicht getrocknetes Salz oder feiner Sand. Und jetzt starre ich seine Muskeln an und hoffe, dass er nicht denkt, dass ich deshalb gesabbert habe.

Sein Grinsen verrät mir, dass er den Ablauf meiner schlaftrunkenen Gedanken erraten kann. »Das Essen vom Chinesen ist da.«

Ich versuche, mich seinem vielsagenden Blick zu entziehen. »Super. Bin in einer Minute draußen.«

Mit stummer Willenskraft dränge ich ihn, zu gehen. Nicht, weil ich ihn nicht hierhaben will, sondern weil ich eigentlich will, dass er bleibt. Aber nach seiner Eröffnung über Jolie kommt es mir falsch vor, von ihm und uns und einer möglichen gemeinsamen Zukunft zu fantasieren. »Beeil dich aber. Ich bin am Verhungern, und die Limousine kommt in zwei Stunden.«

»Limousine?« Ich drehe mich überrascht nach ihm um, errate aber den Grund, ehe er antworten kann. »Ach so, ein Wunsch von Jolie.«

Sein Nicken ist eher ein Aufzucken, und seine angespannten Halsmuskeln verraten den Druck, unter dem er steht. Kein Wunder, dass er immer so finster wirkt.

Ich gehe hinaus. Die anderen haben sich auf dem Balkon versammelt. Der Duft nach würziger Erdnusssauce und gebratenem Reis lockt mich. Meine Befürchtung, dass die Stimmung bedrückt sein könnte, löst sich auf. Jolie stimmt laut in Grays ersten Hit, *The Road,* ein und singt mit. Sie hält sich ein Essstäbchen als Mikrofon vor und nervt mich, bis ich mit einfalle. Das Singen geht diesmal leichter.

Nach dem Essen besetzen die Jungs das eine der unglaublichen Badezimmer der Wohnung, um sich fertig zu machen, und wir Mädchen nehmen das andere. Während ich mit Cass und Jolie unser Outfit aussuche, versuche ich mich auf die Vorfreude zu konzentrieren: Wir gehen tatsächlich zu einem Gray-Konzert! Wow! Und werden sogar mit einer Limo zum Stadion gefahren. Den Grund dafür versuche ich möglichst auszublenden.

Jolie ist krank.

Aber im Großen und Ganzen ist es eigentlich nicht so

schwer, wie ich dachte, mich zu verstellen. Das ganze Nicht-an-Dan-Denken hat mir wohl Übung verliehen. Das und die Tatsache, dass Jolie hier bei uns ist und so voller Leben. Es fällt einfach schwer zu glauben, dass sie krank ist.

Cass' Mum ruft an und sie verschwindet im Zimmer, um den Anruf anzunehmen, und lässt mich mit Jolie allein.

Jolie beugt sich zu dem hell erleuchteten Spiegel und macht ein »O« mit den Lippen; dann legt sie mit geübter Hand knallig pinken Lippenstift auf. Sie presst die Lippen aufeinander und bewundert die Farbe im Spiegel. »Was ich dich mal fragen wollte: Was hast du eigentlich mit meinem Bruder gemacht?«

Ich fahre zusammen und kann gerade noch verhindern, mir die Mascara über die Stirn zu schmieren. »Was?«

Ihre Augen blitzen. »Ich glaube, du weißt genau, wovon ich rede.«

Stimmt. Ich kann immer noch seine salzigen Lippen auf meinen schmecken, den Kuss kürzlich bei dem Unwetter. Ich muss an unsere Waffenruhe denken und an sein Versprechen, zu warten, bis ich mir sicher bin. An die Muschel, die ich in meine Tasche gesteckt habe und die ich immer wieder ansehen muss.

Sie kichert. »Luc und Zoey – verliebt, verlobt, verheiratet …«

»Es ist nichts Ernstes«, sage ich schnell. »Vielleicht ist es sogar gar nichts.«

»Es ist was. Ich habe ihn noch nie so erlebt.« Sie senkt die Stimme. »Ich freue mich echt. Ich will, dass er glücklich ist. Ich möchte wissen, dass er jemanden hat.«

Das Wissen, dass sie so krank ist, gibt den Worten ein Gewicht, mit dem ich kaum umzugehen weiß. »Ich bin nicht …« Ich kann mich nicht überwinden weiterzureden, aber ich will ihr sagen, dass ich vielleicht nicht die Richtige bin, Luc durch diese Situation zu helfen, falls sie das meint. Ich weiß nicht, ob sie ein bisschen in die Zukunft plant oder so, aber ich weiß auf jeden Fall, dass ich als Halt in schweren Zeiten nicht funktioniere.

Ich bin ein Wrack und begreife inzwischen, dass Luc wie eine Skulptur ist, die ebenfalls nur von einem ganz dünnen Band zusammengehalten wird. Es ist nur eine Frage der Zeit, ehe er auch zerbricht.

Sie legt mir die Hand auf den Arm, mit Fingern, die dünn und unglaublich zart sind, und zwingt mich, sie anzusehen. Die unbekümmerte Jolie der letzten paar Tage ist verschwunden.

Dieses Mädchen ist älter und weiser und sie hat das alles so verdammt satt. Ich kann nicht anders, ich strecke die Hände nach ihr aus, wie um sie zu stützen. Wie kann mir bisher nur entgangen sein, wie zerbrechlich sie ist?

Aber sie schiebt meine Hand sanft weg. »Ich bitte

dich nicht, dich statt meiner um ihn zu kümmern. Er ist glücklich und das macht mich glücklich. Weiter nichts.«

Auf einmal muss ich die Frage stellen, die ich keinesfalls stellen wollte.

»Warum hast du es mir nicht erzählt?« Ich hasse es, dass das irgendwie vorwurfsvoll klingt. Mein Gefühl, dass mir etwas vorenthalten worden ist, kann nicht verglichen werden mit dem, was sie durchmacht. Ich weiß es, aber ich hatte einfach angenommen, dass wir Freundinnen geworden seien.

Sie verschränkt die dünnen Arme über der Brust und wird vor Schuldgefühl rot. »Ich wollte es ja.«

»Wann? Wenn ich dich wieder auf dem Boden einer Duschkabine gefunden hätte?« Ich halte mir rasch den Mund zu. Hätte ich bloß nichts gesagt. Ihr schmerzlicher Blick über meinen Ton tut weh und ich kann nichts dagegen tun. »Was ist bloß mit mir los? Ich wollte nicht vorwurfsvoll klingen, aber du bedeutest mir so viel.«

»Du hast recht, sauer auf mich zu sein.« Sie presst die Lippen aufeinander. »Immerhin hatte ich ja ausreichend Gelegenheit, damit rauszurücken. Ich hab dich mit Fragen zu deinem Bruder bombardiert und so getan, als ob ich nichts zu verheimlichen hätte.« Sie starrt zu Boden; ihre Augen sind von ihren langen Wimpern verdeckt. »Aber dass ich nicht regelmäßig genug esse, ist mir einfach so rausgerutscht, und du hast es mir anscheinend abgenommen.« Als sie den Kopf hebt, hat sie Tränen in den Augen. Aber sie rinnen nicht heraus, dafür hat sie sich zu sehr im Griff. »Ich hab dir nichts von dem Krebs gesagt, weil ich dich mag.«

»Versteh ich nicht.«

»Du warst ehrlich und geradeheraus und unvoreingenommen, das fand ich so gut an dir. Fast jeder sonst in meinem Umkreis weiß, dass ich krank bin.« Ihre Stimme stockt. »Und alle verhalten sich dementsprechend. Du hast mich nicht bedauert oder dich zurückgehalten, weil ich ja jeden Moment abkratzen könnte.«

»Es ist also eine gute Sache, dass ich dir gegenüber eine selbstsüchtige Zicke war?«

Jetzt verzieht sich ihr Mund zu einem Lächeln und ihr belustigter Ausdruck erinnert mich an Luc. »Sagen wir einfach, dass es erfrischend war.«

»Und wie weiter? Ich bin nicht sicher, wie ich mich dir gegenüber verhalten soll.« Ich gebe es nur ungern zu. Ich möchte ihr eine gute Freundin sein, aber ich bin in so einer Sache nicht gerade erfahren.

»Ich bin immer noch dieselbe Person wie heute Morgen. Sei einfach du selbst.« Sie kramt in ihrer Kosmetiktasche. »Und leih mir mal deine Mascara, okay?«

»Kein Problem.«

She wore a daisy chain.
Loops of white and green.
Yellow sunshine caught between.

»Daisy« – GRAY

Kapitel siebzehn

Der Fahrstuhl macht *Pling!*, als wir im Erdgeschoss ankommen, und mit einem dumpfen Geräusch schlägt Jolies Hand auf den Knopf für ›Tür schließen‹.

»Ehe wir losgehen –«, sie holt zitternd Luft und ihre unbekümmerte Fassade entgleitet ihr kurz. »Wir werden dieses Konzert genießen, aber richtig. Es wird verdammt abgefahren und keiner von uns erwähnt irgendwelche Umstände, warum wir hier sind.« Sie sieht einen nach dem anderen von uns betont an. »Wir haben einfach den absoluten Hauptgewinn gezogen. Verstanden?«

Ich nicke mit den anderen, aber das Flattern ihrer Stimme und die Blässe ihrer Haut, die nicht ganz von dem Make-up verdeckt wird, nehmen wir alle wahr. Ich will Cass fragen, wann sie davon erfahren hat, aber der Zeitpunkt ist ungünstig.

Jolie grinst spitzbübisch und lässt die Tür aufgleiten. Sie marschiert hinaus, erhobenen Hauptes und strahlend schön.

»Wie kannst du damit umgehen?«, flüstere ich Luc zu, als wir durch die Eingangshalle gehen.

Sein Grinsen ist schief. »Weil sie mir sonst einen Tritt in den Hintern geben würde.«

Als wir durch die Glastüren des Apartmenthauses treten, wartet eine leuchtend pinkfarbene Stretch-Limousine auf uns, und ich kann nicht anders, ich stimme in Jolies begeistertes Quietschen ein. Vielleicht wird es ja nicht so schlimm, wie ich dachte, und ich kann ausblenden, warum das alles so stattfindet.

Der Fahrer lächelt und führt uns über einen pinkfarbenen Teppich. Vorübergehende bleiben stehen und glotzen, und automatisch haken wir uns alle ein und schreiten über diesen Teppich, als wären wir Filmstars. Als wir an den Wagen treten, heben sich die Türen nach oben wie bei einem Raumschiff und geben den Blick auf pinkfarbene Ledersitze und einen pinkfarbenen Plüschteppich frei, mit dem das ganze Innere ausgekleidet ist.

»Habt ihr die TV-Screens gesehen?«, fragt Jolie mit großen Augen. »Vier Stück!«

Eine Bar mit Leuchtketten und einer Menge Glas ist an der einen Seite des Gefährts. Und gerade, als ich denke, dass es nicht noch verrückter werden kann, leuchtet auch der Boden auf.

»Wie eine Tanzfläche.« Lucs Ton ist irgendwas zwischen entsetzt und verwundert.

Aber Jolies Gesicht strahlt vor purem Glück. »Das ist ja total genial. Schon jetzt ist es die schönste Nacht, die ich je erlebt habe.«

»Perfekt«, stimmt ihr Luc zu. »Bedeutet das, dass wir das Konzert sausen lassen können?«

Sie knufft ihn in den Arm.

Erst als wir alle in die Limo eingestiegen sind, merke ich, dass mir die ganze Aufregung direkt in die Blase gerutscht ist. Na super. Ich muss mal.

»Weißt du, wie lange die Fahrt ins Stadion dauert?«, flüstere ich Luc zu. Die anderen streiten sich über die Lautstärke von Grays Tour-Video, das auf allen vier Bildschirmen läuft. Er reicht meine Frage an den Fahrer weiter und informiert mich dann: »Er hat den Auftrag, ein Stück an der Flusspromenade entlangzufahren, damit sich die Limo auch lohnt.«

»Na super«, murmle ich.

Luc zieht die Brauen zusammen. »Gibt's ein Problem?«

Ich bin gefangen zwischen der Peinlichkeit, mein Problem einzugestehen, und dem Unbehagen, es zu unterdrücken, und mache ein paarmal den Mund auf, doch kein Ton kommt raus.

Die Schlüsselkarte für das Apartment landet in meinem Schoß. Typisch Jolie – ihr entgeht nichts. »Geh schon«, sagt sie. »Wir können fünf Minuten warten.« Ihre Augen blitzen. »Eine Minute länger – und wir fahren ohne dich los.«

Je länger ich in ihrer Nähe bin, desto einfacher wird es, so zu tun, als sei sie nicht krank. Das pure Leben, das in ihr sprudelt, lässt alles, was mir Luc heute erzählt hat, wie einen schlechten Traum erscheinen. Ich grinse zurück. »Ich brauche höchstens drei.«

Sonst muss keiner gehen. Cass trinkt bereits prickelnden Apfelsaft, den ihr der Fahrer eingeschenkt hat, und Luc schüttelt nur den Kopf, als ich mich aus dem pinkfarbenen Wagen schäle.

Zwei Minuten später verlasse ich das Apartment, sorgsam darauf bedacht, dass ich die Schlüsselkarte bei mir habe. Als ich überprüfe, ob die Tür hinter mir richtig zu ist, höre ich das unverkennbare Zischen der Aufzugtür.

»Zoey.«

Die Schlüsselkarte rutscht mir durch die Finger. Ich drehe mich um. Den Jungen, den ich vor dem Fahrstuhl stehen sehe, habe ich als Allerletzten erwartet. »Finn?

Was machst du denn hier?« Ich klaube die Karte vom Teppich. »Wolltest du auch aufs Klo?«

Er hat die Hände tief in die Jackentaschen geschoben. »Ich wollte mal allein mit dir reden«, stottert er.

Ich blicke mich im Gang um, als ob vielleicht von irgendwo – von der Kübelpflanze in der Ecke? – Rettung kommen könnte. Fehlanzeige. »Mit mir?«

Er kommt einen Schritt näher. Sein Blick ist voller Hoffnung, und sein verlegener Ausdruck erinnert mich an den Tag, als er sich zum ersten Mal mit mir verabreden wollte. So was kann es nicht sein. Auf keinen Fall.

»Ja, mit dir«, sagt er. Diesmal ohne Stocken. »Ich wollte mit dir über uns beide reden. Wir hätten nie Schluss machen sollen. Du weißt, wie gut wir zusammengepasst haben. Ich finde, wir könnten es noch mal versuchen.«

Vor ein paar Tagen wäre das die Erfüllung meines Traumes gewesen. Jetzt ist es eher ein Albtraum.

»Bist du sicher?« Nicht gerade eine geniale Antwort, aber ich muss Zeit gewinnen.

»Ich liebe dich, Zoey.«

Und … ich falle ins Nichts. Ich atme durch und schließe die Augen, aber so zu tun, als ob das nicht passiert, ist keine Lösung. Als ich sie wieder öffne, sieht er mich hoffnungsvoll an.

Aber egal, was ich vor ein paar Tagen zu wollen glaubte, diese Reise hat mir klargemacht, was für ein

Megafehler es wäre, mich wieder mit Finn zusammenzutun.

Ich bin inzwischen ein anderer Mensch und kann nicht zu meinem alten Ich zurückkehren. Und will es auch eigentlich nicht. Was ziemlich genau dem entspricht, was mir Luc bei dem Unwetter vorgeworfen hat. Ich kämpfe gegen ein völlig unangebrachtes Kichern an. Typisch für mich, dass ich das endlich begreife, während ich hier im Gang feststecke, mit dem falschen Jungen, der mir seine Gefühle offenbart.

Na wunderbar, ich breche ihm schon wieder das Herz.

»Was ist mit Cass?«, frage ich. Schließlich hat er doch an seiner derzeitigen Freundin ständig rumgefummelt. Noch vor zehn Minuten haben sie im Fahrstuhl Händchen gehalten.

»Da hab ich echt ein schlechtes Gewissen«, sagt er. »Cass ist super und wir haben viel Spaß, aber …« Er kommt noch näher und nimmt meine Hände, ehe ich ausweichen kann. Seine Hände sind feucht und ich merke, wie mir die Kante der Schließkarte in die Handfläche schneidet. »Aber du musst wissen, dass du für mich immer diejenige welche warst.«

Ich entziehe ihm meine Hände. »Ich bin nicht mehr das Mädchen, das ich mal war.«

Seine blauen Augen wirken verwirrt. »Wir haben doch gut zueinander gepasst. Oder nicht?«

Das habe ich auch mal gedacht, aber jetzt bin ich mir

nicht mehr sicher, ob es wirklich so war. Zumindest nicht gut genug, um das erste größere Problem durchzustehen, das auftauchte. Aber das sage ich ihm nicht. Ich will ihm nicht noch mehr wehtun, als ich es bereits getan habe.

»Du bist echt nett …«, fange ich an.

Der Hoffnungsschimmer in seinem Blick erlischt. »Aber?«

»Ich glaube, wir passen besser als gute Freunde zusammen«, beende ich den Satz.

Ich mache mich auf eine verärgerte Reaktion gefasst, aber er wirkt nur resigniert. »Ich will nur, dass du glücklich bist, Zoey.«

Ich stoße ihn freundschaftlich an, während wir zusammen zum Fahrstuhl gehen. »Weißt du was?«, sage ich. »Genau das will ich auch für dich.« Ich drücke auf den Knopf und wir warten auf den Fahrstuhl.

Und dann sage ich es. Nicht zum ersten Mal, aber hoffentlich zum letzten Mal. »Das, was passiert ist, tut mir echt leid. Ich war sauer, dass du nicht da warst, aber das entschuldigt nicht, dass ich dich hintergangen habe. Das hattest du nicht verdient.«

Er blinzelt verwirrt. »Du hast damals eine Menge durchgemacht.«

Es ist so etwas wie das Eingeständnis, dass auch er mich im Stich gelassen hat – mehr werde ich nicht von ihm zu hören kriegen. Und es genügt auch, denn ich glaube, dass ich mir endlich, endlich selbst verziehen habe.

»Warum jetzt auf einmal?« Ich will ihn nicht kränken, aber ich kann mir die Frage nicht verkneifen. Seine plötzliche Erkenntnis, dass wir zusammengehören, kam ihm nicht, als ich meine Haare bunt gesträhnt hatte.

»Als ich dich in den letzten Tagen so beobachtet habe …« Er lächelt schüchtern. »Das hat viele Erinnerungen wachgerufen.«

Fast entschlüpft mir ein »Dachte ich es doch«. Er will die alte Zoey zurück.

»Und die ganze Sache mit Jolie hat mir klargemacht, dass das Leben zu kurz ist, um nicht das zu verfolgen, was ich wirklich will«, setzt er noch hinzu.

Jetzt komme ich mir echt mies vor. Ich bin froh, dass ich zur Abwechslung mal den Mund gehalten habe, und versuche ihn teilnahmsvoll anzusehen. »Es muss schlimm sein für eure ganze Familie.«

»Stimmt. Vor allem für Luc. Er hat viel vom Unterricht versäumt, um während ihrer Behandlungen immer bei ihr zu sein.« Er verschränkt die Arme. »Ich weiß nicht, ob ich das könnte.«

»Luc ist ein liebevoller Bruder.« Mehr kann ich nicht sagen, ohne die Tiefe meiner Gefühle für ihn zu verraten.

Finn seufzt. »Er hat Glück, dass ein Mädchen wie du so auf ihn abfährt.«

»Luc?« Ich versuche überrascht zu klingen, aber allein

dass ich seinen Namen ausspreche, verrät wahrscheinlich meine verworrenen Gefühle für ihn.

Finn zuckt mit den Schultern und betritt den Fahrstuhl vor mir. »Keine Sorge. Ich frage nicht, wer besser küssen kann.«

Als wir die Straße erreichen, ist die Limo noch da, obwohl wir Jolies Frist von fünf Minuten überzogen haben.

An der Tür des Wagens zögere ich und halte mich an dem pinken Fahrgestell fest. Was wird Luc davon halten, dass wir zusammen zurückkommen? Und Cass? Sie müssen es ja mitbekommen haben, dass mir Finn nachgegangen ist.

Ich muss ihnen zeigen, wem meine Zuneigung gilt.

Mein Magen dreht sich, als ich einsteige und auf den Ledersitz rutsche. Ganz durchrutsche. Bis ich so nah an Luc sitze, dass ich genauso gut auf seinem Schoß sitzen könnte. Das ist zwar nicht cool, aber ich hoffe, er versteht, was ich damit meine.

Ich gehöre nicht zu Finn.

»Hey«, sage ich munter.

»Alles in Ordnung?« Sein Blick ist fragend, aber keineswegs vorwurfsvoll. Vielleicht hat er das, was er am Wasserfall gesagt hat, auch gemeint, nämlich, dass er mich danach beurteilt, wie ich jetzt bin. Und nicht davon ausgeht, dass ich mich bei der ersten Gelegenheit wieder an Finn ranschmeiße.

Ich grinse dämlich und nehme seine Hand. »Alles ist gut. Echt gut.«

Finn sitzt neben Cass und hat den Arm um sie gelegt. Sie steckt ihr Handy weg und hat anscheinend gar nicht bemerkt, dass er weg war. Sie küsst ihn flüchtig auf die Wange und er zieht sie an sich.

Gut zu wissen, dass er nicht das Risiko eingegangen ist, mit ihr Schluss zu machen, bevor er mir im Hotelflur einen Antrag machte. Ich würd ja zu gern wissen, was er gemacht hätte, wenn ich gesagt hätte, ich würde seine Gefühle erwidern.

Aber eigentlich hoffe ich nur, dass die beiden ehrlich zueinander sein können, was ihre Beziehung angeht. Beide haben was Besseres verdient.

Der ganze Luxus der Limo scheint Luc nicht weiter zu beeindrucken. Während unserer Fahrt erklärt er mir die Gebäude, an denen wir vorüberfahren, und zählt die Sehenswürdigkeiten auf. Bei jedem anderen würde mich das wahrscheinlich langweilen, aber Luc erzählt es unglaublich mitreißend.

Vielleicht bin ich ja voreingenommen.

Oder vielleicht kann ich deshalb so aufmerksam zuhören, weil er mit seinem Daumen so wunderbare, kleine kreisende Bewegungen auf meinem Handgelenk macht. Ich bin so fasziniert, dass ich erst als Letzte unsere Ankunft am Stadion bemerke.

Der Fahrer wird durch einige Sicherheitsschleusen

zu einem gesonderten Eingang geleitet. Jolie ist außer sich vor Begeisterung. »Ich fasse es nicht, dass wir Gray sehen. Live. Er ist ja so heiß und seine Musik ...« Sie verstummt und mimt einen Ohnmachtsanfall.

Wir steigen aus. In der Ferne kann ich die Menschenmengen sehen, die Schlange stehen, um ins Stadion zu kommen. Jolie benimmt sich wie ein kleines Kind, das auf den Weihnachtsmann wartet. Sie hat schon ein paar Schritte in Richtung Haupteingang gemacht, da legt ihr Luc die Hand auf die Schulter und hält sie fest. »Wo willst du hin?«, fragt er.

Sie deutet auf die Schlangen. »Ich will einen guten Platz kriegen.«

Luc Schüttelt den Kopf, aber er bemüht sich verzweifelt, ein Grinsen zu unterdrücken. »Nicht da rein.«

Zum ersten Mal sieht sie verwirrt aus. »Was?«

»Ich hab eine Überraschung«, sagt er, und in dem Moment sieht er wie ein kleiner Junge aus, der gleich platzt, weil er ein Geheimnis hat, und mir ist, als könnte mein Herz auch gleich platzen.

Eine offizielle Person kommt an und redet leise mit Luc. »Hier entlang zu Mr Gray.«

»Mr ...?« Jolie kann nicht weiterreden. Sie quietscht auf und umarmt Luc, und dann brechen wir anderen auch in Begeisterungsschreie aus. Als wir uns wieder eingekriegt haben, folgen wir der Assistentin in einen Gang.

Jolie kann gar nicht mehr zu reden aufhören. »Wenn

ich das gewusst hätte, dann hätte ich auf jeden Fall meinen Jumpsuit angezogen. Oder die zerrissene Jeans.« Sie umklammert mein Handgelenk und sieht mich verzweifelt an. »Wie ist mein Make-up?«

»Super«, beruhige ich sie.

Aber sie hat sich schon nach Luc umgedreht. »Warum hast du mich denn nicht vorgewarnt?« Dann wirft sie sich auf ihn. »Ich liiiebe dich.«

Er grinst und drückt sie kurz und wir kommen an die Tür. »Er ist ein ganz normaler Junge.«

»Nein, ist er nicht –« Die Stimme versagt ihr, als wir eintreten. Dort steht Gray. Er ist süß und sieht in Wirklichkeit jünger aus in seinen schwarzen Jeans und dem gestreiften T-Shirt.

»Weiteratmen«, flüstere ich Jolie zu.

Ich weiß nicht, ob sie mich hört. Sie kann den Blick nicht von ihm abwenden.

Die äußerst tüchtige Assistentin geht direkt auf Gray zu. Er kontrolliert irgendwas mit einem Mann, der ein Headset aufhat, und sie muss ihn auf die Schulter tippen, um seine Aufmerksamkeit zu bekommen.

Nun dreht er sich zu uns um, und ich glaube, es ist Finn, der Jolie auf ihn zuschubst.

Grays ernster Ausdruck wird freundlich, als er mit seiner Assistentin auf uns zukommt. Jolie wird knallrot.

»Das ist Jolie«, informiert ihn seine Assistentin. »Mit ihren Freunden.«

Er nickt. »Schön, euch alle kennenzulernen.«

»Du bist Gray«, piepst Jolie. Und das selbstbewusste Mädchen, das uns während der ganzen Reise herumkommandiert hat, wird zu einem zerfließenden Groupie.

Aber Gray bleibt ganz locker. »Danke, dass ihr hergekommen seid. Wie ich höre, von weit her, aus Adelaide?«

Gray musste sich ja mit dieser ganzen Sache einverstanden erklärt haben und es ist klar, dass er mehr als nur eingewilligt hat. Er hat sich die Zeit genommen, etwas über Jolie herauszufinden und sich auf ihren Besuch vorzubereiten.

»Hast du schon mal die Zwölf Apostel gesehen?«, fragt sie ihn.

»Nein.«

»Da musst du hin. Warte«, sie zieht ihr Handy heraus und ihre Nervosität lässt nach. »Ich hab ein paar Fotos.«

Er ist es wohl eher gewohnt, dass seine Fans Selfies mit ihm machen wollen, aber er sieht echt interessiert aus, als er Jolies Fotos ansieht. Er lässt uns von der Reise berichten, und schon bald sind wir alle ganz locker. Luc hat recht, er ist einfach ein Junge. Ein netter Junge.

»Soll ich dich ein bisschen rumführen?«, fragt er Jolie, nachdem sie ihre Bilder weggesteckt hat.

Jolie sieht ihren Bruder flehend an.

»Na los«, sagt er.

Sie machen sich auf und Jolie scheint es nicht schwierig zu finden, mit Gray zu reden. Ich höre noch, wie sie

Beryl beschreibt und von dem Van redet wie von einer realen Person. Gray lacht herzlich.

Die Assistentin erscheint nach ein paar Minuten wieder und kommt auf uns zu. »Das Vorprogramm fängt gleich an, wenn ihr mich also zu dem Bereich begleiten wollt, der für Grays Gäste reserviert ist.«

Gray und Jolie kommen zusammen herein, ehe Luc erwähnen kann, dass noch eine von uns fehlt.

»Jolie kann bei mir bleiben«, sagt Gray. Er sieht Luc an. »Wenn du einverstanden bist? Es ist echt stark, den Auftritt backstage zu verfolgen. Ich glaube, dass es ihr gefallen wird.«

»Bitte, Luc«, setzt sie hinzu. Sie vibriert regelrecht vor Begeisterung.

Nach den vielen Anstrengungen, die er unternommen hat, um den Abend zu was ganz Besonderem zu machen, weiß ich, dass er es erlauben wird, wenn auch nicht ohne Auflagen. Er versichert sich, dass sie irgendwo sitzen kann, und lässt sie versprechen, dass sie etwas isst und trinkt.

»Mach ich«, sagt sie und gibt Luc einen Kuss auf die Wange. »Danke.« Sie lässt sich noch von ihm umarmen, dann schließt sie sich wieder Gray an.

»Ich pass schon auf sie auf«, verspricht Gray.

Und ich habe den Eindruck, dass er es auch ernst meint, so wie er Jolie ansieht. Das kriegt sie einfach bei jedem hin. Gleich Kontakt herzustellen. Vielleicht, weil sie weiß, dass ihre Tage gezählt sind, verplempert sie keine Zeit mit Spielchen.

Wir verlassen sie und gehen durch das Stadion und der dröhnende Beat einer Trommel wird immer lauter.

»Wir sind VIPs«, flüstert Cass.

Wir sehen uns staunend an.

Die erste Band ist gut, die zweite unglaublich, aber als Gray die Bühne betritt, unter einem einzigen Scheinwerfer, die Gitarre in der Hand, erreicht das Konzert eine ganz neue Qualität. Beim zweiten Song dreht er auf. Scheinwerfer blitzen im Takt auf und die Menge kreischt begeistert mit.

Der nächste Song ist sogar noch besser und ich werde ganz heiser vom Mitsingen.

»Tanzt du aus Mitleid mit mir, weil ich diese schreckliche Musik ertragen muss?« Lucs Lippen streifen mein Ohr, als er mir die Frage von hinten stellt.

Obwohl im VIP-Bereich verhältnismäßig viel Platz ist, bedeutet das Mitwogen in der Menge, dass Lucs Körper meinen bei jeder Bewegung berührt.

Ich tue überrascht. »Wir tanzen?«

Als ob ihn meine Frage dazu aufgefordert hätte, gleiten seine Hände zu meiner Taille. Ich spüre ihre Wärme durch den dünnen Stoff meines Kleides. Er zieht mich an sich. »Ja.«

Luc sieht heute Abend gut aus. So gut, dass sich mir der Kopf dreht und meine Knie weich werden. In dem verschwitzten Gedränge ist sein Haar feucht und besonders zerzaust. Ein Hauch dunkler Stoppeln zieht sich über seine Wangen und sein T-Shirt klebt ihm an der Brust.

Durch unsere Gespräche und durch meine Beobachtungen, wie er sich um seine Schwester kümmert, weiß ich, dass er nicht nur ein heißer Typ, sondern auch liebevoll und anhänglich ist. Aber es ist der Blick, mit dem er mich ansieht, der mir die Knie weich werden lässt.

Als ob er mich will.

Er will *mich*.

Er hat die letzten Tage über mitbekommen, wie verkorkst ich bin. Und will mich trotzdem.

Cass und Finn, die dicht neben uns sind, bewegen sich ebenfalls zur Musik, und immer wieder entdecke ich Jolie am Rand der Bühne, umgeben von Security. Gut aufgehoben, so wie sie es Luc versprochen hat, mit einem Stuhl, auf dem sie jedoch nicht sitzt, und mit Wasser, von dem sie trinkt. Sie lässt Gray nicht aus den Augen und singt bei jedem Lied mit.

Und er sieht immer mal wieder zu ihr hin.

Seine Texte werden zu Geschichten von den Fehlern, die er gemacht hat, von seinen Träumen, und es ist, als ob er sich mit seinem Publikum unterhält. Jolie sieht absolut glücklich aus, und wir anderen können nicht umhin, auch mitgerissen zu werden. Selbst auf diesen Abstand ist ihre Begeisterung ansteckend.

Ich stelle mir vor, wie es wohl wäre, Gray zu sein.

Nicht einer seiner Fans oder Partner, sondern wie er auf der Bühne zu stehen, mir die Seele zu zerreißen, um Musik zu machen, von der die Leute berührt werden.

Das möchte ich auch.

Ich möchte es plötzlich mit solchem Ungestüm, dass ich fast vergesse, wo ich bin.

Gray kommt für zwei Zugaben heraus und das letzte Lied fängt mit einer vertrauten Melodie an. Die feinen Haare auf meinen Armen stellen sich auf und ich umklammere mein Tattoo.

Night is dark, you're my light
I'm alone, I'm dark inside
And I remember, I remember the sun
And I remember, I remember the fun
With you.

Sun is rising, won't be long
Day will break, the broken one.
Cos I remember, I remember what's done
And I'll remember, remember the fun
With you.

Ich singe mit. Die Begeisterung der Menge und Lucs Nähe machen mich ganz high. Ich ziehe mein Handy aus der Tasche, lehne mich zurück, sodass mein Kopf an Lucs Schulter liegt, und mache ein Foto.

Von uns.

Ich möchte diesen Augenblick, diese Stimmung nicht vergessen.

Luc tastet mit den Lippen nach dem pochenden Puls meiner Halsschlagader und küsst mich. Hungrig und gierig. Ich schließe die Augen und verliere mich in dem Gefühl. Ich tanze zum Takt der Musik und im Rhythmus mit Luc.

+

Ich weiß nicht, was ich von der Aftershow-Party erwartet habe, aber keinesfalls die kleine Gruppe in der Tiefe der Arena, zu der wir geführt werden. Vielleicht hätte ich es mir aber auch denken können – er hat ja schon vor dem Auftritt so unkompliziert gewirkt. Wir stoßen auf Jolie und sie schwebt noch immer auf Wolke sieben. Sie kann gar nicht aufhören, von Gray zu schwärmen. Nicht von dem Star, von dem sie unterwegs geschwärmt hat, sondern von der Person, die sie nun kennengelernt hat und mit der sie ein bisschen Zeit verbracht hat. Seine Freundlichkeit, seine Art, ihr über den Arm zu streichen, wenn er redet. Sie haben sich anscheinend gleich gut verstanden.

Der Bereich wird von ein paar Lampen erleuchtet und die Kleiderordnung ist ausschließlich salopp. Kein exklusiver Nachtclub oder kein abgetrennter VIP-Bereich für ihn und seine Band. Ein paar Leute sitzen auf Sofas und machen sich gemeinsam über Pizzas und Bier her. In einem Jungen erkenne ich den Bassisten aus Grays Band und in einem anderen den Lead-Sänger aus einer der Vorgruppen.

Jemand hat einen Regionalsender eingeschaltet, und als wir den Raum betreten, redet der Moderator gerade live mit einem Reporter, der schwärmende Mädchen interviewt, die soeben das Konzert verlassen.

Ein paar aus der Band pfeifen und frotzeln, als Gray zu uns tritt.

Er grinst und hat ganz nasse Haare. »Sorry, dass ihr warten musstet, aber ich hab dringend duschen müssen«, erklärt er. »Es ist unglaublich heiß unter den Scheinwerfern und ich war klatschnass.«

»Du duschst doch sonst nicht«, zieht ihn der Bassist auf.

Gray wird rot, aber ihm ist es wichtiger, mit Jolie zu reden, als sich zu rechtfertigen.

Sie schnuppert herum. »Ich finde, du riechst ziemlich gut.«

Und schon sitzen sie auf einem Sofa, halten sich bei den Händen und reden leise miteinander. Sie haben die Köpfe zusammengesteckt und wir anderen könnten genauso gut nicht vorhanden sein.

Jolie genießt es in vollen Zügen – ist nicht zu bremsen, ohne Wenn und Aber. Es geht um den Augenblick.

Cass, Finn, Luc und ich stehen eine Minute herum und starren in die Gegend, als wüssten wir nicht, wohin mit uns. Ich bin drauf und dran, vorzuschlagen, dass wir gehen, auch wenn ich weiß, dass Luc Jolie nicht allein lassen will. Da bietet uns jemand Pizza an. Kurz darauf treffen weitere Freunde der Band und ein paar PR-Leute ein und wir werden in die Gruppe gezogen. Leute, von denen ich angenommen hatte, sie könnten hochnäsig sein, stellen sich als ganz normale Leute heraus.

»Spielst du auch ein Instrument?« Die trällernde Frage dringt in meinen Tagtraum. Ein hübsches Mädchen mit Kurzhaarschnitt und weitstehenden grünen Augen beugt sich von einem anderen Sofa herüber und wartet auf eine Reaktion von Luc. Dabei bietet sie einen tiefen Einblick in ihren Ausschnitt. Unübersehbar.

Ich schlucke. *Er gehört mir.* Aber das kann ich nicht laut sagen. Ich höre, wie er antwortet, dass er einfach nur mit Freunden hier ist.

Unbeirrt beugt sich das Mädchen noch näher und legt ihm kurz die Hand aufs Knie. »Und was ist dein Ding?«

Wahrscheinlich nur eine völlig arglose Frage. Wahrscheinlich ist sie einfach nett und macht höflich Konversation.

Aber auf einmal bin ich wütend auf mich, weil ich mich nicht mehr bemüht habe, der Sache zwischen uns auf den Grund zu gehen, ehe andere ins Spiel kommen. Weil ich so viel Zeit auf Finn verschwendet habe, wo ich doch in Wirklichkeit Luc wollte. Luc, der mich zum Lachen und zum Reden bringt und mir Dinge sagt, die ich nicht hören will. Luc, dem ich ewig zuhören könnte. Dessen Kuss mich nicht loslässt.

Vielleicht muss ich nicht auf den perfekten Augenblick warten.

Ich lege Luc den Arm um die Schulter und spüre, wie sich seine Muskeln sofort anspannen. Ich taste nach seinen lockigen Nackenhaaren und wühle begierig darin herum. Er dreht den Kopf, reagiert auf meine Berührung, dann sieht er mich an. Unsere Blicke treffen sich einen Moment, dann sieht er auf meinen Mund.

Ich fahre mir mit der Zunge über die Lippen, die plötzlich trocken sind. Er grinst.

Das Mädchen mit dem tiefen Ausschnitt wendet sich ab und wir sind wieder allein unter all den Leuten.

»Ich wollte noch etwas nachholen«, flüstere ich.

Fragend hebt er die Brauen.

Ich beuge mich langsam vor, genieße das Vorgefühl, mein rasendes Herz, das Kribbeln, das mir über die Haut läuft. Ich bin jetzt nah genug, um ihn riechen zu können, und atme Sonne und Meer ein und den Duft, den er ausströmt, und das ist alles, was ich brauche.

Unsere Lippen berühren sich. Warm und sanft. Schmelzend und gleichzeitig ungestüm. Es ist nicht die verrückte Leidenschaft wie bei dem Unwetter oder die des schwülen Moments in der Menge.

Ich habe mich entschieden.

Und als er den Kuss erwidert, ist es ein Versprechen.

Then it began to wilt.
Colours fading now.
She didn't notice when it fell.

»Daisy« – GRAY

Kapitel achtzehn

Als es auf ein Uhr zugeht, kann Jolie ihr Gähnen nicht mehr unterdrücken. Vor einer Weile hat jemand eine Gitarre rausgeholt und ein Mädchen aus einem der Vorprogramme spielt ein Lied, das ich noch nie gehört habe. Es ist langsam und leicht und ich fühle mich zurückversetzt an den Strand in der Morgendämmerung, mit der warmen Sonne auf dem Gesicht und dem salzigen Geschmack der Luft.

Gray führt sich überhaupt nicht wie ein Superstar auf. Er ist genau wie wir anderen. Jolie hat sich neben ihn gekuschelt.

Als ihr die Augen zufallen, besteht Gray darauf, einen Wagen zu bestellen, der uns in die Wohnung zurückbringt. Wahrscheinlich hätte Luc den Abend ein paar Minuten später ebenfalls für beendet erklärt, aus Sorge um seine Schwester, und ich glaube, er ist froh, dass er zur Abwechslung mal nicht als der Spielverderber dasteht.

Jolie protestiert, aber Gray schlägt vor, sich morgen früh allein mit ihr zu treffen, um ihr die Stadt zu zeigen, bevor sie dann den Flug nach Hause erreichen muss.

»Ist das auch ein Teil der Überraschung?«, flüstere ich Luc zu.

Er schüttelt den Kopf. Aber er widerspricht auch nicht.

Gray begleitet uns zu dem Privatausgang, wo ein Auto in einer schmalen Gasse auf uns wartet. Cass, Finn und ich bedanken uns murmelnd und verschwinden schnell, immer noch etwas eingeschüchtert von dem Star. Doch wie sehr sich Luc darüber freut, dass Gray Jolie so viel Aufmerksamkeit geschenkt hat, wird deutlich, als er dem Sänger die Hand schüttelt und ihm auf die Schulter schlägt.

»Danke für einen tollen Abend«, sagt er.

Und ich unterdrücke ein Kichern, denn ich weiß, dass Luc nicht die Musik meint.

Ich glaube, Gray weiß das auch. Sein Blick gleitet zu Jolie, die etwas abseits von uns steht. Sie hat Grays Lederjacke um die Schultern gehängt und wirkt winziger denn je, glüht jedoch vor Glück.

»Geht schon mal voraus«, sagt sie zu Luc. »Ich komm gleich nach.«

Luc zögert, aber ich kann ihn zum Auto ziehen. Ich werfe einen Blick zurück, als wir einsteigen, und sehe, wie Gray Jolies Hände nimmt.

Luc legt mir den Arm um die Schulter und ich sehe ihm in die dunklen Augen.

»An was denkst du?«, fragt er.

»Ich wünsche ihnen viele gemeinsame Momente.«

Er drückt mir die Lippen auf die Stirn. »Uns auch?«

Ich hebe den Kopf, berühre seine Lippen mit meinen und mir wird ganz warm bei der sanften Berührung. »Uns auch.«

Als wir im Apartment ankommen, ist Jolie wieder munterer. Sie besteht darauf, noch eine heiße Schokolade zu trinken, und schwärmt immer wieder ausführlich von dem Konzert. Cass und Finn verziehen sich schon bald und schützen Müdigkeit vor. Aber sie verschwinden im selben Zimmer, in ein Gespräch vertieft, und ich bin kein bisschen eifersüchtig.

Luc bringt das leere Geschirr in die Küche und lässt mich mit Jolie allein. Sie hat sich in dem einzigen Sessel zusammengerollt, wirkt so winzig in dem weißen Leder;

ihr Make-up ist verschmiert und die Augen fallen ihr fast zu. Sie ist die älteste und die jüngste Sechzehnjährige, die mir je begegnet ist.

Der Abend war unglaublich und ich weiß, was ich für ein Glück habe, dabei gewesen zu sein.

»Warum habt ihr eigentlich ausgerechnet mich zu dem Konzert mitgenommen?«, frage ich. Ich habe bisher gar nicht gemerkt, dass mich das beschäftigt. Ich versuche immer noch herauszufinden, womit ich die letzten Tage verdient habe, ganz zu schweigen von dem VIP-Erlebnis bei dem Konzert.

Sie braucht lange, um zu antworten. Ihre Augen sind jetzt ganz geschlossen, die Wimpern liegen auf ihren Wangen.

Ich lehne mich im Sofa zurück und warte auf Luc. Ich kann sie ja morgen noch mal fragen.

»Es ist ganz schön anstrengend, mit mir befreundet zu sein«, sagt sie plötzlich. Sie hat die Augen immer noch geschlossen, aber sie redet weiter. »Mir sind so viele Geburtstagspartys entgangen, weil ich im Krankenhaus war, und ich war bei keiner einzigen Schul-Disco. Kannst du dir vorstellen, wie ätzend das ist? Die Freunde, die zu mir gehalten haben, sind sagenhaft, und ich bin ihnen allen dankbar. Aber ich wollte mal neue Leute kennenlernen, am liebsten auf einer Rucksack-Tour durch Spanien, was natürlich nicht geht – aber unser Road-Trip kommt dem schon sehr nah. So nah wie für mich möglich.« Sie öffnet die Augen und ihr Lächeln ist wie ein Geschenk. »Neue Leute habe ich kennengelernt – dich.«

»Danke.«

Luc kommt zurück und kauert sich neben sie. »Soll ich dir in dein Zimmer helfen?«, fragt er. Er streicht ihr die goldenen Haare aus der Stirn. »Ich könnte dich huckepack nehmen«, neckt er sie.

Sie knufft ihn leicht in die Brust und richtet sich auf. »Das schaff ich schon selbst.«

»Das weiß ich doch«, sagt er.

Sie geht in ihr Zimmer, ohne sich umzusehen, und lässt Luc und mich allein zurück.

»Tolles Konzert«, sage ich. Denn es ist plötzlich so still, und auch wenn es keine unbehagliche Stille ist, ist sie voll von unserem Kuss und allem, was er bedeutet. Das finde ich zumindest. Er ist müde und hat wahrscheinlich vergessen, was ich damit meinte, als ich ihm den Kuss gab.

Nein, bestimmt nicht.

Und jetzt kommt er näher auf dem Sofa und Glück brandet in mir auf. Ich und glücklich. Ich hatte aufgehört, zu glauben, dass das möglich ist, und doch sitze ich hier.

Sitzen *wir* hier.

Der Augenblick sollte voller Ernst und Romantik sein, aber ich bin so glücklich, dass ich ein Kichern nicht unterdrücken kann.

»Was ist so lustig?«, fragt er.

Ich versuche, nicht albern zu klingen. »Nichts.«

»Du lachst aber.«

»Tu ich nicht.«

»Dann lach auch nicht. Ich gebe mein Bestes hier.« Er unterstreicht seine Aussage, indem er meinen nackten Arm entlangstreicht. Langsam. Gänsehaut breitet sich aus. Jetzt ist er an meiner Schulter, dann am Hals. Ich bin ziemlich sicher, dass ich etwas sagen sollte, aber ich habe keine Ahnung, was. Er starrt meinen Mund an.

»Ja«, flüstere ich.

»Ich hab nicht gefragt, ob ich dich küssen kann.«

Seine Finger streichen mir über die Nackenmuskeln, und ich möchte jetzt nirgendwo anders sein als bei ihm. »Warum nicht?«

Er neigt den Kopf zu mir. »Weil ich dachte, darüber wären wir hinaus.«

Sein Mund ist auf meinem. Ich lasse mich aufs Sofa zurücksinken. Luc zu küssen, ist so, wie es sein sollte. Nicht, um zu vergessen oder wegzulaufen. Nicht, weil mir irgendeine blöde Vorstellung eingibt, dass es vielleicht das Richtige wäre.

Sondern weil ich es will.

Weil ich ihn mag.

Ich mag ihn echt.

Die Küsserei endet damit, dass wir beide auf dem Sofa liegen. Mein Kopf ist auf seiner Brust und seine Hand liegt auf meiner Hüfte. Ihre trägen kreisenden Bewegungen versetzen mein Inneres in Aufruhr und sein Herz schlägt wild. Ich bin ja so müde, aber ich könnte die ganze Nacht hierbleiben.

Wir reden noch etwas über das Konzert. Luc gibt zu, dass Grays Musik nicht das kommerzielle Popgedudel ist, wie er gedacht hat.

»Du wirst noch zum Fan«, ziehe ich ihn auf und freue mich über das belustigte Brummen, mit dem er antwortet.

Dann erstarrt er plötzlich.

»Was ist los?«, frage ich.

Er schiebt mich vorsichtig von sich und richtet sich auf. »Hast du das gehört?«

Ich blinzle und versuche, klar zu denken. »Ich hab nichts gehört. Muss wohl eingedöst sein.«

Er lauscht mit geneigtem Kopf. Zuerst ist nichts, und ich will ihn gerade wieder an mich ziehen, da höre ich es auch – einen schwachen Schrei.

Alle Farbe weicht aus seinem Gesicht. »Jolie.«

Ich bin auf den Füßen und folge ihm zu ihrem Zimmer. Er wirft die Tür auf, die an die Wand knallt und einen Abdruck der Klinke im Putz hinterlässt. Das Licht ist an, aber ich kann an ihm vorbei nicht viel sehen, nur, dass sie blass ist. Der stechende Geruch nach Erbrochenem hängt in der Luft.

»Ruf einen Notarzt«, bellt er.

Aber ich wähle bereits, und die Frau am anderen Ende entlockt mir, was ich zu sagen versuche. Ich renne an Cass und Finn vorbei, die schlaftrunken herbeikommen, um an der Wohnungstür auf die Rettungssanitäter zu warten, wie es mir die Frau befohlen hat. Ich bin draußen im Hausflur, als ich hinter mir Lucs schwere Schritte höre.

Er drängt sich vorbei und rennt auf den Fahrstuhl zu. Er trägt Jolie in den Armen. Ihr Kopf hängt schlaff zur Seite. Er drückt mit der Schulter auf den Knopf. Sein Blick ist wild und Schweißtropfen glänzen an seinen Schläfen. »Ich kann nicht warten, bis sie hier oben sind.«

»Die Frau von der Notrufzentrale hat gesagt, wir sollen sie nicht bewegen«, sage ich. Aber ich versuche ihn nicht aufzuhalten. Er kennt seine Schwester und weiß, was mit ihr los ist. Er kennt das ja.

Er hört sowieso nicht zu. Er murmelt auf Jolie ein und beruhigt sie, dass alles in Ordnung kommt. Spricht mit ihr von dem Konzert und versucht, sie bei Bewusstsein zu halten oder bei guter Stimmung oder so was.

Es funktioniert nicht.

Sie hat die Augen geschlossen, als wir im Erdgeschoss ankommen. Die Tür gleitet auf und der Eingangsbereich blinkt hell wie an Weihnachten. So erleichtert war ich noch nie über die blau-roten Notarztleuchten. Die Sanis warten mit einer Trage am Eingang auf uns. Sie nehmen Jolie aus Lucs Armen und er steht mit herabhängenden Händen da. Sie handeln schnell und erklären dabei mit beruhigenden Worten, was sie machen.

Ich stelle mich neben Luc und drücke seine Hand.

Er beachtet mich kaum. »Kann ich mitkommen?«, fragt er.

Sie willigen ein. Er springt in den Notarztwagen und ich stehe da und komme mir nutzlos vor.

»Sollen wir mitkommen?«, spricht Finn meine Frage aus.

Lucs verschlossener Ausdruck beantwortet die Frage, ehe er den Mund öffnet. »Nein. Wir kommen klar.« Dann ist er fort.

Ich stehe in der Kälte vor dem Haus und sehe, wie die Warnleuchten in die Nacht verschwinden.

+

Der nächste Tag ist da, und als es Zeit ist, zum Flughafen aufzubrechen, haben wir noch keine konkreten Nachrichten. Nur Finns Mutter hat uns vor ein paar Stunden ausrichten lassen, dass Luc ausschließlich mit den nächsten Familienmitgliedern zu tun haben will. Als ich meine Sachen packe, texte ich ihm, um zu hören, ob er will, dass ich in Melbourne bleibe, aber er antwortet nicht.

Dazu kennen wir uns wohl noch zu wenig.

Es ist schon sehr warm und der wolkenlose Himmel über uns deutet an, dass der Tag brütend heiß wird, aber innerlich ist mir ganz kalt, wenn ich daran denke, was Jolie und ihre Familie durchmachen. Cass, Finn und ich stehen vor dem Haus und warten auf unser Taxi, als Finn noch einen Anruf von seiner Mutter bekommt. Wegen des Verkehrslärms kann ich nicht hören, was er sagt, aber ich versuche seinen Ausdruck zu deuten.

Finns Wangen sind bleich und die Augen geschlossen.

»Danke, Mum, bis bald.« Er legt auf und dreht sich nach uns um. »Sie bleiben die nächsten Tage in Melbourne. Mein Onkel ist mit dem ersten Flug hergekommen. Sie hoffen, dass sie sich genug erholt, um bald heimzukommen.«

»Mit anderen Worten, dass sie wieder gesund wird?« Cass stellt die Frage, über die ich mir Gedanken gemacht habe, seit der Notarztwagen sie abgeholt hat. Die ich mir aber verboten habe. Schließlich hat sie das ja schon öfters durchgemacht und sich bisher immer wieder erholt.

Aber Finns üblicher Optimismus ist verschwunden. »Es sieht nicht gut aus.«

Meine Hand krampft sich um mein Handy. Ich möchte Luc anrufen, aber ich will ihm auch nicht zur Last fallen. Und ich weiß nicht, was ich sagen soll.

Aber ich muss es versuchen. Das Taxi fährt vor, als ich auf seine Nummer drücke. Das Pochen meines Herzens ist so laut, dass ich wahrscheinlich nicht mal verstehe, was er antwortet. *Falls* er antwortet. Das Telefon klingelt und klingelt, und als unsere Taschen alle im

Kofferraum des Taxis verstaut sind, springt die Mailbox an.

»Hi, Luc.« Ich räuspere mich. »Ich wollte dir nur sagen, dass ich an euch denke. Vor allem an Jolie. Ruf mich jederzeit an, egal, weswegen. Ach so, äh, ich bin's, Zoey.« Ich lege auf. Meine Wangen brennen. Ich würde das gerne noch mal neu sagen, aber es ist zu spät. Zumindest weiß er, dass ich Anteil nehme.

Es gibt nur zwei Sitze nebeneinander und Cass setzt sich ohne große Diskussion neben mich. Die Körpersprache der beiden wirkt zurückhaltend, aber ich kann nicht herausfinden, ob sie Schluss gemacht haben. Ich nehme mal an, Cass wird mir schon sagen, was los ist, sobald sie dazu bereit ist.

Wir reden nicht viel auf dem Flug. Stattdessen schreibe ich in mein Textbuch. Nichts, was ich aufheben würde, aber es hilft, meinen Gefühlen Ausdruck zu verleihen. Den Fragen, die mir nach Dans Tod im Kopf herumgingen und die jetzt mit Macht zurückkehren.

Wir haben unsere Plätze im hinteren Teil des Flugzeugs, was bedeutet, dass wir unter den Letzten sind, die aussteigen. Als ich hinter Finn und Cass die Rampe zum Gate entlangschlurfe, schaue ich nicht nach vorne. Ich bin zu sehr mit meinem Handy beschäftigt, weil ich sehen will, ob Luc geantwortet hat.

Nichts.

Ich hebe den Kopf und atme tief durch die Nase ein.

Nicht, dass ich gekränkt bin, ich mache mir Sorgen. Um Luc. Um Jolie.

Ich blinzle verwundert. Mum kommt auf mich zu. Meine Mum. Dabei hatte ich es nicht mal für nötig gehalten, ihr meine Flugdaten zu geben.

»Mum?«

»Marlene hat mir berichtet, was passiert ist. Es ist so schrecklich für die Familie.« Sie nickt zu Finns Mum hinüber, die ihm mit Bestimmtheit eine Jacke hinhält. »Ich hoffe, es macht dir nichts aus, dass ich gekommen bin.«

»Was ausmachen?« Ich hole stockend Luft. »Kein bisschen.«

Sie muss hören, dass mir fast die Stimme bricht. Sie legt die Arme um mich, und obwohl ich jetzt größer bin als sie, lege ich den Kopf an Mums Schulter und lasse die Tränen fließen. So bleiben wir stehen, ohne auf die Vorübergehenden und das Dröhnen der Lautsprecheransagen zu achten. Ich glaube fast, dass sie auch weint. Ich drücke sie fester.

Als ich mich endlich wieder aufrecht halten kann, ist ihr Top feucht von Tränen.

Ich lege den Finger darauf. »Es tut mir leid.«

Aber ich meine nicht nur ihr Oberteil. Und ich glaube, sie versteht mich.

+

Ich schlafe fast den ganzen Tag durch. Ich habe keine Albträume, aber jedes Mal, wenn ich wach werde, fällt mir ein, dass Jolie im Krankenhaus ist, und es geht mir wieder schlechter. Noch zweimal versuche ich Luc anzurufen, aber das Handy schaltet immer direkt auf die Mailbox.

Cass textet mir am Nachmittag. Sie will wissen, ob ich was gehört habe. Wir verabreden, uns gegenseitig zu informieren, und ich döse wieder ein.

Es ist, als ob mein Körper versucht, den Schlaf nachzuholen, der ihm in den letzten Monaten entgangen ist.

Nach vier Uhr wache ich auf und wage mich nach unten. Ich kann nicht länger aufschieben, mit Mum und Dad zu reden.

Ich stehe eine Minute lang an der Küchentür und beobachte sie. Dad stellt Mum einen Kaffee hin und setzt sich an die andere Seite des Tisches, um seinen Teil der Sonntagszeitung zu lesen. Im Vorbeigehen drückt er ihre Schulter. Sie sieht auf. Ihre goldgeränderte Brille sitzt ihr auf der Nasenspitze. Sie lächelt ihm zu und er erwidert ihr Lächeln.

Beide haben tiefe Falten um die Augen. Es ist, als ob ich während eines Wimpernschlags ein Jahrzehnt verpasst habe. Ich weiß nicht, wann es passiert ist, aber sie sind alt geworden. Abgespannt.

»Zoey?« Mum hat mich entdeckt.

»Tut mir leid, dass ich so lang geschlafen habe«, sage

ich. Ich gehe zum Kühlschrank und schenke mir ein Glas Wasser ein. Alles, nur um nicht sehen zu müssen, wie gealtert sie sind —durch Dans Tod und vielleicht auch durch meine Reaktion darauf.

Sie sehen sich überrascht an. Ich nehme mal an, es ist eine Weile her, dass ich versucht habe, mich für irgendwas zu rechtfertigen oder zu entschuldigen.

Ich lehne mich an die Anrichte. Es ist eine Sache, zu wissen, dass ich Fehler gemacht habe, eine ganz andere, sie in Worte zu fassen. Worte, die nicht voll sind von Ausreden und Anklagen.

Mum bricht das Schweigen. »Wie geht es dir?«

Ich recke die Arme über den Kopf. »Bin noch müde.« Ich zögere. »Und sehr traurig. Jolie ist … sie ist so unglaublich.« Ich muss den Kloß im Hals runterschlucken. »Es ist so ungerecht.«

Dad seufzt. »Ja, das ist es.«

Ich kann meinen Bruder fast spüren, dort am Tisch. Er fragt sich, wie ich so dumm gewesen sein konnte. Ich habe die zwei Menschen von mir gestoßen, die wirklich verstehen, wie sehr er mir fehlt.

»Es tut mir leid. Sehr leid. Ich konnte einfach nicht …«

Mum kommt auf mich zu, mit ausgebreiteten Armen. »Ich weiß.«

Ich mache den letzten Schritt und gehe auf sie zu. Sie hält mich umarmt, und kurz darauf legen sich Dads Arme um uns beide. Keine so große Familie wie einst, aber immerhin noch eine Familie. Als ich mich aus der Umarmung löse, lächeln wir uns alle mit Tränen zu.

Mum richtet sich auf, sieht auf die Uhr und tupft sich einen Augenwinkel, wo der Eyeliner etwas zerlaufen ist. »Shivani hat heute Nachmittag Spätdienst gehabt. Wir bringen ihr einen Auflauf fürs Abendessen.« Sie zögert. »Möchtest du mitkommen? Ich bin sicher, sie würde dich gerne sehen. Der kleine Danny ist so gewachsen.«

Ich habe die kleine Portion Pasta im Kühlschrank gesehen, als ich mir das Wasser geholt habe. Ich weiß, dass sie eine abschlägige Antwort erwartet, aber inzwischen habe ich verstanden, dass es keinesfalls bedeutet, dass sie mich nicht dabeihaben will. Ihre Bemerkung, dass sie mich gerne mitnehmen würden, ist auch keine Anspielung auf die vielen gemeinsamen Essen, die ich versäumt habe.

Mum tut einfach ihr Bestes, um weiterzumachen. Genau wie ich.

Ich richte mich auf, strecke meine verspannten Schultern und nicke. »Klingt gut.«

Sie lächelt. »Sehr schön.«

Dad sagt nichts, als ich hinten ins Auto einsteige, mit dem Topf, der noch warm ist vom Backofen. Aber als sich unsere Blicke im Rückspiegel begegnen, haben seine Augen kleine Fältchen in den Winkeln, die ich seit Dans Tod nicht mehr an ihm gesehen hatte.

Als wir auf das Haus zugehen, bin ich nervös. Ich war

schließlich keine gute Schwägerin. Die untergehende Sonne färbt den Himmel blassorange und die Straßenlaternen gehen an. Es liegt ein Hauch von Kühle in der Luft und ich fröstle.

Ich hasse die Kälte.

Ich erinnere mich noch an Dans Grimasse, mit der er das sagte, als wir einen Familienausflug in den Schnee machten. Er änderte seine Meinung, nachdem er Snowboarding entdeckt hatte, aber der Sommer war ihm immer am liebsten.

Die Haustür geht auf und ich beeile mich, Mum und Dad einzuholen. Mein Fuß bleibt an einer Unebenheit im Weg hängen und ich stolpere und sehe nach unten, damit ich die Schüssel nicht fallen lasse. Ich höre das Telefon klingeln und dass ein Kind schreit, und als ich mich aufrichte, sind die anderen schon hineingegangen. Ich habe sie vertan, meine Chance, etwas zu sagen – irgendwas – zu Shivani.

Ich trete ein und schließe die Tür hinter mir. Ich höre den kleinen Danny nörgeln, während Mum mir die Schüssel abnimmt und zur Küche vorausgeht, die Schüssel in den Ofen schiebt und anfängt, Teller und Geschirr zusammenzusuchen. Sie bewegt sich hier mit einer Vertrautheit, die mir zeigt, wie oft sie das offenbar schon gemacht hat.

Schuldgefühle lasten wie ein Zentnergewicht auf mir und ganz kurz sehne ich mich nach meiner Wut zurück.

Nach dieser alles umhüllenden Wut auf alles und jeden, die mir dazu verhalf, Momente wie diesen zu umgehen.

Weil es wehtut. Es tut so weh, dass nur Durchhalten hilft. Und im Moment kommt mir das ziemlich schwer vor. Doch dann hält mir Mum das Besteck hin und deutet auf den großen alten Esstisch, und der Drang, vor diesem neuen Schmerz davonzulaufen, verschwindet.

Ich gehe um einen Pfeiler, der die beiden Bereiche teilt, und bleibe erschrocken stehen. Dort, in der dunklen Ecke, steht Dans Sessel. Der braune Liegesessel, den er von unserem Großvater bekam, als er zu Hause auszog.

Das Besteck auszulegen, geht schnell, dann folge ich dem Sog des Sessels und durchquere das Zimmer. Das Gemurmel von Mums und Dads Unterhaltung verklingt, als ich mich in die warme Umarmung sinken lasse.

Ich checke mein Handy und schicke Luc wieder eine Nachricht.

Als ich so in dem Sessel sitze, bilde ich mir ein, meinen Bruder riechen zu können. Die Gerüche nach Jungenschweiß und nach dem billigen Aftershave, das er als Teenager benutzte, nicht die männlichere Marke, die er bevorzugte, als er heiratete.

Ich schließe die Augen und atme ihn ein.

Gott, wie er mir fehlt. Der Kloß in meinem Hals droht, die sich anstauenden Tränen wieder quellen zu lassen, doch ich halte sie zurück.

Als ich mich genug gefasst habe, um die Augen zu öffnen, sehe ich den kleinen Danny auf einer knalligen blauroten Spielmatte nur ein bis zwei Meter von mir entfernt auf dem Boden sitzen, und Shivani ist in der Küche. Nächste Chance verpasst, mit ihr zu reden.

Ich sehe hinunter zu meinem Neffen. Ein kleiner Fremder, wenn auch nicht mehr so klein, wie ich ihn erinnere. Mum hatte recht, als sie sagte, er sei gewachsen.

Und etwas, das an verwundertes Staunen grenzt, umfängt mich. Staunen über das kleine Ding, das da auf dem Rücken liegt wie ein gestrandeter Miniwalfisch. Er trägt nichts als eine Windel und ein Hemdchen, weil die abendliche Sonne so warm durchs Fenster scheint. Er ist ein Bündel aus Speckröllchen und Pausbacken und Sabber. Seine Hand streckt sich nach einem Spielzeug, einer kleinen roten Plüschkuh. Sie liegt außer Reichweite, wie um ihn zu ärgern. Sein Gesichtchen verzieht sich.

O-oh.

Als ich gerade nach Hilfe rufen will, beschließt er anscheinend, doch nicht zu weinen. Er windet sich und zappelt, robbt ganz ruckartig wie ein Wurm und rollt sich über den Boden … genau in die andere Richtung, in die er eigentlich will.

Und fängt zu schreien an.

»Ich weiß, wie du dich fühlst, Kleiner«, murmle ich. Ich stehe auf und knie mich neben ihn, ehe ich überhaupt nachdenken kann.

Mitten im Weinen schrickt er zusammen. Sieht mich blinzelnd an.

»Ich bin Zoey«, sage ich, denn ich muss mich ja endlich mal vorstellen.

Er legt den Kopf zur Seite und ich schwöre, dass ich seine Gedanken lesen kann, als er mich mit großen Augen anblickt. Der Ausdruck ist so sehr wie der meines Bruders, dass es schmerzt.

Na und?

Ich muss lachen. »Also, ich bin schon groß und kann dir helfen.«

Ich hebe ihn und die rote Kuh auf und setze sie zusammen auf meinen Schoß. Er stopft sich das Bein der Kuh mit der dicken kleinen Faust in den Mund.

»Er zahnt.«

Ich blicke auf und sehe meine Schwägerin. Angespannt erwarte ich schon, dass sie ihn mir wegnimmt. Würde ich an ihrer Stelle machen.

Tut sie aber nicht.

Sie lässt die schmalen Schultern hängen und fährt Danny durch ein kleines Haarbüschel. »Schön, dich zu sehen.«

»Schön, dich zu sehen. Euch beide.«

»Das Essen ist fast fertig«, sagt sie, dann kehrt sie in die Küche zurück und lässt mich zurück, damit ich mich mit meinem kleinen Neffen bekannt machen kann. Es ist Sonntagabend, Familienzeit. Ich denke an Luc und Jolie, und das ruft mir ins Bewusstsein, was für ein Glück ich habe, hier zu sein.

Klein-Danny windet sich auf meinem Schoß und ich muss über seine unbändige Lebhaftigkeit lächeln.

Er ist nicht mein Bruder.

Aber ich bin die Einzige, die ihm von dem Dan erzählen kann, den ich kannte. Nur *ich* kannte den großen Bruder Dan, den ich angebetet habe, auch wenn er mir oft auf die Nerven ging. Der Junge, der mir mit acht wegen einer Wette eine Haarsträhne abgeschnitten hat und der mich gegen das gemeinste aller gemeinen Mädchen verteidigt hat, als ich sechs war. Der Junge, der so müffelte, dass ich oft so tat, als würde ich in seiner Nähe ersticken.

Der Junge, der mich am allerbesten von allen drücken und umarmen konnte.

+

Drei Wochen später erhalte ich die Botschaft, vor der ich mich gefürchtet habe.

Jolie Maya Hunter ist heute in den frühen Morgenstunden friedlich eingeschlafen. Ihre Familie war bei ihr. Einzelheiten zur Beisetzung folgen in den nächsten Tagen. Die Familie bittet darum, derzeit nicht gestört zu werden.

Petals to memories.
Something that once was.
The yellow still bright in my mind.

»Daisy« – GRAY

Kapitel neunzehn

Dreimal hebe ich die Hand, um zu klingeln, dann gebe ich auf und wende mich ab. Jetzt weiß ich es. Ich verstehe endlich, wie schwer es für alle war, mit mir zu reden, nachdem Dan gestorben war. Denn was soll man sagen?

Nichts kann es lindern. Kein noch so wohl durchdachter Satz kann Jolies übermütiges Lächeln zurückbringen.

Ich mache zwei Schritte vom Haus weg, dann fange

ich mich und unterdrücke den Impuls, zu fliehen. Hier geht es nicht um mich; ich bin wegen Luc hier. Denn wenn ich auch weiß, dass nichts, was ich sage, die Sache leichter machen kann, wäre es schlimmer, nicht zu kommen. Ich berühre mein Handgelenk.

Remember. Erinnere dich!

Ja, ich erinnere mich, dass die Leute es versucht haben. Ich erinnere mich, dass mein Schmerz Cass und Finn genug bedeutet hat, dass sie es zumindest versucht haben. Nein, ich wollte es nicht hören. Ja, ich habe es brüsk zurückgewiesen und sie fortgestoßen, aber ich erinnere mich, dass sie es versucht haben.

Ich drücke den Klingelknopf. Das Geräusch hallt durchs Haus. Die Rollos der vorderen Fenster sind geschlossen, als ob die Bewohner das helle Licht des ersten Herbsttages nicht ertragen könnten. Das Gras ist zu lang, aber die Blumen in den Kübeln am Gartenweg bersten vor aufdringlichen Farben.

Bestimmt war das Jolies Idee.

Ich horche auf Tritte. Vielleicht sind sie ja nicht zu Hause? Aber es stehen zwei Autos in der Einfahrt. Das, mit dem ihr Vater sie am ersten Tag unserer Reise zu Cass gebracht hat, und ein zerbeulter alter grüner Ford. An der Hauswand lehnt ein blassblaues Fahrrad. Von Jolie, nehme ich an. Es sieht aus, als ob sie es dort eilig abgestellt hat, noch mal schnell reingerannt ist, um etwas zu holen, um gleich wieder zurück zu sein.

Keiner kommt.

Von außen gibt es keine Anzeichen, dass der Schmerz hier eingezogen ist. Nach Dans Tod hatte ich das Gefühl, dass an unserer Hauswand eine Neonschrift blinkte und unseren Verlust der gesamten Nachbarschaft verkündete. Das Haus musste einfach verändert aussehen – die ganze Welt hatte sich auf einen Schlag verändert.

Aber natürlich gab es damals kein äußeres Zeichen und hier ebenfalls nicht. Für alle Außenstehenden könnte dieses Haus genauso gut mit Freude erfüllt sein.

Ist es aber nicht.

Ich drücke erneut auf die Klingel. Wenn keiner kommt, lasse ich sie in Frieden. Jeder Atemzug kommt gepresst, während ich warte. Einmal, als ich ungefähr sieben war, klaute ich die Fernbedienung von Dans geliebtem Modellauto. Und machte sie kaputt. Er drückte mich mit einem Sitzkissen zu Boden, bis ich dachte, ich würde ohnmächtig. So fühle ich mich jetzt – als ob ich versuche, durch einen Berg von Styroporkugeln Luft zu bekommen.

Ich habe mir tausend Varianten überlegt, die ich sagen könnte, und alle verworfen.

Der Türknopf dreht sich, die Tür geht auf, und da ist er. Irgendwie kleiner, immer noch umwerfend, aber unrasiert und mit roten Augen. Die Cargoshorts, die er trägt, hängen ihm tief auf den Hüften, unter seinem schief geknöpften blauen Hemd ist sein flacher Bauch zu sehen. Er ist barfuß und irgendwie finde ich, dass seine Füße fremd aussehen, so ganz ohne Sand. Er sieht anders aus hier. Nicht nur, weil er in Trauer ist, sondern weil er zu Hause ist. Manchmal mache ich mir Gedanken, dass der Luc, den ich von der Reise kannte, nur in meinem Kopf existiert. Doch dann denke ich an unser gemeinsames Gespräch nach dem Basketballspielen und an seinen intensiven Blick, als er mich küsste.

Das war nicht eingebildet. Ich habe mir uns nicht eingebildet. Ich muss daran glauben.

Er blinzelt, als müsse er überlegen, wer ich bin und warum ich hier an seiner Haustür stehe.

»Du hast nicht auf meine Nachrichten geantwortet«, sage ich. Es ist nicht das, was ich geplant hatte, und klingt total falsch, aber ich bin durcheinander und er sieht mich an, als ob ich einen bestimmten Grund brauche, um hier zu sein. »Nicht, dass es mir was ausgemacht hat«, setze ich schnell hinzu.

»Warum bist du da?«

»Ich dachte – also, ich wollte dich sehen.«

Er fährt sich mit der Hand durch seine völlig zerzausten Haare, sodass sie in alle Richtungen abstehen. »Es ist jetzt nicht mehr so, wie es war.«

»Ich verstehe nicht, was du meinst.«

Sein Gesicht ist wie eine Maske, die nur noch aus Knochen und Adern besteht, nachdem ihn der Schmerz kahl gefressen hat. »Ich weiß nicht, was du dir eingebildet hast, aber der Tod meiner Schwester bindet uns nicht aneinander.«

»Ich wollte nicht …« Aber meine Stimme erstirbt, weil ich mir vielleicht tatsächlich so etwas eingebildet habe.

Sein abweisender Blick wird eisig. »Pflicht erfüllt. Du kannst wieder gehen.«

Er tritt in den Schatten der Diele zurück und will mir gerade die Tür vor der Nase zuschlagen.

Ich strecke den Arm aus und packe die feuchte Haut seines nackten Handgelenks. »Vielleicht hast du ja recht. Vielleicht habe ich in mir den sorgenden Engel gesehen, der hereinschwebt und dir durch diese Sache hilft, und vielleicht war das mehr als dämlich von mir. Aber nur, weil du mir etwas bedeutest.«

»Was willst du von mir?«

»Nichts.«

Er schüttelt seine Hand frei. »Hör mal, wir haben unseren Spaß gehabt, aber mir ist inzwischen nicht mehr nach Spaß.«

»Es war doch mehr als das.« Ich klinge verzweifelt, aber ich bin sicher, dass das zwischen uns was Echtes war. »Sonst würde ich nicht hier stehen.«

Er stimmt mir nicht zu, widerspricht mir aber auch nicht. Das macht mich mutig. »Der Zeitpunkt ist schlecht, echt schlecht, das begreife ich. Und wenn du mich zurzeit nicht um dich haben willst …« Ich atme durch, um mich zu fassen. »Also, das versteh ich auch. Aber wenn du es dir anders überlegst, und ich bin sicher, dass du das tust, dann denk dran, dass ich auf dich warte.«

Er zieht eine Braue hoch. »Du wartest auf mich.«

Es könnte eine Frage sein oder ein abfälliges Echo, aber ich entscheide mich dafür, dass es einfach eine Feststellung ist. »Genau.«

»Schön für dich«, sagt er und wendet sich ab.

»Noch eine Sache«, sage ich. »Bitte.«

Er sieht sich um, aber ohne Wärme im Gesicht. »Was?«

Seine Augen sind kalt und ich will nur weg, doch in dem Moment sehe ich es. Das Aufblitzen von Schmerz, so unverarbeitet, dass ich Angst bekomme, er könnte vor meinen Augen zusammenbrechen. Ohne es zu wollen und ohne zu denken, mache ich einen Schritt auf ihn zu.

Er weicht zurück.

Ich wanke, mache aber noch einen Schritt. Ich bin jetzt praktisch in der Tür – er kann sie nicht schließen.

»Ich bin da.« Ich sage es laut und kräftig, sodass er die Worte einfach hören muss. »Und werde für dich da sein, wann immer du mich brauchst. Ich warte, egal wie lange du brauchst.«

Sein Gesicht bleibt ausdruckslos. Kein Schimmer einer Reaktion in seinen dunklen Augen.

»Komm zu mir, ruf mich an, egal, was. Wann immer, Tag oder Nacht.« Jetzt zögert meine Stimme, aber ich zwinge mich, weiterzureden. »Egal, weswegen.«

Sein Kopf macht eine ruckartige Bewegung.

Ich trete zurück und die Tür schließt sich.

Er braucht Zeit, das ist alles. Ich bin zuversichtlich, dass wir irgendwie wieder zueinanderfinden. Ich bin mir dessen sogar sicher, bis ich beim Auto bin und auf den Sitz gleite. Dann setzt das Schluchzen ein. Es steigt tief aus der Brust auf. Ich kann den ausdruckslosen Blick auf Lucs Gesicht nicht vergessen. Den eisigen Blick in den Augen, die mich sonst so voller Glut angesehen haben.

Ich habe gesagt, dass ich so lange warte, wie er braucht, aber im jetzigen Moment, als ich mir mit zitternder Hand die Tränen fortwische, habe ich Angst, dass ich für immer warten muss.

+

Eine Woche später sitzen Cass und ich hinten in der Kapelle. Das alte Steingebäude läuft über vor Trauernden aller Altersstufen. Ich nehme an, Jolie hat viele Menschen berührt – so war sie eben.

Wie alle anderen habe ich ihre Bitte akzeptiert, zu ihrer letzten Party Farbe zu tragen. Mein Kleid mit dem pink-schwarzen Zickzackmuster und dem blauen Kragen, das vor dem Spiegel in meinem Zimmer zu knallig wirkte, passt gut zu den Sachen der anderen und zu der blauen Strähne in meinem Haar. Die Farbwogen zaubern inmitten der ganzen Tränen das eine oder andere

Lächeln hervor. Ich nehme an, das ist es, was sie gewollt hat. Die Kirche wird von zwei riesigen Blumenarrangements beherrscht. Rote, gelbe und rosafarbene Gerbera quellen aus den Vasen, dazwischen schmerzhaft rein weiße Lilien.

Der Gottesdienst zieht hinter einem Tränenschleier vorbei mit Geschichten, Musik und Erinnerungen, fast zu schmerzlich, als dass man zuhören kann. Aber ich lausche jedem Wort.

Ich kann den Blick nicht von Luc nehmen. Das dunkle, gewellte Haar, die verkrampfte Linie seiner Schultern. Sein leerer Blick, als eine blonde Frau, wahrscheinlich seine Mutter, mit ihm zu reden versucht.

Ich möchte an seiner Seite sein, aber ich will nicht stören. Luc muss das auf seine Art durchstehen. Abgesehen von dem einen, schrecklichen Besuch habe ich seit Jolies Tod nicht mehr mit ihm gesprochen. Ich habe ihm ab und zu getextet, aber er hat nicht darauf reagiert.

Der Pastor, der die Predigt hält, ruft Luc nach vorne, und er steht auf.

Seine Schritte sind schwer, als ob der Kummer ihn niederzieht. Das leuchtende Blau seines frisch gebügelten Hemdes erinnert an den Sommerhimmel oder die ganz ruhige See. Um nicht aufzuspringen und zu ihm zu gehen, klammere ich mich an den Rand der Kirchenbank, der sich glatt und kühl anfühlt. Luc schaffte es bis zu dem kleinen Podest, hebt den Kopf und überfliegt die Gemeinde. Ich bin ziemlich sicher, dass er nichts sieht.

Aber … unsere Blicke treffen sich.

Ich schwöre, dass er mich sieht; die Luft zwischen uns knistert eindeutig. Doch dann schweift sein Blick wieder weiter. Er sucht sich einen Fleck hoch über unseren Köpfen, an den er seine Ansprache richtet.

»Jolie wollte, dass ich heute rede«, beginnt er. Seine Stimme ist fest, aber seine Hände, die ein ausgefranstes Stück Papier halten, zittern. Selbst aus der Ferne kann man sehen, dass der Bogen Millionen Mal gefaltet und wieder entfaltet worden ist. »Um genau zu sein, sie hat aufgeschrieben, was ich sagen soll, um sicherzugehen, dass ich das Richtige sage.«

Er hebt das Stück Papier an, das mit geschwungener Schrift bedeckt ist, und um mich herum schmunzeln die Menschen.

»So kannte man sie«, murmelt jemand.

Es überrascht mich nicht. Ich habe Jolie zwar nur kurz gekannt, aber sie wusste, was sie wollte, und achtete darauf, dass es auch passierte.

Lucs Augen sind feucht und rot gerändert. Es fallen jedoch keine Tränen. »Den ersten Entwurf hat sie vor Ewigkeiten geschrieben. Das war nicht lange, nachdem sie ihre Diagnose bekam und sie im Krankenhaus war. Die Ärzte dachten, sie habe nicht mehr viel Zeit, und sie wollte alles geregelt haben. Sie war noch ein Kind, aber sie weigerte sich, irgendwas dem Zufall zu überlassen.« Seine Stimme schwankt, doch er fährt fort. »Nachdem sie dann jedoch alle Prognosen überlebte und älter wurde, änderte sie die erste Rede ab. Denn die Wirkung, die eine Zwölfjährige erzielen will, unterscheidet sich ein bisschen von der einer fast Erwachsenen.«

Während er redet, füllt sich meine Brust mit etwas, das man Stolz nennen könnte. Er vollbringt, was mir nicht möglich war, als ich nicht für Dan singen konnte – und er macht es so gut.

Mit dem Anflug eines Lächelns erzählt er die Lebensgeschichte, die Jolie vorgetragen haben wollte, und er schmückt sie mit eigenen Erinnerungen aus. Oder mit Bereinigungen, wo er meint, dass sie sich zu viel Freiheiten genommen hatte.

Seine Mundwinkel verziehen sich nach oben, als er Jolies Erinnerungen damit beendet, er habe sich immer aufgeregt, dass sie darauf bestand, ihrem großen Bruder überall hin nachzulaufen. »Egal was sie glauben mag, ich war immer froh, dass sie auf dem Heimweg von der Schule bei mir war. Es gibt da an einer Ecke so einen kleinen bösen, kläffenden Hund mit erstaunlich großen Zähnen, der immer versuchte, mich zu beißen, wenn sie nicht dabei war.« Seine Stimme bricht. »Ich glaube, ich nehme jetzt lieber einen anderen Weg nach Hause.«

Dann erzählt er noch, wie glücklich sie der Road-Trip gemacht hatte, der ein lang gehegter Traum von ihr war, und wie sie niemals die Hoffnung aufgegeben hatte, ihn erleben zu können.

Nach seiner Rede kehrt Luc an seinen Platz zurück. Der Rest der Trauerfeier rauscht mit Liedern und Gebeten vorbei, und als sie endet, wird die Familie vom Pastor hinausbegleitet. Ich bleibe einen Augenblick zurück und denke an Jolie und hoffe, dass es der Abschied war, den sie sich gewünscht hat.

Ich bin nicht die Einzige, die zurückbleibt.

Ein Lichtstrahl, der durch ein hohes Kirchenfenster strömt, fällt mir auf und deshalb sehe ich ihn. Er sitzt auf einer Empore, fast außer Sicht, den Kopf in die Hände gestützt.

Und da merke ich, dass sich unter der schrecklichen Perücke Gray verbirgt. Gray, der, wie ich von Cass und Finn erfuhr, in ihren letzten Wochen Stunden an Jolies Bett verbracht, sie richtig kennengelernt und die Freundschaft vertieft hat, die sich an jenem ersten Abend abzeichnete. Es tut weh, ihn so traurig zu sehen.

Nichts von ihrer Freundschaft ist in den Medien gewesen. Nichts über die Nacht nach dem Konzert oder wo sich Gray in der Zwischenzeit aufgehalten hat. Das Konzert im Stadion war der letzte Auftritt seiner Tour, und für die Öffentlichkeit ist er seither vom Erdboden verschwunden. Ich sehe ihn nur eine Sekunde, dann tritt er zurück und ist weg.

Draußen scheint hell die Sonne, ein Nachhall des

gerade zu Ende gegangenen Sommers. Bunte Herbstblätter wirbeln uns um die Füße.

Eine lange Reihe Trauender schlängelt sich von den Kirchenstufen hinaus; alle wollen kondolieren. Etwas an der Art, wie die Familie beieinandersteht, zeigt ganz deutlich, dass jemand in der Gruppe fehlt. Es ist wie ein Foto, aus dem jemand herausgeschnitten worden ist.

Cass und ich kommen näher, und ich bete, dass Luc nicht böse über meine Anwesenheit ist. Ich habe mir einzureden versucht, dass seine abweisende Haltung vor einiger Zeit auf das zurückzuführen war, was er durchgemacht hatte, aber trotzdem bin ich innerlich total angespannt. Ich bin hier, um mich an Jolie zu erinnern und ihr die letzte Ehre zu erweisen, nicht, um Luc die Sache noch schwerer zu machen.

Die Erinnerungen überfallen mich, wie ich vor Lucs Haus stand, und ich muss gegen Tränen ankämpfen. Ich kann meinen Bruder neben mir spüren, der mir hilft, mich zusammenzunehmen.

Die blonde Frau, die ich vorhin gesehen habe, steht etwas abseits von Luc und seinem Vater. Ihre Mutter. Ich muss mir auf die Lippe beißen, um sie nicht anzufahren, aber die Worte hallen mir durch den Kopf.

Wie konnten Sie nur?

Wie konnte sie ihre Familie im Stich lassen, als sie am meisten gebraucht wurde? Luc allein zu lassen, sodass er den Haushalt und die Verantwortung übernehmen und alles dafür opfern musste. Lucs Vater als Alleinerziehenden die Bürde stemmen zu lassen. Jolie zu verlassen.

Doch in ihrem gebeugten blonden Kopf und den hängenden schmalen Schultern erkenne ich ihren Schmerz. Sie hat die letzten Jahre des Lebens ihrer Tochter nicht miterlebt. Das wird sie zeitlebens verfolgen.

An der anderen Seite von Lucs Vater steht eine größere Frau. Ein golden-grünes Tuch bedeckt ihre leuchtend roten Locken, ihre Rundungen stecken in einem violetten Kleid. Das muss die Tante sein, von der mir Jolie an dem Tag bei den Zwölf Aposteln erzählt hat, da bin ich sicher. Sie hat Jolies Vater einen Arm um die Schultern gelegt und tröstet ihn, und immer mal wieder spricht sie leise mit Luc und seine Züge entspannen sich ein wenig.

Ich versuche nicht hinzuhören, aber seine kratzige Stimme, als er mit dem älteren Paar vor uns spricht, ist unüberhörbar. Sie klingt monoton und ich weiß, dass er mechanisch funktioniert. Ich möchte ihm versichern, dass er darüber wegkommt, eines Tages, aber ich kann es nicht. Vor allem, weil ich besser als jeder weiß, dass es vielleicht nicht stimmt.

Dann sind wir an der Reihe und Cass redet mit Jolies Mutter und sie sagen all die trivialen Nichtigkeiten zueinander, an die sich später keiner erinnert. Ich murmle auch etwas, dann mache ich einen Schritt und stehe vor Luc.

Er starrt erst durch mich hindurch und ich weiß nicht, ob ich reden kann. Es ist schlimmer, als ich mir vorgestellt habe. Doch dann sieht er mich richtig an und die harten Gesichtszüge werden weicher. »Du bist gekommen.«

»Natürlich.«

Er zögert. »Wegen neulich –«

»Kein Problem. Hab dich zum falschen Zeitpunkt erwischt.«

Er nimmt meine Hand und umschließt sie mit beiden Händen. »Danke, dass du gekommen bist. Ernsthaft.«

»Euer Verlust tut mir so unendlich leid.«

Ich will gerade weitergehen, als er sich vorbeugt und mir einen leichten Kuss auf die Wange haucht. Ein Schauer läuft mir über die Haut.

»Danke«, murmelt er erneut. Er sieht aus, als ob er noch etwas sagen will, aber hinter mir stehen noch Leute an und er muss weitermachen.

»Jederzeit.«

Und dann gehe ich weiter und er lässt meine Hand los. Sein Vater spricht von der Reise und wie glücklich sie Jolie gemacht hat. Ich erzähle ihm und Jolies Tante die Geschichte von dem Aussichtspunkt bei den Zwölf Aposteln. Ihr Lächeln dabei bricht mir fast das Herz. Einen Augenblick später und Cass und ich sind aus der Schlange getreten.

Die Kapelle liegt an einer belebten Straße. Ich starre

auf den Verkehr, während wir zu dem geparkten Wagen von Cass gehen. Ein Auto nach dem anderen fährt vorbei, ohne dass auch nur ein Fahrer hersieht. Das Leben geht weiter, als ob nichts passiert wäre. Als ob es da nicht eine erschütterte und vom Verlust gebrochene Familie gäbe.

Cass legt mir die Hand auf den Arm. »Soll ich auf dem Heimweg noch irgendwo anhalten?«

»Gerne«, erwidere ich.

Ich bin noch nicht bereit, ins normale Leben und zu den wartenden Hausaufgaben zurückzukehren. Ich texte Mum, während Cass fährt, und sie antwortet sofort. Ich bin froh, dass wir dahin zurückgefunden haben und sie nicht gleich beunruhigt ist, wenn ich ihr nicht mitteile, dass ich später komme.

Cass fährt zu einem Café am Strand, in das wir nach der Schule immer gegangen sind. Sie kannten uns dort so gut, dass sie uns schon Waffeln machten, ehe wir bestellt hatten. Wir ließen unsere Taschen fallen und quatschten über alles, was wichtig war. All die großen Fragen.

Dann starb Dan, und an einem stürmischen grauen Tag verstreuten wir seine Asche von dem Anleger, zu dem genau diese Straße führt. Danach kam es mir unangemessen vor, mir hier Waffeln schmecken zu lassen. Oder unser Gequatsche zu genießen, das uns immer so wichtig gewesen war.

Heute treten wir ein und die Kellnerin sieht auf und

dirigiert uns an einen Tisch am Fenster. »Seht euch die Karte an und bestellt dann an der Theke.«

Ich nicke und sage nicht, dass ich Bescheid weiß, denn ich bin hier kein Stammgast mehr.

Ich starre auf die laminierte Karte, aber die Buchstaben verschwimmen. Ich kann meinen Bruder fast spüren, so in der Nähe von einem der Strände, die er so liebte. Die Stelle, wo er Shivani eines Abends im Sand einen Heiratsantrag machte.

»Eine Portion Waffeln teilen?«, fragt Cass und bricht in meine Last der Erinnerungen ein, die mich fast zum Weinen bringt.

Ich hebe den Kopf und sehe Unsicherheit in ihrem Blick. Nach dem Tag, den wir hinter uns haben, und angesichts des Ortes, an dem wir uns befinden, weiß ich, dass es bei ihrer Frage um viel mehr geht als um Waffeln. Es geht um uns und wo wir stehen und was morgen passiert und den Tag danach und so weiter.

»Waffeln wären cool«, sage ich, obwohl es in meinem Magen rumort.

Abwechselnd nehmen wir uns von dem Stapel der süßen Verführung. Wir knuspern Waffeln, genießen die seidige Kühle der Eiscreme, die mit Schokolade und Ahornsirup übergossen ist, und teilen unsere gemeinsamen Erinnerungen an die kurze Zeit unserer Bekanntschaft mit Jolie.

Cass sieht mich an und fingert an ihrem Löffel herum. »Es tut mir leid«, sagt sie.

»Was?«

Das Licht spiegelt sich in dem Löffel, der sich in ihrer Hand dreht. »Alles. Dein Bruder. Finn.«

»Wie seid ihr beide …« Meine Stimme erstirbt. »Ich will keine Kuss-Einzelheiten oder so, aber du hast doch wissen müssen, dass es mir wehtut.«

»Nachdem du gemacht hast, was du gemacht hast, ist er zu mir gekommen. Wahrscheinlich weil er meinte, ich würde dich am besten kennen.«

»Ich habe mich ja *selbst* nicht mehr gekannt.«

Sie nickt. »Während unserer ersten Zeit zusammen ging es nur darum, dir zu helfen. Wir suchten nach etwas, um die destruktive Phase zu stoppen, in der du warst. Wir haben uns Sorgen gemacht.«

»Und da hast du gedacht, es würde mir helfen, wenn ihr euch zusammentut?« Es gelingt mir, Verbitterung aus meiner Stimme rauszuhalten, doch sie lässt den Kopf hängen.

»Es war nicht etwas, das ich bewusst *beschlossen* habe. Ich weiß nicht, wie es Finn ging, aber ich hatte ein schlechtes Gewissen. Je länger ich mit ihm zusammen war, desto schlechter fühlte ich mich. Aber ich mochte ihn auch. Ziemlich sogar. An einem Abend haben wir noch lange zusammen geprobt, Wochen, nachdem du Schluss gemacht hattest, und, na ja …«

Ich tue, als ob ich mir die Ohren zuhalte. »Ich hab genug gesehen auf der Reise«, sage ich, aber ich lächle dazu. Ihre Zerknirschung zu sehen, hilft. Und auch das, was ich für Luc empfinde.

»Wie auch immer, inzwischen ist es aus«, sagt sie.

»Ihr zwei kommt also nicht klar?«

Ich verspüre keine Schadenfreude, als sie den Kopf schüttelt. Ich hatte mir schon so was gedacht, aber als ich sie vor ein paar Tagen gefragt hatte, war sie noch nicht sicher.

»Und der Online-Typ?«

»Ich hab ihm von Finn erzählt und ihm gesagt, dass ich ein bisschen Zeit für mich haben will, ehe ich mich in was Neues stürze.«

»Gute Idee.«

»Ich komme mir echt mies vor, Zoey.«

Der Löffel dreht sich in ihren Fingern und sie seufzt. »Es geht nicht nur um die Sache mit Finn, sondern um alles. Ich glaube, ich war immer eifersüchtig, und das kam dann so raus, als ob ich dich aburteilen würde; dabei hätte ich dir beistehen sollen. Ich war nicht für dich da, als Dan starb. Ich wusste nicht, wie ich das anstellen sollte.«

Inzwischen weiß ich, wie schwer es ist, für jemanden da zu sein, und wie leicht es ist, sich wegstoßen zu lassen. Wenn die Lage andersrum gewesen wäre, glaube ich nicht, dass ich es viel besser gemacht hätte. Ich lege meine Hand auf ihre und der Löffel hört auf zu rotieren.

»Ist schon okay«, sage ich. Und im Unterschied zu den

vielen Malen, die ich das gesagt habe, meine ich es diesmal wirklich ernst. »Ich wusste nicht, wie ich jemanden an mich heranlassen sollte. Ich war gebrochen.«

Und das bleibt so, denke ich, aber ich sage es nicht. Aber als sie sich über den kleinen Tisch beugt und mich fest umarmt und die Tränen fortblinzelt, glaube ich, dass es vielleicht nicht so sein muss. Diesmal nicht.

I'm coming home.
I'm coming home.
Don't cry now,
I'm coming home.

»Home« – GRAY

Kapitel zwanzig

Es ist ein Dienstag und der Herbst hat den Sommer längst abgelöst. Ich sitze an meinem Schreibtisch, starre auf meinen Englisch-Aufsatz und blinzle, sodass die Worte verschwimmen. Ich trinke den Rest meiner *Cola light* aus und richte mich auf. Ich habe nachher eine Probe mit der Band, und mit Mum ist abgemacht, dass ich, wenn ich zur Probe gehen will, zuerst die Hausaufgaben erledigt haben muss.

Und ich will zur Probe.

Ich habe noch nicht entschieden, ob ich nächsten Sommer ins Musical-Camp gehe – es würde Spaß machen, mit Cass zusammen zu sein, aber die Band hat jetzt Vorrang. Auf Mums Vorschlag hin bin ich einige Tage nach Jolies Beisetzung in die Sprechstunde der Beratungslehrerin gegangen. Zu meiner Überraschung war sie nicht der Ansicht, dass ich stundenlang über meine Gefühle reden müsste.

Stattdessen machte sie mich mit Jett bekannt, einem Jungen aus meinem Jahrgang, den ich noch nie wirklich wahrgenommen hatte und der eine Sängerin für seine Band brauchte. Ich weiß nicht, warum Jett in ihre Sprechstunde musste, abgesehen von seiner Schulschwänzerei, aber das ist egal. Das Einzige, was mich interessiert, ist das Songschreiben. Wir bereiten uns auf unseren ersten richtigen Gig am Wochenende vor. Und Jetts lange dunkle Haare und Tattoos interessieren mich kein bisschen. Ich warte darauf, dass mein eigener Bad Boy wieder ins Leben zurückkehrt.

Wie üblich lenkt es mich ab, wenn ich an Luc denke. Das Selfie, das ich auf Grays Konzert von uns gemacht habe, ist das einzige Foto, das ich von uns habe. Eine Zeit lang hatte ich es als Hintergrund auf meinem Handy, aber es war zu schmerzlich, es ständig zu sehen.

Ich warte auf ihn, das auf jeden Fall, aber ich quäle mich dabei nicht mehr, als unbedingt sein muss. Na ja, okay, ein bisschen quäle ich mich doch, nämlich mit der Muschel, die er mir geschenkt hat. Die blassrosa Muschel hat einen Ehrenplatz auf meinem Regal, angeknackst, aber dennoch heil, trotz der vielen Male, die ich sie in die Hand genommen habe.

Mein Daumen fliegt über das Display und ich schicke ihm eine Textnachricht und erinnere ihn an den bevorstehenden Gig. Ich schreibe ihm, dass ich an ihn gedacht habe, als ich kürzlich abends nach Hause fuhr und ein alter Song von Gray im Radio kam. Ich musste an das Konzert denken.

Ich versuche das Stechen zu ignorieren, das mir der Anblick der vier Nachrichten versetzt, die über meinem neuen Text stehen, und der vielen anderen, die nicht auf dem Display zu sehen sind.

Alle unbeantwortet.

Darin schreibe ich von den Albträumen über Dan, die ich manchmal immer noch habe. Von meiner ersten Band-Probe und dass ich mich hinterher übergeben musste, als die Nervosität nachließ, weil es gar nicht so schlimm war, wie ich gedacht hatte. Von einem Haus, das mir aufgefallen war und das ihn vielleicht interessieren könnte. Von dem Abend, als ich versuchte, seine Pastasauce für Mum, Dad und Shivani nachzukochen, und dass wir Pizza bestellen mussten, weil sie so schrecklich danebenging.

Die Texte sind wie kleine Fäden, die uns verbinden.

Ich tue mein Bestes, um die Verbindung zu halten. Ich werde Luc nicht aufgeben. Ich kann nicht. Ihm verdanke ich es zu einem großen Teil, dass ich mich nicht selbst aufgegeben habe.

»Zoey.« Mum ruft von unten nach mir.

Ich zucke zusammen. Ich glaube, ich hatte versprochen, die Wäsche aufzuhängen. Oder vielleicht auch zu falten.

»Ich komme«, rufe ich. Aber ich wende mich wieder meinem Aufsatz zu. Erst will ich noch den Absatz fertig schreiben.

»Zo-ey.« Jetzt ruft sie mit der Trällerstimme wie früher, als ich klein war.

Damals erfanden sie und Dan lauter Reime auf Zoey mit albernen Melodien. Ich musste jedes Mal kichern – bis ich ins Teenager-Alter kam und es nur noch oberpeinlich fand. Jetzt klingt es viel liebevoller.

Ich schüttle den Kopf über meine eigene Sentimentalität und weiß, dass Dan mich gnadenlos veralbern würde, weil ich die Stufen im Takt zu dem House-Song hinunter springe, der in meinem Zimmer läuft. Ich summe sogar mit, während ich mir eine bessere Ausrede wegen der Wäsche ausdenke als »Hab's vergessen«.

Bis ich in der Diele um die Ecke komme, wo all meine Wäsche-Ausreden mit einem Schlag verschwunden sind.

Luc steht da. Unter der Haustür. *Luc.* Ich bleibe stehen. Sehe zweimal hin. Er ist gleichzeitig größer und kleiner als in meiner Erinnerung.

»Nicht wegen der Wäsche«, murmle ich.

»Nein.« Mums Grinsen ist irritierend süffisant, als sie an mir vorübergeht und mir die Schulter drückt, ehe sie uns allein lässt.

Da stehe ich, wie vom Donner gerührt, allein mit Luc, genau an der Stelle, wo meine Welt vor vielen Monaten in Stücke zerbrach. Ein schwaches Klappern von Mums Schritten, die sich weiter entfernen, und ein Windhauch, der durch die Haustür kommt. Ich sollte wohl was sagen, ihn hereinbitten, mich bewegen.

Aber ich kann nur starren.

Er sieht umwerfend aus, obwohl er sich eindeutig nicht rasiert hat, seit ich ihn das letzte Mal gesehen habe. Der dunkle Bart lässt ihn älter wirken, oder vielleicht sind es auch die Schatten um seine traurigen Augen. Aber es ist so schön, ihn zu sehen, dass sein Anblick mich überwältigt und mir den Atem nimmt.

Ich muss etwas sagen. »Du trägst ein Jackett.«

Seine Mundwinkel verziehen sich nach oben, was mich an sein wunderbares Lächeln erinnert. Mein Herz verkrampft sich angesichts der Mühe, die es ihm offensichtlich macht. Ich kenne das Gefühl. Dass einem Lächeln schwierig und falsch vorkommt. So lange war ich nicht in der Lage, zu lächeln. Ich muss an mich halten, um ihm nicht die Hände entgegenzustrecken. Aber ich schaffe es.

Denn es steht mir nicht zu. Noch nicht. Ich habe ihm

ja gesagt, ich sei für ihn da, sobald er bereit ist. Jetzt liegt es bei ihm. Aber es fällt so schwer. Ich presse die Augen zu, damit die Tränen nicht herausquellen.

Dann steht er vor mir.

Ich weiß es, ohne die Augen zu öffnen. Ich merke es an dem Luftzug und dem Hauch von Strandgeruch, den ich mit zittrigem Atem einsauge. Ich merke es an meinem rasenden Puls und weil mir schwindelig wird vor Hoffnung, die mit Angst durchmischt ist.

Der Knoten in meinem Bauch kommt von den Millionen Fragen, die in mir aufsteigen. Zum Beispiel, was, wenn ich die Augen öffne und er sieht mich nicht so an, wie ich hoffe?

Es geht mir inzwischen so viel besser. Aber er ist jetzt da, was ich mir so dringend gewünscht habe. Ich weiß nicht, ob ich es ertragen könnte, wenn er mich noch mal zurückweist.

»Zoey«, sagt er.

Ich öffne die Augen und blicke direkt in seine. Ich glaube, ich sehe Liebe in seinen Augen aufleuchten. Aber ich bin nicht sicher. »Warum bist du hier?«

Er schließt kurz die Augen.

Er erinnert sich. Er hat mir dieselbe Frage gestellt. Ich hoffe, er merkt, dass ich nicht versuche, sie ihm heimzuzahlen oder Spielchen zu spielen. Ich muss es einfach wissen.

Als er die Augen wieder aufschlägt, ist sein Blick fest.

»Ich bin hier, weil ich mich nach dir gesehnt habe, selbst als ich niemanden aushalten konnte. Warte«, setzt er hinzu, ehe ich auch nur ansatzweise antworten kann. »Ungeachtet dessen, was ich an dem Tag gesagt habe, als du gekommen bist, glaube ich, dass du es vielleicht verstehst. Ich bin nämlich nicht hier, weil alles in Ordnung ist oder ich geheilt bin oder –« Sein Gesicht verzieht sich schmerzlich, »… *darüber hinweg* bin.«

»Das weiß ich.«

»Ich glaube nicht, dass ich jemals darüber hinwegkomme. Sie war …« Seine Stimme bricht und er wischt sich ungehalten übers Gesicht. »Entschuldige, ich wollte mich nicht so aufführen. Ich wollte zu dir kommen wegen uns.«

»Du brauchst jemanden zum Reden?« Ich muss das fragen. Ich kann ihm eine Freundin sein, wenn es das ist, was er braucht. Ich kann sehen, wie viel Überwindung es ihn gekostet hat, herzukommen.

»Ich möchte mit dir zusammen sein. Dein Freund. Dein fester Freund. Zum nächtlichen Basketballspielen. Zu allem, was ich mit dir zusammen machen darf. Wenn du die schrecklichen Sachen, die ich gesagt habe, verzeihen kannst.«

Fast entgeht mir das mit dem Verzeihen, so klammere ich mich an dem *festen Freund* fest. Ich kann nicht anders, ich muss lächeln, aber erst muss ich etwas klarstellen. »Du warst in einem schlimmen Zustand. Ich verstehe das. Und das, was du da alles angesprochen hast – Freund, fester Freund … klingt alles ziemlich gut.«

Wir stehen bereits dicht voreinander, aber bei meinen Worten rückt er noch näher. Mit einer Hand umfasst er mein Kinn und dann küsst er mich. Ganz zart. Mein Herz schwingt mit, und als er wieder zurückweicht, verzieht sich sein Mund zu einem Lächeln.

»Zoey, du bist einfach unfassbar heiß. Ich hab mich von Anfang an zu dir hingezogen gefühlt, aber *ein* Grund, warum ich so gerne mit dir zusammen war, ist der, dass ich zur Abwechslung mal nicht der Junge war, dessen Schwester sterben würde. Du hast kein Mitleid mit mir gehabt oder mich angesehen, als könnte ich zur Last werden, wenn das Schlimmste eintrifft.«

Ich werde rot bei dem Kompliment. »Stattdessen bin *ich* zur Last geworden.«

»Bist du nicht. Ich habe deine Stärke so sehr bewundert. Du hast diese schreckliche Sache durchgemacht und es geschafft durchzukommen. Ich liebe alles an dir, Zoey.«

Er liebt mich.

Mein Herz schlägt wild an meine Rippen und ich muss an mich halten, um ihn nicht zu fragen, ob er auch wirklich die richtige Person aufgesucht hat. Stattdessen spreche ich endlich die Worte aus, die ich mich nicht zu texten getraut habe. »Ich liebe dich, Luc.«

Seine Lippen finden meine, doch dann rückt er

plötzlich wieder ab und blickt mir über die Schulter. »Ich hab mich deiner Mutter nicht mal vorgestellt. So nervös war ich.«

»Sie lässt uns in Ruhe. Du hast Glück, dass es Dan nicht mehr gibt. Auf keinen Fall hätten wir zwei Küsse und eine Unterhaltung geschafft, ohne dass er uns ordentlich auf die Schippe genommen hätte.« Luc sieht überrascht aus. Wahrscheinlich, weil mir Dans Name so leicht über die Lippen kommt. »Seit ich mit meinen Eltern über ihn geredet habe, tut das Erinnern anscheinend nicht mehr so weh.«

Er nickt. »Dad und ich reden ständig über Jolie. Dadurch bleibt sie bei uns.« Er küsst mich schnell noch mal. »Habe ich schon erwähnt, wie sehr ich dich anbete?«

»Ich glaube kaum, dass ich es oft genug hören kann.« Ich schweige. »Lange Zeit war ich nicht sicher, ob ich Liebe oder Glücklichsein verdient hätte. Weil Dan es nicht mehr haben kann. Und wegen dem vielen Mist, den ich gebaut habe.«

Er legt die Hände fester um meine Taille. »Was glaubst du, warum ich mich in den letzten Wochen von dir ferngehalten habe? Wie hätte ich mit dir zusammen sein und mir dieses Glück genehmigen können, wo Jolie doch … Ich wollte dich an dem Tag vor dem Haus in den Arm nehmen, aber dein Anblick hat mich auf eine Art glücklich gemacht, dass ich ein abgrundtief schlechtes Gewissen bekam.«

»Aber sie würde wollen, dass du glücklich bist!«

Sein schiefes Grinsen ist zum Niederknien. »Das begreife ich auch allmählich. Eines der letzten Dinge, die sie mir gesagt hat, war, ich solle aufhören, wie ein Jammerlappen in ihrem Krankenhauszimmer herumzuhängen, und endlich deine Anrufe beantworten, aber ich konnte es nicht. Ich hab Zeit gebraucht.«

»Und jetzt?«

»Ich glaube, jetzt liebe ich dich noch mehr. Zu wissen, dass du die ganze Zeit da warst … Du wirst nie wissen, wie viele Stunden ich wach lag und immer wieder deine Nachrichten las, die du geschickt hast. Als ob jedes *Pling!* von meinem Handy so einer von den Rettungsringen war, die einen bei einem Schiffbruch über Wasser halten. Ohne dich wäre ich untergegangen.«

»Kann ich dich etwas fragen?«

»Sicher.«

»An dem ersten Abend, als ich dich gefragt habe, warum du immer so mürrisch wärst, und du mir mehr oder weniger gesagt hast, ich solle mich verpissen. Um was ging es da?«

»Das war wegen Jolie«, gibt er zu. »Mir war schleierhaft, wie ich ihren Zustand und die Tatsache, dass ich auf sie aufpassen musste, geheim halten sollte. Aber ich hatte es ihr versprochen. Und es war schließlich ein Versprechen gegenüber einer Person, die bald sterben würde.«

Ich umfasse seine Hand. Immer noch kräftig, trotz des

Kummers in seiner Stimme. »Ich hab mir später schon gedacht, dass es nicht an mir lag.«

»Und ich habe dich von Anfang an gemocht. Aber das passte nicht zu meinem Vorhaben, auf sie aufzupassen. Ich konnte nicht schlafen, nachdem ich dich so behandelt hatte, aber ich wusste nicht, wie ich es dir erklären und gleichzeitig Jolie gegenüber mein Versprechen halten konnte. Ich hab in der Nacht gesehen, wie du den Zeltplatz verlassen hast. Ich wollte dir nachlaufen, mich entschuldigen, aber ich dachte, du würdest mich für aufdringlich halten.« Als er mich jetzt küsst, liegen in dem Kuss all die aufgestauten Emotionen der letzten Wochen. Ich küsse ihn genauso hungrig zurück, tief und leidenschaftlich. Als wir aufhören, um Luft zu holen, macht er ein verwundertes Gesicht.

»Was ist?«, frage ich.

Er antwortet nicht und tut weiter so, als ob er sich wundert, bis ich schon vorhabe, ihn heftig in die Rippen zu stoßen. Er schmunzelt.

Er streift meine Lippen erneut. »Das ist die einzige Art, wie man *Cola light* ertragen kann.«

Ich lege die Hand über den Mund. »Eklig?«

Er küsst jeden meiner Fingerknöchel, dann schubst er die Hand weg und küsst mich wieder richtig.

»Kein bisschen.«

+

»Er ist da-ha.« Mums Stimme schallt die Treppe herauf in mein Zimmer.

Ihr Ruf ist unnötig – ich habe seit einer Stunde aus meinem Fenster gestarrt, um zu sehen, wann Luc kommt.

Obwohl ich seit einer Ewigkeit fertig bin, sehe ich noch einmal prüfend in den Spiegel. Eigentlich irgendwie verrückt. Der Kerl hat mich schon frühmorgens, mit Sonnenbrand und ohne Make-up gesehen. Und erst gestern Abend hat er mich verschwitzt und elektrisiert auf der Bühne singen gesehen. Er hat mich von einem Unwetter durchnässt erlebt und wie ich vor Kummer, über den ich wohl nie ganz hinwegkommen werde, geheult und randaliert habe.

Aber trotzdem will ich unbedingt Eindruck auf ihn machen. Seit er am Dienstag da war, haben wir uns ständig getextet, und wir haben sogar spät in der Nacht noch einen Burger zusammen gegessen, als er mich gestern Abend von dem Gig heimgefahren hat. Aber er hat ein großes Geheimnis daraus gemacht, als er gefragt hat, ob ich heute Mittag Zeit hätte, und wollte mir nicht sagen, wo wir hingehen würden.

Heute Morgen sieht alles strahlend aus. Selbst das Mädchen im Spiegel. Ich lächle ihr zu, denn ich kann ihrem Blick endlich wieder begegnen. Sie ist nicht mehr das Mädchen, das Dan kannte.

Sie ist besser.

Und ich hoffe, er würde sie mögen. Mal abgesehen von Dans üblichen Sticheleien und seiner Angewohnheit, ihr ins Gesicht zu furzen.

Mit einem letzten kritischen Blick auf mein langes weißes Kleid und die Jeansjacke schlüpfe ich in meine Wedges und laufe hinunter, um Luc an der Tür zu empfangen. Mum und Dad sehen von der Zeitung auf, als ich vorbeiflitze.

Dad räuspert sich. »Sag Luc, dass er heute Abend gerne zum Essen bleiben kann. Shivani und der Kleine kommen.«

»Mach ich.«

Ich bin vor der Haustür, ehe Luc ganz aus dem Auto ist.

»Hey«, sagt er und umarmt mich. »Ich freu mich auch, dich zu sehen.«

Ich küsse ihn heftig. »Dad hat gesagt, du kannst gerne heute Abend zum Familienessen kommen. Ich glaube, er findet dich nett.«

Luc wischt sich über die Stirn. »Ich war nicht sicher, ob ihm gefallen hat, wie ich gestern bei deinem Auftritt getanzt habe.«

Ich zucke zusammen. »Bitte sag jetzt nicht, dass sie auch getanzt haben. Es ist schon schlimm genug, dass meine Eltern zu meinem Gig aufgekreuzt sind.«

»Mit schlimm meinst du echt cool?«

Genau. Es war super. Sie sind zwar nur während der

ersten paar Songs geblieben, aber es war tatsächlich irgendwie ein großartiges Gefühl, sie hinten unter den Zuschauern zu sehen. Ich grinse. »Schon möglich. Wo gehen wir überhaupt hin?«

»Wirst du schon sehen.«

Ich bin mehr als verwirrt, als er zwanzig Minuten später vor einem der größten Krankenhäuser der Stadt parkt. Er nimmt einen Picknickkorb vom Rücksitz und reicht ihn mir. »Kommst du?«

»Ein Picknick in einem Krankenhaus?«

Er seufzt. »Ich hoffe, das wird besser, als es klingt.«

Ich steige aus und er verschränkt seine Finger mit meinen. Er erklärt, dass Jolie hier während der letzten Jahre viel Zeit verbracht hat. Dann kommen die üblichen Geschwister-Geschichten mit Streit und Abenteuern, jedoch mit den unüblichen Zusätzen, dass Jolie an Apparate angeschlossen war und die Schwestern die beiden Wildfänge bremsen mussten, wenn sie über die Stränge schlugen.

Es sind überwiegend fröhliche Erinnerungen, und er lächelt, als er davon erzählt, während er mich durch Korridore zu einem Fahrstuhl führt, dann durch weitere Korridore, bis ich mich überhaupt nicht mehr zurechtfinde.

An einer Glastür bleiben wir stehen. Sie ist so nah an der Kinderstation, dass ich plappernde Stimmen höre. An der Tür ist ein großes Schild: »Bauarbeiten«.

Luc lässt meine Hand los und zieht einen Schlüssel aus der Tasche. Er schließt die Tür auf und öffnet sie.

Ich drehe mich in dem Korridor um und warte darauf, dass wir gleich wegen unbefugtem Betretens zurechtgewiesen werden. »Dürfen wir das?«

»Ja.«

»Brauchen wir Schutzhelme oder so was?«

»Seit zwei Tagen nicht mehr. Schade – ich glaube, du würdest heiß aussehen mit einem gelben Helm. Und mit Stiefeln. Jetzt wünschte ich, ich hätte dich schon früher hergebracht, aber ich wollte, dass du es erst fertig siehst.«

»Was?«

Er hält mir die Tür auf. »Schau selbst.«

Ich trete durch die Tür in ein Kinderwunderland. Hohe Fenster lassen Licht in einen riesigen Raum fallen, der voll ist mit Klettergerüsten, Sandkästen und Schwimmbecken. Beeindruckende Bilder von Robotern und Tieren und Disney-Prinzessinnen leuchten von den Wänden. Aber das, was mittendrin steht, ist hundert Prozent Jolie.

Ein blaugraues, weiß abgesetztes Häuschen mit einer knallig pinkfarbenen Haustür.

Vor dem bunten Gebäude ist eine Tafel angebracht. Darauf steht: »Jolies Haus. *Remember – erinnert euch!*«

Ich streiche über die Wörter auf meinem Handgelenk.

An dem Abend, als ich das Tattoo stechen ließ, stolperte ich in das Studio und verlangte von der Frau, was ich haben wollte. Ihre Missbilligung übersah ich einfach. Es war mir egal, dass sie spöttisch durch ihre Lippenringe grinste. Die Nadel tat ziemlich weh, aber ich weinte nicht. Ich lachte, bis ich einen Schluckauf bekam, und konnte trotzdem nicht aufhören. Bis mir die Tränen über die Wangen liefen.

Ich war der Meinung, die Worte sollten bedeuten, dass ich wieder so werden müsste, wie ich vor Dans Tod war, wenn ich jemals wieder glücklich werden wollte.

Jetzt glaube ich, dass sie vielleicht bedeuten, dass ich es mir gestatten kann, mit dem Leben weiterzumachen. Dass es in Ordnung ist, dass ich mich ändere.

Ich kann nicht zurück und es war verrückt von mir, das zu versuchen. Aber vielleicht, ganz vielleicht liegt ja ein neues Glück vor mir. Wenn ich es schaffe, der lauernden Angst nicht zu erlauben, alles wieder kaputt zu machen.

Luc und ich erforschen das Spielhaus gemeinsam. Wir überlegen, ob Jungen das regenbogenfarbene Teeservice benutzen werden, jagen uns gegenseitig die Kletterwand hoch und sausen lachend die Rutschbahn herunter.

»Ich kann sie mir hier vorstellen«, sage ich.

Lucs Augen werden trüb. »Ich auch. Sie liebte alle Spielplätze, die zu dem Krankenhaus gehören, aber der hier wäre ihr am liebsten gewesen.« Er seufzt heftig auf. »Das hier hätte nicht gebaut werden können ohne die großzügige Unterstützung von Gray. Ich weiß, für ihn ist es nicht viel Geld, aber für uns schon. Nach der Beisetzung ist er ein paar Tage in der Stadt geblieben. Während einer Nacht haben wir noch lange über das geredet, was von ihr bleibt, und ihm fiel das Haus ein. Anscheinend hatte sie ihm an jenem ersten Abend davon vorgeschwärmt. Wir fanden, hier wäre die perfekte Stelle dafür.«

»Die Kinder werden begeistert sein.«

»Glaub ich auch. Aber wir wollen nicht vergessen, dass ich dir ein Mittagessen versprochen habe.«

Ich breite die blau-weiß karierte Decke aus und Luc entnimmt dem Korb verschiedene Plastikdosen. Die Sonne scheint durch die hohen Glasfenster und es ist so warm, dass ich meine Jacke ausziehen muss. Fast, als ob ein bisschen Sommer in diesem magischen Ort eingefangen ist.

»Zuerst gibt es Pasta mit Garnelen. Hat so einen abgefahrenen Namen. Und du magst doch Fischgerichte, deshalb dachte ich …«

Er sieht so nervös und erwartungsvoll aus, dass mir das Herz fast platzt, weil er so süß ist. Da erst wird mir bewusst, was er gesagt hat. Pasta mit Garnelen. Mit übertriebenem Schrecken schlage ich die Hand vor den Mund. »Du willst, dass ich Sebastian esse?«, necke ich ihn.

Er versteht die Anspielung auf Jolies Disney-Lieblingsfilm. »Nein, ich habe mir jedes der Tiere genau angesehen, ehe ich sie zubereitet habe. Keiner von denen hatte einen Namen.«

»Du hast das selbst zubereitet? Ich dachte, du kochst nicht gerne.«

»Dachte ich auch.« Er stellt das kalte Pastagericht und knuspriges Brot auf die Decke. »Während der letzten paar Jahre hat sich mein Leben um Jolie gedreht und ich bereue nicht eine Minute davon. Ich dachte immer, ich koche nur ihretwegen, jetzt will ich rausfinden, ob das stimmt.«

Ich verstehe. Ich versuche selbst immer noch herauszufinden, wer ich bin, nachdem Dan nicht mehr da ist. Ich bin noch dieselbe, aber auch anders. Luc macht es besser, indem er es beim Kochen rausfindet, während ich nach einer durchsoffenen Nacht in der Gosse lag.

Ich stibitze eine der Nudeln aus der Schale und grinse ihn ohne Reue an, als er aufgebracht tut. »Sieht zu gut aus, um länger zu warten.« Die sahnige rosa Sauce läuft mir über die Finger und ich stecke die Nudel schnell in den Mund, ehe ich alles versaue. »Wow, einfach oberköstlich«, stöhne ich.

»Schön, dass es dir schmeckt.«

Ich lecke mir die Finger ab und unter dem Blick seiner dunklen Augen wirkt die Geste anzüglich.

Ich runzle die Stirn. »Wir sind hier auf einem Kinderspielplatz. Sieh mich gefälligst nicht so an.«

Er wird rot und sieht sich in dem leeren Raum um.

»Ich hab dich überhaupt nicht *so* angesehen. Außerdem ist der Spielplatz erst ab morgen offiziell geöffnet.« Er beugt sich zu mir. »Wir sind eindeutig allein.«

Sein Mund auf meinem verscheucht meine Gedanken und nur Gefühle bleiben übrig. Seine Lippen öffnen sich und ich gehe unter und fliege und nehme nichts mehr wahr. Es gibt nichts anderes. Darauf habe ich gewartet – vielleicht seit einer Ewigkeit.

In dem Kuss liegt mehr als Liebe und Verlangen. Glücklichsein. Ich weiß, wie es ist, Angst zu haben, dass es das nicht gibt, deshalb lerne ich jeden Tropfen davon zu genießen. Wenn ich mit Luc zusammen bin, glaube ich, dass die Zukunft noch mehr davon bereithält.

Aber ich *weiß* es nicht. Das Nichtwissen hat mir immer Angst gemacht. Das Leben war so etwas Zerbrechliches, das jeden Moment fortgerissen werden konnte. Aber mit dieser Angst zu leben – das wird auf einmal leichter.

»Ich liebe dich«, sagt er.

Einfache Worte, die mich umhüllen, durch und durch gehen und die kalten Stellen wärmen, von denen ich dachte, sie würden ewiges Eis bleiben. Nicht, dass ich glaube, mit Luc zusammen kann nichts Schlimmes passieren – wir haben beide schmerzlich erfahren, was für Schläge das Leben austeilen kann.

Aber in Lucs Armen erinnere ich mich daran, dass ich mit allem fertigwerden kann.

Remember.

Sarah Combs

Schmetterlingswochen

ca. 320 Seiten, ISBN 978-3-570-31048-9

Als die 17-jährige Gloria im Sommercamp zum ersten Mal auf Mason trifft, hält sie ihn für einen egozentrischen Schwachkopf. Überhaupt, wo ist sie hier bloß gelandet, wenn ihr gemeinsamer (anonymer!) Literatur-Dozent sie auf seltsame Schnitzeljagden schickt? Doch was turbulent beginnt, wird zu einem unvergesslichen Sommer der überraschenden Freundschaften und der beflügelnden Selbstfindung.

30326

cbt

www.cbt-buecher.de